2023 年度浙江省社科联研究课题立项
项目名称：蒂姆·温顿小说中的去殖民化主题研究（项目编号：2023B023）

蒂姆·温顿小说中的
去殖民化主题研究

侯飞 ／ 著

四川大学出版社
SICHUAN UNIVERSITY PRESS

图书在版编目（CIP）数据

蒂姆·温顿小说中的去殖民化主题研究 / 侯飞著
. 一 成都：四川大学出版社，2023.6
（博士文库）
ISBN 978-7-5690-5762-1

Ⅰ. ①蒂… Ⅱ. ①侯… Ⅲ. ①蒂姆·温顿—小说研究
Ⅳ. ① I611.074

中国版本图书馆 CIP 数据核字（2022）第 199785 号

书　　名：蒂姆·温顿小说中的去殖民化主题研究
　　　　　DiMu WenDun Xiaoshuo zhong de Quzhiminhua Zhuti Yanjiu
著　　者：侯　飞
丛 书 名：博士文库

丛书策划：张宏辉　欧风偓
选题策划：徐　凯
责任编辑：徐　凯
责任校对：毛张琳
装帧设计：墨创文化
责任印制：王　炜

出版发行：四川大学出版社有限责任公司
　　　　　地址：成都市一环路南一段 24 号（610065）
　　　　　电话：（028）85408311（发行部）、85400276（总编室）
　　　　　电子邮箱：scupress@vip.163.com
　　　　　网址：https://press.scu.edu.cn
印前制作：四川胜翔数码印务设计有限公司
印刷装订：成都市新都华兴印务有限公司

成品尺寸：170mm×240mm
印　　张：13
字　　数：205 千字

版　　次：2023 年 6 月 第 1 版
印　　次：2023 年 6 月 第 1 次印刷
定　　价：65.00 元

扫码获取数字资源

四川大学出版社
微信公众号

目　录

绪　论

一

在当代澳大利亚文坛，蒂姆·温顿（Tim Winton，1960—　）无异于一颗璀璨的明星，他以持久的创作活力、丰富的想象力和浓烈的本土意识，在澳大利亚文学这块园地里深耕近四十载，用成就斐然和著作等身来形容他再合适不过。截至 2019 年，温顿共创作了 30 余部文学作品[①]，斩获的国内外文学奖项多达 58 项，其作品已被译成 28 种语言在全球范围内传播。温顿四次获得澳大利亚最高文学奖迈尔斯·弗兰克林文学奖（Miles Franklin Award），两次获得布克奖提名（Man Booker Prize Nominee），此外还包括班卓文学奖（Banjo Award）、联邦作家文学奖（Commonwealth Writers Prize）、新南威尔士州州长文学奖（New South Wales Premier's Literary Award）、克里斯蒂娜·斯特德文学奖（Christina Stead Award）等在内的众多国际国内有分量的文学奖项。温顿不仅是一位硕果累累的作家，还是一位极具影响力的社会活动家[②]。

---

① 蒂姆·温顿已出版以《云街》为代表的长篇小说 10 部，以《变向》（*The Turning*）为代表的短篇小说集 5 部，以《岛屿家园》（*Island Home*）为代表的非虚构作品（non-fiction）7 部，以《上涨的水位》（*The Rising Water*）为代表的戏剧作品 3 部，以及 7 部以《蓝色的背》（*Blueback*）为代表的儿童文学作品。

② 蒂姆·温顿活跃在澳大利亚环保活动的第一线，他是澳大利亚野生动物保护协会、海洋保护协会、环境保护者委员会的坚定支持者。温顿高调参与多项环保活动，为保护鲨鱼、珊瑚礁、野生动植物摇旗呐喊。2002 年温顿作为公众人物积极参与了"拯救宁家罗珊瑚礁"（Save Ningaloo Reef）大型环保活动，他和成千上万名普通市民一起走上西澳大利亚州的港口市弗雷曼特尔（Fremantle）街头，反对地产开发商企图占用、破坏、开发宁家罗近海珊瑚礁，这次大型环保活动震惊了澳大利亚国内乃至国际社会并大获全胜。温顿回忆这次环保活动时感慨万千："我们不仅彻底阻止了将宁家罗珊瑚礁开发成度假区这一商业企图，我们还帮助改写了全澳范围内的沿海规划指南，最终我们有幸见证宁家罗珊瑚礁被增至世界遗产名录（World Heritage List）。"（Winton，2015：108）如今，宁家罗海洋公园成了澳大利亚著名的地标性旅游名片，是继大堡礁（Great Barrier Reef）之后最受民众喜爱的风景名胜之一。

鉴于温顿在文学创作和社会活动等领域所取得的杰出成就以及由此产生的持久影响力，他还获得了多项国家级荣誉称号和奖章。1997 年澳大利亚国家信托组织（Australia National Trust）在全澳发起了澳大利亚国宝（National Living Treasure）评选活动，温顿以小说家的身份获得澳大利亚国宝这一殊荣。1999 年，温顿荣获澳大利亚国家图书馆好友庆祝奖（Friends of National Library of Australia Celebration Award）。2001 年，温顿因文学和社会贡献获得了世纪奖章（Century Medal）。2003 年，温顿荣获首届澳大利亚作家奖章（Australian Society of Authors Medal）。2006 年，温顿入选"100 位最有影响力的澳大利亚人"（100 Most Influential Australians）榜单。2016 年，金伯利（Kimberly）地区发现的新鱼种被命名为温顿，以示对作家温顿长期以来在环境保护领域的突出贡献的高度肯定。2017 年，温顿被列为新成立的澳大利亚本土动物信托组织（Native Australian Animals Trust）的名誉资助人。此外，在西澳大利亚州的城市苏比亚科（Subiaco）还有一项以温顿命名的旨在鼓励和支持青年作家创作的文学奖项——蒂姆·温顿文学奖（Tim Winton Award），该奖项自 1992 年设立以来每年颁发一次，由苏比亚科市赞助支持，温顿是该奖项的名誉赞助人。

蒂姆·温顿的创作不仅获得了文学界的高度肯定，还获得了澳大利亚乃至全球普通读者的热爱。罗伯特·迪克森（Robert Dixson）在其文章中提到："2003 年，澳大利亚作家协会发起一项民意调查，旨在挑选出澳大利亚最受欢迎的 40 本书。《云街》位列第一、《土乐》第四，帕特里克·怀特（Patrick White）和大卫·马洛夫（David Malouf）也位列前十。"（2005：241）。与此同时，温顿的所有作品都处于再版之中，多篇作品的节选被收入澳大利亚中学教材，有些小说更成为大学课堂上经常被讨论、研读的对象。恰如迪克森所言："《云街》格外引人注目，它被广泛地列入大学和中学的课程之中。"（2005：241）温顿的文学作品接连被改编成电影、电视剧、舞台剧和广播剧，在读者和观众中持久而广泛地传播，产生了深远的影响。《时代周刊》这样评价他："蒂姆·温顿不是一位伟大的澳大利亚小说家；他是一位伟大的小说家，毋庸置疑。"① 确实如此，温顿显然不仅仅是一位澳大利亚小说家，他的文学成就足以让他跻身世界知名作家的行列。

温顿素来深居简出，除了在 20 世纪 80 年代末接受澳大利亚文学委员会②（the literature board of Australia Council）的资助，与妻子、孩子在欧洲短暂旅居两年，其余时间都在西澳大利亚州生活与创作。澳大利亚的风土人情和时代变迁在温顿的文学作品尤其是小说中得到了生动的呈现。温顿的家庭背景、早年生活经历、求学经历、阅读经历对他后来的文学创作产生了重要影响。

温顿于 1960 年出生在西澳大利亚州佩斯市郊卡利亚普（Karrinyup）的一个普通警察家庭，其家族成员都属于典型的工人阶层，没有身份显赫或受过良好教育的先辈。父亲的警察职业如同一扇特别的窗户，让年幼的温顿接触了拘留所里的绝望、保留地③里的恶劣环境等生活的阴暗面。据温顿回忆："我偷听到了关于强奸、自杀等事件的细节并慢慢地在脑海里将这些故事、人名和一张张脸联系起来。一年中的大部分时候我看到的都是人性中黑暗、不可知和残忍的部分，并为此失落。"（2015：73）聪慧早熟的温顿关注到社会的阴暗面，并对这些问题进行了深入的思考，具体体现在其后来的文学作品中，比如《天眼》④（That Eye, the Sky）中奥特（Ort）一家所遭遇的不幸的灵感来源便与温顿父亲的警察职业直接相关。

卡利亚普属于典型的沿海丛林地带（coastal bushland），这里是幼年温顿玩耍的乐园，也是后来其在作品中一次次描摹的对象。《云街》（Cloudstreet）的社区生活背景便以卡利亚普为原型。温顿非常怀念以卡利亚普为代表的老式街区，在这里生活虽不是十分便利，却充满人情

---

① 来自 Dirt Music（Tim Winton，2002，Picador）的封底评论。

② 文学委员会在澳大利亚是一个重要的机构，成立于 20 世纪 70 年代，该机构通过募集公共基金来支持澳大利亚作家的创意写作。蒂姆·温顿多次获得文学委员会的资助，温顿与家人在巴黎居住的公寓也是文学委员会资助的，当时该项目旨在让澳大利亚作家获得在欧洲生活的经历。

③ 保留地（Native Reserve）是澳大利亚社会针对土著的歧视政策，将一些偏僻、贫瘠、不适合人住的地方划给土著居住、生活。

④ 《天眼》讲述了山姆·弗兰克遭遇车祸变成植物人后，弗兰克一家深陷绝望继而勇敢面对生活的故事。小说以山姆的儿子奥特之口讲述，从儿童的视角来看待成人世界发生的生活变故。

味。温顿十岁时，卡利亚普的自然景观开始被推土机推平，取而代之的是新的购物中心与廉价的公寓住宅，昔日田园般的街区生活不复存在。卡利亚普的巨大变化深深触动了幼年的温顿，此后他对商业开发之于环境的巨大影响的思考从未中断，这一点清晰地表现在其文学作品中，如《浅滩》（Shallows，1984）和《巢》（Eyrie，2013）。

温顿12岁时随父母离开卡利亚普，来到西澳大利亚州南端的捕鲸镇阿尔巴尼（Albany），他们一家在那里生活了三年。温顿认为阿尔巴尼的生活经历对其"产生了不可估量的深刻影响"（2015：72）。一方面，阿尔巴尼让幼年温顿感受到捕鲸的残忍血腥；另一方面，当地瑰丽的海域又使他"精神振奋。南部白白的沙滩深得我心。它们是最纯净、最不受束缚、最可爱的所在"（2015：73-74）。当他为阿尔巴尼捕鲸镇血腥的屠鲸场景和父亲警察故事里人性的黑暗面而郁郁寡欢的时候，西澳大利亚州的自然环境使他振作起来，给予了幼年温顿极大的勇气。阿尔巴尼的经历让温顿萌生了保护澳大利亚自然环境的念头，他14岁时就为了保护鲸鱼在阿尔巴尼捕鲸站公开质问捕鲸站经理，一时舆论哗然。熟悉温顿作品的读者会发现西澳大利亚州的自然地理风貌一直是温顿作品的主角之一。

温顿的求学经历为其后来的写作生涯打下了坚实的基础。温顿是其家族中第一个上大学的人，为此他倍感幸运。20世纪70年代成立的西澳大利亚州科技大学①（Western Australia Institute of Technology，WAIT）是当时全澳唯一一所能授予学生"创意写作"②学位的大学，这是温顿虽不喜欢却选择这所大学的原因。早在十岁时，温顿就笃信自己会成为一名作家，创作是他最感兴趣的事。然而，枯燥的大学课

---

① 西澳大利亚州科技大学后更名为科延大学（Curtin University）。

② 创意写作课程于20世纪70年代中后期在澳大利亚开始出现，最早便在西澳大利亚州科技大学设立，澳大利亚著名作家伊丽莎白·乔丽（Elizabeth Jolley）担任这一课程的主要负责人，后来创意写作课程逐渐在更多的大学开设，现在已是澳大利亚各大学的常见课程。创意写作课程的诞生其实是澳大利亚文学体制的一个部分，澳大利亚从20世纪70年代开始由政府牵头设立写作基金鼓励作家创作，一系列相应的政策相继出台，旨在扶持澳大利亚本土作家。

程①、呆板守旧的教学和考核模式让温顿非常失望，于是大学四年他几乎都在阅读经典文学作品中度过。温顿慢慢确立了自己喜欢和欣赏的作家作品、创作方向和写作旨趣，在自传体随笔中，明确指出他深深喜爱的作家包括马克·吐温（Mark Twain）、威廉·福克纳（William Faulkner）、伦道夫·斯托（Randolph Stow）、弗兰纳里·奥康纳（Flannery O'Connor）和约瑟夫·康拉德（Joseph Conrad）。温顿热爱这些作家的一个关键原因是"他们对于自己所处的地域特殊性的认可以及对他们地方语言特殊音韵性的热爱"，温顿表示："我想在西澳南部海域这片土地上做类似的事情。我总觉得这里的每一块岩石与每一个河口都充满未知的秘密和不为人知的故事。"（2015：130）自处女作问世以来，温顿一直如他最敬仰的作家吐温与奥康纳一样，执着地书写着自己最熟悉的地域和乡音。

二

温顿自 1982 年出版第一部小说《露天游泳者》②以来，其作品便受到了澳大利亚评论界的广泛关注。从澳大利亚文学研究的权威数据库 Austlit 的数据来看，关于温顿作品的文献文章近千条，学术专著五部。除去对温顿本人的介绍、作品获奖信息、出版资讯等的报纸报道类文章和简短书评外，学术评论文章有两百多篇。在这些评论文章中，评论家们的视角主要聚焦于温顿作品中的男性气质、怀旧与历史、社区意识、女性主义视角、成长主题、澳大利亚民族身份、语言特色、温顿作品的编辑与出版以及后殖民解读等方面。

温顿在小说世界中塑造了丰富的男性群像，围绕男性、男性气质的探讨是研究温顿小说的一个常见视角。奈基·霍普金斯（Lekkie

---

① 20 世纪 70 年代的澳大利亚大学仍旧以教授英国文学和欧洲文学为主，极少涉及本土澳大利亚作家作品的研究与探讨。在创意写作课堂上，被引用作为范例的也是清一色的英国和欧洲的作家作品，这一点让温顿非常不满。

② 《露天游泳者》出版当年便获得了针对新作家设立的澳大利亚沃格尔国家文学奖（Vogel Nationl Literary Award），标志着温顿正式踏入澳大利亚文学界，当时他年仅 22 岁。

Hopkins）注意到，"在温顿绝大部分早期小说中，总是弥漫着对于何为人子、何为人父、何为人夫、何为男性友谊的探讨"（1993：46）。对于男性气质这个研究主题，萨拉·热帕塔（Sarah Zapata）在其文章《重新思考男性气质：蒂姆·温顿短篇小说中改变的男性与父权的式微》（"Rethinking Masculinity：Changing Men and the Decline of Patriarchy in Tim Winton's Short Stories"）中提出："温顿用解构的方法批判了占主流统治地位的男权结构，并且通过突出他小说中的男性人物的女性气质这一策略来挑战固有的性别模式。"（2008：105）芭芭拉·阿瑞兹·马丁（Bárbara Arizti Martín）在题为《蒂姆·温顿小说〈骑手们〉中的男性气质危机》（"The Crisis of Masculinity in Tim Winton's *The Riders*"）一文中提到了温顿笔下遭遇危机的男性人物斯卡利，"珍妮弗和斯卡利是完全相反的两极。在每一个方面对他们进行对比都能强化这一结论：美丽/丑陋，有野心/容易满足，中产阶级/工人阶级，以事业为中心/居家的，积极的/消极的，智识的/随性的"（2002：39）。这些特征尤其是与女性的对比让温顿笔下的男性人物陷入传统男性气质的危机。纳撒尼尔·奥瑞里（Nathanael O'Reilly）则从父亲身份与父子关系的角度探讨了温顿短篇小说集中的男性人物。奥瑞里认为："温顿挑战文化传统，强调功能失调，倡导亲密关系并鼓励作为父亲和作为儿子身份的新路径。"（2014：178）确实如奥瑞里所言，温顿小说中的父亲角色与儿子角色并不遵循传统意义上的父强子弱模式，比如《天眼》这部小说中儿子奥特在父亲遭遇车祸后迅速帮母亲撑起家庭生活。对男性人物、男性气质的研究是深入了解温顿小说的一个重要方面。

评论界还注意到怀旧意识、社区概念是温顿小说较为突出的特征。迈克尔·麦克吉尔（Michael McGirr）就《云街》这部小说指出："如果说乔伊斯作品透出的是对他回不去的地方的怀旧的话，温顿则是对一段历史时期的怀旧……这种怀旧意识里涵盖了对道德上更加安全、文化更加多样性、词义更加丰富的一个时代的逝去之惋惜。"（1997：57）温顿的怀旧意识往往伴随着对旧式街区以及人情的眷恋。斯图亚特·马里（Struat Murray）认为温顿在《云街》中描摹的社区具有"新部落主义"（new tribalism）的特征，"这部小说刻画的完整性不仅仅将一个地方的人聚拢到一起形成新的家庭部落，也强调了澳大利亚文化民族主义沿袭下来的建构。这种大家庭式的新部落能够让人找到'存在感'"（2003：91）。还有评论家认为："在蒂姆·温顿的小说中，社区的首要基础就是家庭，在'血浓于水'的家庭中人可以表达和满足自我延伸的各种需求。"（Bennett，1994：70）芭芭拉·阿瑞兹·马丁将《云街》视为一部家族故事，她认为"在《云街》中，温顿提出了关于邻居关系的新的可能性。两个家庭在经历起起落落后走向对方，在'巨大的大陆一般的房子里'和解这一故事需要读者从隐喻层面去读出温顿意在促进澳大利亚社会的新的社区意识"（2013：10）。无论是新部落主义的提法，还是新社区意识的概念，两者都将澳大利亚历史与当下紧紧联系在一起。

　　蒂姆·温顿的女性观是评论家们关注的另一个焦点。以热帕塔[①]为代表的评论家认为温顿小说中的男性人物富有女性特质，由此他们认为温顿颠覆了固有的男权传统。还有一类以阿拉科斯（Mª Pilar Baimes Alarcos）为代表的评论家，他们提出温顿作品对于女性人物的刻画未能跳出传统男权思想的束缚，甚至有加固了这一传统之嫌。阿拉科斯在题为《她诱惑，她引导，她放弃：浅谈蒂姆·温顿小说〈骑手们〉中的女性人物形象》（"She Lures，She Guides，She Quits：Female Characters in Tim Winton's *The Riders*"）的文章中指出："俄玛的反面形象都是通过斯卡利的男性偏见传达出来的。同样的情况也适用于珍妮弗，她和俄玛都没有发出声音的权力。我们永远听不到她自己的声音，因此她无法定义自己……比莉是唯一一个被正面刻画的女性人物，比莉的形象在功能上满足了英雄在追寻真理的道路上遇到的女神形象。"（2010：17－20）阿拉科斯进一步指出："尽管比莉这个人物兼具男性气质和女性气质，但是这一点并不能抹去刻在珍妮弗和俄玛这两个女性人物身上的反面性。因此，可以说《骑手们》强化了对于女性根深蒂固的男权看法，这与现代女性角色的多样化是相悖的。"（2010：21）

　　温顿的作品中有不少个性鲜明的儿童形象、青少年人物，由此评论

---

　　① 　之前讨论温顿小说中的男性气质的评论家。

家对温顿作品中的成长主题也给予了关注。其中，布里吉德·鲁尼
（Brigid Rooney）的评论颇有见地。鲁尼认为："在《呼吸》这本耳熟能
详的小说中，温顿描绘了一个澳大利亚男性的'成长历程'……派克可
谓典型的温顿式少年主人公，尽管他的故事是被以更加智慧、更加老练
的中年派克之口讲述出来的。经历了青年时期的极其痛苦的经历，派克
在平常生活中获得了庄严之感。《呼吸》再次印证了温顿善于于平凡之
中挖掘不凡。"（2009：176）鲁尼所指的温顿"善于于平凡之中挖掘不
凡"的写作能力确实是其创作的一大特点，温顿总能将平凡小事与民族
大事恰到好处地联系起来，从而给人无限的启迪。特亚·达尔希埃尔
（Tanya Dalziell）的文章《蒂姆·温顿小说中的童年书写》（"Writing
Childhood in Tim Winton's Fiction"）则将焦点放在了温顿主要小说中
的多位儿童人物身上，其分析对于深入理解温顿小说的主题具有启发
意义。

温顿作品中的身份问题也引起了评论界的高度关注。安德鲁·泰勒
（Andrew Taylor）就《骑手们》这部小说探讨了澳大利亚文化身份问
题，认为"《骑手们》表明澳大利亚文化身份的持续性，以及适应的能
力。这是一部由我们最出色的作家写就的非常现代派的小说，它以詹姆
逊式的精确和陀思妥耶夫斯基式的激情将澳大利亚置于世界舞台之上。
事实上，以这种方式来测试澳大利亚文化身份与文化价值差一点使其毁
灭，这恰恰显示出极大的艺术自信和雄心壮志"（1998：111）。泰勒对
《骑手们》的评价颇具启发性，尤其是他谈及了温顿将澳大利亚文化与
欧洲文化并置来更好地呈现文化身份问题的论点。

温顿的文学作品有着独特的语言风格。温顿的语言带有明显的西澳
大利亚州本土方言特征，是澳大利亚本土文化的生动体现。对此，菲奥
娜·莫里森（Fiona Morrison）指出："恰如马里（Les Murry）的诗歌
在十年前已经做到了的那样，温顿的小说语言表明非标准的、当地的和
家乡的语言更能够抓住澳大利亚人的情感。"（2014：70）正如莫里森所
言，温顿多部小说所取得的巨大成功与他带有标志性的西澳大利亚州特
色方言的巧妙运用直接相关。

除了从内容、主题、人物、语言等文学的内部要素考察温顿的文学

作品，评论界还将研究视角拓展至文学体制层面。美国评论家佩尔·海涅嘉德（Per Henningsgand）从编辑和出版这一角度切入，认为"温顿的文学事业和国际声誉与新兴的媒体方式有很大的关系，这一点从他作品的出版史可以看出"（2014：138）；他还指出，"当澳大利亚学者试图去发展一种'超越国界的澳大利亚文学批评实践'时，澳大利亚作家的作品其美国版本与澳大利亚版本在编辑方式上的差异是一个需要引起重视的因素"（2014：152）。海涅嘉德从文学体制这一视角展开对温顿作品的研究颇具新意，对从宏观上把握温顿作品与文学体制之间的关系有较大的参考价值。

澳大利亚是一个典型的后殖民国家，温顿的创作显然也带有后殖民语境的特征。有不少学者从后殖民视角对温顿的小说作品进行研究，但都仅仅局限于某一部小说，切入点也各不相同，研究范围难免狭窄、不成体系。大卫·克罗齐（David Crouch）认为温顿的小说《云街》讲述的闹鬼的屋子这一故事是"一个还没有完全适应下来的国家最确切的比喻"（2007：94），他还指出，"对于好不容易占有的地方，尤其是充满魅影，以及对于占有问题的动态变化问题都可以与澳大利亚人心理上对于黑暗污点的无法释怀联系起来"（2007：94）。克罗齐总结指出："这些故事都关注殖民占领的连续性与合法性……温顿笔下出现魅影的房子则是对于澳大利亚占领带来的紧张情绪的表征……建筑物的魅影难以消除，表明民族层面对于一个地方的归属感还存在焦虑。"（2007：102）如克罗齐所言，温顿在作品中高度关注殖民历史及其影响问题，其小说中的人物时常被一股莫名的焦虑感笼罩着。分析与阐释人物内心的焦虑必须将其放置在澳大利亚文化后殖民语境中，只有这样才能更加深入地理解温顿的创作主旨。迪肯大学文学教授林恩·默克克莱顿（Lyn McCredden）通过分析《土乐》，指出在这部作品中温顿"试图调和心理和文化上的分裂——殖民者和被殖民者之间、自我和他者之间、两性之间。我将温顿描述为后期浪漫主义的后殖民澳大利亚作家（late romantic australian post-colonial writer）"（2010：44）。默克克莱顿将温顿定位为后殖民澳大利亚作家的这一观点从澳大利亚文学的后殖民语境来看是较为准确的，可惜的是，其并没有系统地探讨温顿的作品，尤其是温顿的长篇小说中贯穿始终的后殖民主题。布里吉德·鲁尼在解读《呼吸》时明确指出在这部小说中温顿讨论了澳大利亚的"历史遗留问题"(Rooney，2014：259)。鲁尼所指的历史遗留问题就是殖民历史带来的方方面面的持续影响。对于温顿这样一位典型的后殖民澳大利亚作家，从后殖民理论视角全面考察其作品无疑具有重要的文学批评价值。

关于蒂姆·温顿作品的第一本文学批评专著《阅读蒂姆·温顿》(*Reading Tim Winton*) 出版于 1993 年，该书由理查德·罗斯特 (Richard Rossiter) 和林恩·雅克布斯 (Lyn Jacobs) 编辑整理，并由安格斯与罗伯逊 (Angus & Robertson) 出版社出版。在这部早期的评论专著里，除了一篇介绍温顿生平的文章，还有五篇评论文章，分别讨论了温顿早期虚构作品中的地域问题、神灵问题、性别与阶级问题、童年问题和历史问题。由于出版时间较早，这部评论集涉及的作品非常有限，研究的问题也有一定的局限性。

1999 年，有两部关于蒂姆·温顿作品的评论集问世，即《蒂姆·温顿：一次庆典》(*Tim Winton：A Celebration*) 和《蒂姆·温顿：其人其作》(*Tim Winton：The Writer and His Work*)。《蒂姆·温顿：一次庆典》共收录了四篇文章，分别是澳大利亚著名女权主义作家海伦·加纳 (Helen Garner) 对温顿趣闻轶事的回顾，编辑迈克尔·麦克吉尔执笔的两篇回顾温顿作品出版细节的文章，马丁·弗兰纳根 (Martin Flanagan) 讨论温顿作品中地域问题的文章。《蒂姆·温顿：其人其作》则着重对温顿的七部[1]作品进行创作背景介绍，外加一篇介绍温顿生平的文章。这两部作品评论集的共通之处在于提供了丰富的关于作家作品的背景资料，不足之处表现在研究范围依旧较窄、批评深度不够。

《心怀国家——解读蒂姆·温顿小说》(*Mind the Country：Tim Winton's Fiction*) 是莎西亚·本麦莎 (Salhia Ben-Messahel) 出版于 2006 年的专著，该专著原为本麦莎的博士学位论文。这是第一部以整本书的篇幅对温顿作品进行深入研究的评论性专著。在该书中，本麦莎

---

① 这七部作品分别是《露天游泳者》、《浅滩》、《天眼》、《冬日的黑暗》(*In the Winter Dark*)、《洛基·尼奥纳德》(*Lockie Leonard*)、《云街》和《骑手们》。

展示了温顿是如何通过其笔下的人物和故事生动传达了当今澳大利亚的特征；展示了这些故事是如何错综复杂地交织在一起的。本麦莎认为温顿通过对家园、西澳大利亚州、土地、海洋风景、城市的热爱呈现了灵魂的丰富轮廓、作品里的危机与孤独以及自我发现与创新等。

《蒂姆·温顿评论文集》（*Tim Winton：Critical Essays*）出版于2014年，由林恩·默克克莱顿和纳撒尼尔·奥瑞里（Nathanael O'Reilly）主编。这部评论集涉及温顿的多部小说，内容非常广泛。默克克莱顿在前言里发出这样一个疑问："蒂姆·温顿无疑是澳大利亚最流行又最严肃的作家，但为何他并没有引起评论界的持续关注？"这部评论集的出版意在"让关于蒂姆·温顿文学作品的讨论继续下去"（2014：1）。默克克莱顿的这些话语暗示了此前澳大利亚主流评论家对温顿作品的研究还不够。《蒂姆·温顿评论文集》汇集了澳大利亚以及多位有国际影响力的主流评论家的评论文章，包括比尔·阿什克洛夫特等，有极高的学术参考价值。

澳大利亚国内评论界对蒂姆·温顿的研究有如下特点：第一，针对个别小说或者作品展开研究的期刊论文较多，聚焦同一主题的研究深度略显不足，尤其是博士论文形式的深度研究相对匮乏；第二，温顿作品的早期评论集多聚焦于作家本人的生平、小说本身的主题或者概述，评论深度不足；第三，相对于温顿作品的数量之众和作家本人的声誉之隆，针对其作品的学术研究总体上较为薄弱，还有很大的挖掘空间。

我国的蒂姆·温顿研究起步较晚，从知网的数据来看，关于蒂姆·温顿的研究文献有26条，包括3篇硕士论文和23篇期刊论文。另外，已出版的关于温顿作品的研究有1部专著、1部译著。从时间上来看，2010年以前，对蒂姆·温顿的研究仅限于译介个别短篇小说、个别新书发布信息和简短的书评，2010年以后的研究开始聚焦于长篇小说甚至多部小说的对比。

我国评论界对温顿作品的研究主要涉及和解主题、性别主题、生态主题、反文化运动主题、后殖民主题等。如徐在中在《平淡之中显大义——解读蒂姆·温顿〈云街〉中的"和解"主题》一文中从家庭内部的和解、邻里之间的和解、种族之间的和解和人与环境的和解四个方面阐释了《云街》的和解主题。徐在中认为温顿的"作品并不缺乏深度，于平淡之中蕴藏着深刻的道理"（2010：140）。詹春娟就《云街》和《骑手们》这两部小说讨论了温顿的女性意识，认为"温顿的写作虽以女性为中心，但是着眼于男性以及男性的主体世界。因此，他笔下的女性人物无法获得精神独立，只能成为烘托男性形象、彰显男性气质的重要陪衬"（2012：124）。刘云秋就生态话题对蒂姆·温顿进行了专访，访谈中温顿谈及"澳大利亚的地域和文化特点，涉及西澳的海景、地方主义、生态学"（2013：149）。反文化运动在西方社会以及澳大利亚都产生了深远的影响，徐在中以反文化运动为切入点研读《呼吸》，指出"作为反文化运动的亲历者，温顿在年近半百之时来反思这段文化和历史时是持否定批判态度的"（2013：95）。

徐显静的专著《征服、重构与回归——蒂姆·温顿小说的生态解读》从征服、重构与回归这三个阶段来解读温顿作品中澳大利亚白人与环境的互动，最后总结得出："蒂姆·温顿的生态哲学突出地关注构建澳大利亚白人与土地的亲情关系，他本人热切希望像其作品中的人物那样，澳大利亚白人可以从荒野自然中获得净化、顿悟、救赎与活力。"（2015：Ⅲ）2010 年，黄源深翻译的《浅滩》的中文译本由上海译文出版社出版。

可见，我国学者近年来对蒂姆·温顿这位重要的澳大利亚作家的研究在研究范围和研究深度上较之前均有显著突破，但依然只涉及温顿的几部长篇小说，对温顿的戏剧作品、儿童文学作品、短篇小说的研究仍然相当匮乏，有些领域的研究（比如温顿的戏剧创作）还未起步。可以预见，随着越来越多的学者涉足澳大利亚文学研究领域，温顿文学创作的重要意义和价值将被更多的人认识，针对其作品的研究也将不断深入。

三

关于澳大利亚文学到底是不是"后殖民的"这一重要问题，比尔·阿什克洛夫特（Bill Ashcroft）在《澳大利亚文学是后殖民的吗?》（"Is

Australian Literature Post-Colonial?")一文中作了如下界定："'后殖民'文化生产发生在那些曾经被殖民过的地方。它的意思是殖民主义开始之后，而不是殖民主义结束之后。"（2010：3）关于什么是后殖民，阿什克洛夫特给出了这样的阐释："它是一个领域吗？它是不是将所有由被殖民人群或者曾经被殖民过的人群书写的文学集合起来的一种方式呢？它意味着反殖民主义吗？嗯，它可以意味着所有这一切，但是最重要的是'后殖民'是一种阅读方式（'post-colonial' is a way of reading）。"（2010：3）在这篇文章的最后，阿什克洛夫特指出："澳大利亚文学是后殖民的，因为它总是以这种或那种方式持续与'建构'澳大利亚的帝国话语互动，与本土事实无法调和的话语互动。"并提醒到："'后殖民'一词并不是指一种特殊的存在状态，而是指一系列的挣扎（struggles），没有任何领域内的这种挣扎能够比文学领域更加强烈且充满想象力。"（2010：12）不难看出，阿什克洛夫特认为澳大利亚文学不仅仅是"后殖民的"，而且这一领域内的"后殖民"特征还最为强烈。

　　澳大利亚文学的后殖民特征与其殖民历史息息相关。阿什克洛夫特等学者在《逆写帝国》（*The Empire Writes Back*）中提到："当今世界上超过四分之三的人口及其生活是由殖民经历所塑造的。这种经历对于政治和经济领域的重要性显而易见，但对于当代人的认知架构所产生的普遍影响却并不易被察觉。文学常常是这种新型认知的重要表现形式。"（1991：1）菲尔德豪斯（D. K. Fieldhouse）指出："现代欧洲的殖民主义到目前为止是各种殖民接触中最深入的一种，并已成为人类历史上一种反复出现的特征。截至 20 世纪 30 年代，殖民地和前殖民地已经占据了这个星球上 84.6% 的地表面积。"（1989：373）对此，评论家艾尼亚·鲁默（Ania Loomba）认为："如此大范围的地理辐射、殖民主义不同的实践方式以及殖民主义在过去四个世纪产生的深远影响使得将这个主题'理论化'或者试图作一些概括性的总结相当困难。"（2005：3）殖民主义产生的影响的确不可估量，正因为这个领域的研究拒绝简单的总结或者理论化，在后殖民时代对殖民主义及其影响的研究显得更加重要。

　　殖民主义既是一种实践活动，也是一种意识形态。作为实践的殖民主义结束之后，作为意识形态的殖民主义却并非瞬间就能结束。爱德华·萨义德（Edward Said）在《文化与帝国主义》（*Culture and Imperialism*）一书中对帝国主义（imperialism）和殖民主义（colonialism）作了如下区分："'帝国主义'指的是统治遥远土地的宗主国中心的实践、理论和态度。几乎永远伴随'帝国主义'而来的'殖民主义'意味着向边远土地上拓殖移民……在我们这个时代，直接的控制已经基本结束。我们将发现，帝国主义像过去一样，在具体的政治、意识形态、经济、社会活动以及一般的文化领域中继续存在。"（1993：8）可见，萨义德用帝国主义来强调意识形态层面，而用殖民主义强调实践。透过萨义德的论述不难发现，殖民的意识形态还继续存在。

在后殖民时代，理论界对"去殖民化"（decolonization）问题格外重视。多位学者对"去殖民化"进行了界定与描述，其中较有代表性的观点分别来自迪特玛·鲁斯蒙德（Dietmar Rothermund）、比尔·阿什克洛夫特、弗兰茨·法侬（Frantz Fanon）以及爱德华·萨义德。

殖民地在第二次世界大战以后逐渐退出历史舞台，昔日的殖民地纷纷宣告独立，从实践的角度来看，殖民看似已经结束。"从1947年到1960年代中期，在这短短的不到二十年的时间里，许多殖民帝国相继消失，众多新的民族国家开始独立。"（Rothermund，2006：1）诚然，政治独立标志着去殖民化的初步实现。更准确地说，政治独立是去殖民化的第一步，但并不意味着彻底实现了去殖民化。恰如鲁斯蒙德所指出的："对于去殖民化的研究不能止步于权力交接的那一刻。如果止步于政治独立那个时间点，我们将错过对殖民统治产生的复杂的影响的考察。"（2006：2）如果对殖民历史产生的后续影响置之不理的话，此举无疑是将历史与当下割裂开来，而不是将二者看成有机的统一体。这种做法显然不可取，甚至会带来民族性的重大谬误。鲁斯蒙德提醒到："人们使用'新殖民主义'（neocolonialism）一词其实就是对于去殖民化的结果感到失望。"（2006：2）关于去殖民化的时间问题，普拉森吉特·杜尔热（Prasenjit Duara）认为："去殖民化的时间与模式在具体的国家和地区存在巨大的差别。"（2004：1）杜尔热的观点与阿什克洛夫特等学者不谋而合。

阿什克洛夫特等学者在《后殖民研究：关键词》（*Post-colonial*

Studies：*The Key Concepts*）一书中对"去殖民化"（decolonization）作了如下描述："去殖民化是一个在各个方面展现并清除殖民者权力的过程。这就包括推翻那些——即使是已经取得政治独立之后——使得殖民权力得以维持的隐藏的体制和文化。"（2007：56）并进一步提出："政治独立并不一定就意味着被殖民者就从殖民者那里获得了自由。在政治独立之后，殖民主义的价值观在政治、经济和文化模式等多方面都依然持续存在。"（2000：56－57）从以上阐释中不难看出，"去殖民化"是一个过程，这个过程不仅仅发生在政治独立之时，很多情况下会持续到政治独立之后，甚至是独立后很长一段时间，其涉及政治、经济、文化等不同的方面。

爱德华·萨义德也曾论及去殖民化问题。在高瑞·薇思瓦纳珊（Gauri Viswanathan）编辑的《权力、政治与文化——萨义德访谈录》（*Power*，*Politics and Culture*：*Interviews with Edward Said*）一书中，萨义德在《批评与政治的艺术》这篇访谈文章里指出："去殖民其实有两个时刻。第一个时刻你可以说是在第二次世界大战之后古典帝国的销蚀殆尽……另一个时刻的问题则大得多。它并没有结束，因为与帝国的斗争在世界其他地区继续进行，而且一直到现在。"（2007：182）萨义德有一个提法非常值得借鉴，即他在《文化与帝国主义》（*Culture and Imperialism*）一书中所说的："第二次世界大战后，整个世界都非殖民地化了。"（2007：281）非殖民地化仅仅是在政治形式上获得独立，非殖民地化并不代表去殖民化的实现。

弗兰茨·法侬（Frantz Fanon）的《地球上不幸的人们》（*The Wretched of the Earth*）被当代文化研究之父斯图亚特·霍尔（Stuart Hall）誉为"去殖民化的圣经（the Bible of decolonization）"[1]（qtd. in Sartre，2006：XXi）。法侬对去殖民化的阐释如下：

> 去殖民化，简单来说，就是某一"种类"的人去替代另一"种类"的人……去殖民化成功的标志是社会结构彻底地得到改变……

---

[1] 萨特在其著作《殖民主义与新殖民主义》（*Colonialism and Neocolonialism*）中引用了霍尔对法侬的评价。

去殖民化旨在改变世界的秩序，显然它本身是一个充满骚乱的过程。去殖民化的实现不可能如同魔术一般就能实现，也不可能由自然的震惊而实现，更不可能来自友好的理解……在去殖民化的过程中，需要全面质疑殖民情境（colonial situation）。（2001：27—28）

法侬在《地球上不幸的人们》中还详细谈到了殖民地要实现去殖民化的方法与路径，涉及政治、经济、文化和心理等方面。作为心理医生，法侬高度关注被殖民历史给殖民地人们带来的心理影响。他在阿尔及利亚遇到很多精神有严重问题的人，发现光靠医学范围内的治疗是解决不了问题的。对殖民地的人们来说，他们要想回到正常人的状态，必须实现去殖民化，这才是解决问题的关键。法侬指出："真相就是，从本质上来说殖民主义一直在为精神病院输送大批的精神病人。"（2001：200）在殖民地，"精神失常（Mental Disorders）"（2001：200）不是个案，而是非常普遍的现象。殖民主义给殖民地人们的心理带来了普遍的严重的伤害。

透过上述理论家对"去殖民化"一词的描述和界定，不难看出，讨论一个国家的"去殖民化"问题至少可以从经济、文化、政治和心理这四个不同的层面展开。

让·保罗·萨特（Jean-Paul Sartre）对经济殖民的阐释入木三分，具有重要的参考价值。萨特在《殖民主义是一种体制》（"Colonialism is a System"）一文中深入论述了殖民主义的经济掠夺机制。正如罗伯特·杨（Robert J. C. Young）在该书的英译本前言中所评论的："萨特的《殖民主义是一种体制》一文对殖民经济的运作机制作了深入全面的剖析。"（Sartre，2006：XX）罗伯特·杨还注意到萨特看待殖民经济的观点深受卡尔·马克思（Karl Marx）的影响，马克思认为："殖民主义是欧洲资产阶级社会剥去华丽外衣后的样子，是资本主义赤裸裸的展现。"（1973：324）从马克思主义的理论视角分析殖民主义对殖民地、殖民地人们的掠夺与剥削，可以更加清晰地看到经济殖民的本质。殖民主义与利润获取密不可分，而利润来自对被殖民地区或者国家的全面掠夺。萨特通过殖民者对被殖民地区自然资源、土地和殖民地的人们这三个方面的掠夺和剥削展开讨论，认为殖民主义并不是一种偶发的行为，而是一种系统的体制，这个体制的目的就是让殖民者获得最大利润。

《黑皮肤，白面具》（*Black Skin，White Masks*）是法侬从精神分析学的角度考察被殖民者心理病症的一部理论著作，法侬的思想对于讨论心理去殖民化问题具有重要的理论指导意义。在这部著作中，法侬指出了殖民地的人们普遍存在的"自卑情结"（complex of inferiority）。作为萨特的学生，法侬深受萨特在《反犹太主义者与犹太人》（*Anti-Semite and Jew*）一书中论述的犹太人的自卑感来源这一观点的启发，转而将视角聚焦在被殖民群体身上，通过分析得出殖民者的优越感制造了被殖民者的自卑感。心理上的自卑使得殖民地的人们在行为上表现出非本然性存在的扭曲与矛盾，他们逃避自我、否定自我、与自我作斗争。他们迫切想要借助各种行为模仿殖民者，试图以此来摆脱自卑感。法侬认为殖民地的人们要认清自卑感的来源，祛除心头的自卑感，做既不自卑、也不自傲的心理独立之人。

阿什克洛夫特等学者还对澳大利亚、加拿大这样的定居者殖民地（settler colonies）的去殖民化情况作了更具体的分析。阿什克洛夫特等人认为：

> 在定居者殖民地，这个过程（去殖民化）可以看到会以其他形式发生。尽管他们在较早就被允许沿袭英国模式获得政治独立，但是他们经常遭受恰如澳大利亚评论家菲利普斯（A. A. Philips）敏锐捕捉到的"文化奴婢主义"（a cultural cringe）……相较于其他种类的殖民地，他们通常在去除社会体制和文化态度中的殖民元素方面更加不成功。（2007：59）

可见，定居者殖民地虽普遍较早就获得了政治独立，事实上他们的去殖民化并不一定成功。这是由于很多定居者殖民地的主流统治阶级其实都是殖民者的后裔，这种亲缘关系使得去殖民化困难重重。相对来说，昔日的占领殖民地（colonies of occupation）去殖民化情况与定居者殖民地存在明显不同。"在那种绝大多数人的主导文化或者几种主流文化由于殖民实践被侵犯、压制和诋毁的殖民地，抵抗和推翻殖民假想（colonial assumption）的行动明显要积极许多。"（Ashcroft，2007：57）

澳大利亚作为一个典型的昔日定居者殖民地，其当今的社会体制和文化中依然不乏殖民影响。蒂姆·温顿曾多次在访谈和自传体随笔中提及当今澳大利亚社会在许多方面还存在殖民思维，如在《眼角》（"The Corner of the Eye"）一文中，他开宗明义地指出："尽管已经是21世纪了，政府仍旧在以19世纪的假想为基础制定各种政策。"（2015：112）在《地域的力量》（"The Power of Place"）一文中，温顿披露："旧的殖民思维还以这些形式残存：对于地方性背景和方言表达的厌恶。如果你是一个作家或者画家，你只要给地域①（place）稍微多了一点点笔墨，你将冒着被贴上次等、乡土气、保守等标签的风险。"（2015：135）温顿还指出"殖民污点不可能瞬间消失，尤其是当我们还在不断寻找新的方式重新制造它的时候"（2015：139）。由此可见，蒂姆·温顿高度关注隐藏在当代澳大利亚社会各种体制中的殖民影响。

蒂姆·温顿的多部作品明显表现出对澳大利亚殖民与去殖民化问题的思考。比如早期的小说《浅滩》看似在描写鲸鱼被捕杀的环境问题，实际上多次聚焦于捕鲸阵营与反捕鲸阵营正面激烈的较量上，以及主人公库克森夫妇对鲸鱼的态度转变。以"捕鲸"为代表的掠夺式经济发展模式无疑是殖民经济的延续，而反对捕鲸、保护环境的生态意识就是对殖民经济意识的对抗、替代。小说中还涉及澳大利亚白人对土地、土著的持续掠夺和剥削。2013年出版的《巢》同样涉及澳大利亚当时的经济发展模式，澳大利亚白人大肆开发矿藏，全然不顾生态环境的恶化。这些小说乍一看在书写环境问题，实质上披露的是经济发展模式的问题。

《云街》和《骑手们》这两部小说都明显谈到了文化问题，其中《骑手们》最为突出。该小说讲述了斯卡利一家滞留欧洲而未返回故乡澳大利亚的故事。斯卡利一家三口的文化态度迥异，妻子珍妮弗对于欧洲文化极度迷恋，认为真正的文化在欧洲，澳大利亚没有文化可言；斯卡利则表现出文化不确定性，最终回到了可以躲避现实的殖民前文化即爱尔兰文化；女儿比莉虽然热爱澳大利亚文化，但过于年幼，不得不选

---

① 指澳大利亚本土地域、风物。

择妥协，跟随父亲去了爱尔兰，从此将澳大利亚文化抛在了身后。可以看出温顿通过《云街》《骑手们》等作品试图呈现澳大利亚文化近况的努力。

《土乐》描绘了西澳大利亚州的海边小镇怀特湾发生的偷捕鱼货并败露的事件。这部小说呈现了当代澳大利亚主流白人与底层白人、亚裔移民与土著之间的权力关系。温顿在小说中生动地展现了主流白人对底层白人的密切监视与控制。白人的监视之网同样遍布亚裔移民和土著存在的地方。福柯认为监视行为是权力的直接体现，而政治的本质就是权力关系。阿什克洛夫特等学者也指出观察者的位置优势强化了政治秩序。可以说，温顿在《土乐》中非常巧妙且深入地探讨了澳大利亚社会的政治去殖民化问题。此外，《天眼》（*That Eye, the Sky*）也涉及澳大利亚的政治问题，但涉及面相对狭窄，主要体现在主流白人对底层白人的压迫上。《土乐》与《天眼》的出版时间相距十五年，温顿在《土乐》中显然更加全面、深入地思考了政治殖民的影响。

《露天游泳者》《冬日的黑暗》《呼吸》这三部小说表现的都是主人公的焦虑与恐惧，对人物心理的展现淋漓尽致，尤其是 2008 年出版的《呼吸》。这部小说讲述了两个西澳大利亚州少年痴迷极限冒险的故事。他们对平庸感到恐惧，踏上了疯狂冒险的征途，先后参加了以极限冲浪为代表的数种冒险活动。他们追求冒险带来的超越平庸感，认为这才是生命的意义和价值。他们认为自己出生、成长的小镇是平庸的，小镇人庸俗不堪，他们极度害怕自己沦为平庸的人。温顿暗示这种对平庸的恐惧和对极限冒险的痴迷恰恰是自卑的表现。弥漫在当代澳大利亚人心头的自卑感与殖民历史密不可分，《呼吸》便集中揭示了澳大利亚人心理去殖民化问题。

综上，去殖民化是贯穿蒂姆·温顿小说创作的重要主题，尤其是《浅滩》《骑手们》《土乐》《呼吸》这四部小说体现得最为明显。《浅滩》《土乐》《呼吸》获得了澳大利亚最高文学奖（迈尔斯·弗兰克林文学奖），《骑手们》获得了布克奖提名，可见这四部作品沉甸甸的分量，以它们为代表来考察温顿的小说创作合乎情理。这四部小说分别出版于20 世纪 80 年代、90 年代、世纪之交和 21 世纪初期，从时间跨度来说它们代表了温顿不同的创作时期，较为全面地代表了温顿的创作思想。本书选取这四部小说为研究对象，以去殖民化主题为研究思路，从经济去殖民化、文化去殖民化、政治去殖民化和心理去殖民化这四个方面展开分析。

本书结合比尔·阿什克洛夫特、让·保罗·萨特、弗兰茨·法侬、爱德华·萨义德和福柯等理论家关于殖民、殖民主义和去殖民化等思想及相关论述来讨论蒂姆·温顿小说中的去殖民化主题。萨义德在《文化与帝国主义》一书中给予了法侬中肯的评价，"法侬代表土著与西方人的双重利益，从限制走向解放"（2007：396）。萨达尔在为《黑皮肤，白面具》撰写的序言里强调："法侬作品传达的信息在今天仍然让人如沐春风，分毫不减付梓之初给人带来的新锐之感。法侬远远地超前了他所处的时代。"（Fanon，2008：XX）不难看出，法侬的思想具有很高的参考价值，触及了殖民主义的共性。萨特对殖民主义的体制化分析深刻揭示了殖民主义的经济动因，占领殖民地和定居者殖民地虽在去殖民化的方式上存在差异，但也不乏相通和相似之处。另外，作为后殖民研究的理论先驱，比尔·阿什克洛夫特等理论家立足定居者殖民地这一独特的理论视角，呈现出针对昔日定居者殖民地的更加具体的理论描述。王腊宝在《澳大利亚文学批评史》一书中特别提到："（20世纪）80年代以后，澳大利亚成了世界范围内的重要理论生产力量，特别是在后殖民理论和生态批评的建构中，澳大利亚的批评家为世界后殖民理论和生态批评的知识生产做出了重要的贡献。"（2016：15）因此，以这些理论家关于殖民、殖民主义、去殖民化的思想为指导，剖析当代澳大利亚社会的殖民与去殖民化问题，不仅不会造成"风马牛不相及"之感，相反会给人触类旁通的启发。

四

本书立足后殖民理论，通过分析温顿的四部长篇小说来考察其对澳大利亚社会殖民与去殖民化问题的认识与思考。温顿的小说多以西澳大利亚州为背景，关注当代澳大利亚社会与殖民历史之间的关系。温顿通过自己的文学创作深入地考察了当代澳大利亚社会的殖民与去殖民化问题。殖民与去殖民化是后殖民文学研究中的重要话题。早在 1961 年，弗兰茨·法侬就在《地球上不幸的人们》中深入论述了去殖民化的政治、经济和文化等内涵。法侬认为，在前殖民地国家里，要启动去殖民化进程，必然要面对两种势力的针锋相对。他在另一部著作《黑皮肤，白面具》中则从精神分析的角度出发，集中探讨了被殖民的历史对人的精神影响。法侬认为，殖民地人普遍遭受心理自卑症的困扰。在澳大利亚，以比尔·阿什克洛夫特为代表的后殖民理论家立足定居者殖民地（settler colony）这一特殊理论视角展开研究，认为政治独立并不意味着被殖民群体瞬间就能摆脱殖民影响而获得全面独立，事实上，隐匿在政治、经济和文化模式中的殖民权力在政治独立后依然存在。阿什克洛夫特强调去殖民化进程包括在政治独立之后对持续存在于各种社会体制和文化中的殖民权力进行清除，相较于其他殖民地，定居者殖民地在去殖民化问题上面临着更大的挑战和困境。温顿的小说中充斥着对这些问题的深入思考。本书从经济、文化、政治和心理这四个方面考察与分析温顿小说对殖民与去殖民化问题的思考，并在此基础上深入挖掘这位澳大利亚重要作家的小说创作主题。本书共分为六个部分：

绪论部分首先介绍温顿的文学创作情况、主要成就以及国内外的温顿研究现状；其次概述后殖民研究视角下的殖民与去殖民化主题以及温顿本人对殖民与去殖民化问题的深切关注；最后提出本书的研究目的、方法和内容。

第一章集中分析了温顿 1984 年出版的小说《浅滩》（*Shallows*）。温顿在这部小说中生动地描绘了 20 世纪 80 年代澳大利亚的经济发展模式，具体呈现为如下三个方面：其一，为了谋取暴利，西澳大利亚州沿海的白人大肆捕杀鲸鱼，历史悠久的捕鲸业给鲸鱼带来了灭顶之灾；其二，为了迎合市场需求，澳大利亚白人任意规划和改造土地，由此造成大量土地废弃甚至毁坏；其三，为了群体利益，澳大利亚白人剥削、压迫土著。《浅滩》中的土著无家可归，在教育、医疗和就业等方面仍遭受着普遍的歧视与排斥。温顿通过《浅滩》传达了这样一个观点，即澳大利亚的经济发展模式在诸多方面仍旧以殖民掠夺和剥削为基础，经济去殖民化并未获得实质性的突破。

第二章以温顿 1994 年出版的小说《骑手们》（*The Riders*）为研究对象。这部小说高度关注文化问题，涉及澳大利亚本土文化、欧洲主流文化、爱尔兰殖民前文化以及澳大利亚白人对待构成澳大利亚文化的不同因素的迥异态度。具体表现为：其一，直到 20 世纪 90 年代，还有相当一部分澳大利亚白人对欧洲文化极度崇拜，他们迫不及待地甘当欧洲文化的附庸；其二，另一类澳大利亚人的逃避型文化态度，即避入殖民前的爱尔兰文化中寻求庇护；其三，最后一类澳大利亚白人热爱澳大利亚本土文化，但是他们往往屈从于种种现实而做出妥协，最终在无奈中抛弃澳大利亚本土文化。显然，无论是依附欧洲主流文化、回归殖民前爱尔兰文化，还是牺牲本土文化的妥协态度，都是澳大利亚文化尚未彻底摆脱殖民影响的表现。

第三章聚焦于温顿 2001 年出版的小说《土乐》（*Dirt Music*）。在这部小说中，温顿描绘了当代澳大利亚居于统治阶层的白人对以爱尔兰贫民为代表的底层白人、亚裔移民和土著实施的监视与控制。政治的本质是权力，小说透过白人统治阶级对底层白人、亚裔移民与土著的监视、控制，暗示澳大利亚的政治并不民主，人民也并不平等。白人统治阶级与底层白人、亚裔移民、土著之间的关系本质上仍旧是殖民者与被殖民者的关系。温顿意在暗示直到 21 世纪初，澳大利亚的政治体制仍旧带有明显的殖民特征。

第四章集中研究温顿 2008 年出版的小说《呼吸》（*Breath*）。这部小说讲述了西澳大利亚州的两个小镇少年因惧怕平庸而疯狂冒险的故事，分三个阶段展现了主要人物的心理变化。第一阶段，体验自卑与平庸带来的恐惧。主人公认为小镇生活单调乏味，小镇人庸俗不堪，他们因此深感自卑，对平庸感到极度恐惧。第二阶段，超越平庸与极限冒险。两个少年认为冒险是超越平庸的有效途径，于是他们痴迷冒险，不断投身于以冲浪为代表的极限运动。第三阶段，反思冒险与心理分裂。在经历数次夺命冒险游戏之后，主人公开始反思冒险的非理性与幼稚，一个少年最终选择告别冒险团体，回归平常生活。冒险是心理自卑的行为表现，自卑心理与殖民历史息息相关。温顿暗示了近半个世纪以来，澳大利亚白人一直遭受心理自卑症的困扰，未能实现真正的心理独立。

　　结论。总结全书，指出温顿在不同时期都深切关注澳大利亚社会的殖民与去殖民化问题。通过四部代表性的小说，从经济、文化、政治和心理四个方面剖析了澳大利亚的社会现状，认为当代澳大利亚社会还没有实现去殖民化，其经济发展模式依然以掠夺和剥削为基础，带有浓烈的经济殖民特征；澳大利亚白人并没有完全认同澳大利亚本土文化，而是不同程度地表现出对欧洲主流文化的依附、对殖民前爱尔兰文化的亲近以及对澳大利亚本土文化的纠结；当代澳大利亚政治依然具有明显的殖民特征，具体表现为白人统治阶级对底层白人、亚裔移民和土著的监视与控制；澳大利亚白人还没有实现心理独立，还不能够平和坦然、不卑不亢地生活，而是存在不同程度的心理自卑。

　　本书的创新之处在于：本书是对蒂姆·温顿小说全面系统的研究，涉及他在不同时期的多部重要小说作品，时间跨度大、代表性强；本书不局限于文本的内部研究，而是将文本置于澳大利亚社会语境当中，具有较强的现实意义；本书以澳大利亚近当代史、环境发展史、土著历史等为参考资料，运用后殖民理论，结合文本细读的方法进行论证。

第一章　《浅滩》中的掠夺与剥削：
受阻的经济去殖民化

　　特里·伊格尔顿（Terry Eagleton）曾不无抱怨意味地指责后殖民思想好像"只允许讨论文化差异问题，而不关注或者很少关注经济掠夺问题"（qtd. in Loomba，1998：3）。后殖民理论家埃尼亚·鲁默（Ania Loomba）也注意到："许多作家和学者，尤其是那些来自前殖民地的，确实广泛地在书写有关经济掠夺的问题。然而他们的作品却很少被纳入'体制化'的'后殖民研究'范围之内。"（1998：3）理论家们对于殖民掠夺问题的关注与重视表明在后殖民研究领域经济问题举足轻重，值得引起广泛关注。

　　让－保罗·萨特（Jean-Paul Sartre）在《殖民主义是一种体制》（"Colonialism is a System"）一文中指出："事实上，殖民既不是偶发事件，也不是一部分人所从事的事业留下的数据结果。殖民是一种体制，全面实施于19世纪中叶，约在1880年前后卓有成效，第一次世界大战后呈式微态势。"（2006：37—38）梳理这篇文章可以发现，殖民者在殖民地进行体制化的经济掠夺集中表现在三个方面：物资、土地与被殖民者。

　　第一，殖民者对殖民地物资的掠夺。掠夺物资使得早期殖民者迅速成为富甲一方的财主，他们将从殖民地掠夺来的物资卖给宗主国的人民以获取巨额财富。萨特提醒到："他把东西卖给谁呢？卖给法国本土人民。那么，没有产业的他们能卖什么呢？食物与原材料。"（2006：40）

　　第二，殖民者对土地的掠夺。萨特说："（法国殖民者）仅仅用了一个世纪的时间就剥夺了（dispossess）他们（阿尔及利亚人）三分之二的土地。"（2006：42）在这一个世纪之中，殖民者对于土地的掠夺和占有是凭借系统化的策略与方法不择手段地巧取豪夺。

> 在一些人口稀少的地区，当存在大片没有被耕作的土地时，对于土地的窃取（the theft of land）就显得不那么明显：你看到的可能就是军事占领或者是强迫劳工。但是在阿尔及利亚，当法国军队到来的时候，多数肥沃的土地其实是被耕种的。所谓的发展其实就是持续了将近一个世纪的对于当地居民的劫掠（plundering）……这样操作的结果就是：1850 年，殖民者占有的土地是 115000 公顷。1900 年的数字是 1600000 公顷。到了 1950 年的时候，数字就是 2703000 公顷。（Sartre，2006：41—42）

萨特进一步揭露了殖民者劫掠的残酷真相："好的肥沃的土地都在平原地区，周边布满小镇，留给被殖民者的就只有贫瘠蛮荒的沙漠地区。"（2006：44）

第三，殖民者对殖民地人民的剥削与压迫。

> 对于 90％的阿尔及利亚人民来说，殖民掠夺是系统化的、猛烈的。他们被从自己的土地上驱逐至贫瘠蛮荒之地，被迫从事薪水极为微薄的活计，对于失业的恐惧使他们敢怒不敢言……殖民者变得如同国王一般无需向阿尔及利亚人民提供任何东西，没有工资指标，没有集体协议，没有家庭津贴，没有伙食，没有职工住宿，什么都没有。（Sartre，2006：46）

萨特还补充说被殖民掠夺的阿尔及利亚人面对的不幸包括饥饿、贫困、疾病、被剥夺受教育的权力、失业等，他们生活在水深火热之中。"阿尔及利亚人的贫困与绝望是殖民主义直接导致的，只要殖民主义还存在，这种贫困与绝望将无法消除。"（Sartre，2006：48）恰如萨特所言，殖民主义的一个重要目的就是获取利润。"殖民体制是残酷无情的，因为法国从开始殖民的第一天起就在劫掠和攻击阿尔及利亚人，将其视为一盘散沙的乌合之众。法国在阿尔及利亚的整个计划都是为了使殖民者捞取最大的利润。"（Sartre，2006：46）殖民者总是冠冕堂皇地声称要将西方文明传播到偏远落后的地区来促进该地区的发展，事实上文明与发展的口号不过是殖民者用来掩盖自己丑陋的劫掠行为的遮羞布，

"从本质上来讲，殖民体制毫不费力地就摧毁了所有旨在发展的意图。他只有通过越来越变本加厉和不人道才能够维持下去"（Sartre，2006：49）。

因此，判断一个地区或者国家是否仍旧持续着经济殖民体制，可以从物资、土地以及当地人是否持续被殖民掠夺这三个层面来考察。如果物资持续被少数殖民者占有并以各种方式转化为利润，土地以各种方式被不断聚拢在少数殖民者手中，这片土地上的原住民被掠夺至不能正常生存而饱受贫困、疾病、失业等苦难的困扰，那么就可以说经济殖民体制依旧在运转，依旧在为殖民者谋取最大利润。

透过萨特的阐述不难发现，进行经济掠夺从而获取最大的利润是殖民的核心动因，是殖民体制运作的基本原理。萨特以法属殖民地阿尔及利亚为例剖析了殖民主义体制，并不表示殖民掠夺这种情况只适用于阐释法国与阿尔及利亚的相关问题。萨特对此曾作过说明："阿尔及利亚是最清晰、最易辨认的例子。"（Sartre，2006：38）罗伯特·杨也认为："萨特并不是说在世界上的每一个地方，任何时候，只存在一种单一的殖民主义体制，相反，他的意思是殖民主义所呈现出来的目的明确的、系统化的掠夺形式是可以被这样分析的。"（Sartre，2006：XXi）可见，萨特关于殖民掠夺的洞见对于考察、认识其他殖民地的相关问题亦颇具启发意义，比如曾经作为定居者殖民地的澳大利亚。

澳大利亚最早被英国用作发配流放犯之地，这一点容易遮盖英国对澳大利亚进行经济掠夺的事实。关于流放的经济效用，英国1717年的流放法案中明确提到："陛下在美洲的很多殖民地和种植园里都急需劳动力，通过这些劳动力在指定的殖民地以及种植园的辛勤劳动可以为国家（英帝国）效力。"（qtd. in Meredith，1988：14）大卫·梅雷迪斯（David Meredith）指出："澳大利亚迅速代替了美洲殖民地的功用，但是流放的主要作用在于提供劳工。"（1988：14）殖民主义带来了全球范围内的人员流动和物资流动，流放犯就是人员流动的一种，拓殖定居是殖民者抢夺物资的一种隐秘的方式。鲁默（Ania Loomba）指出："无论人员和物资朝哪个方向流动，利润最终总是流向所谓的'宗主国'（mother country）。这些利润和人员的流动包括美洲的拓殖定居点和数

量众多的种植园、印度的'贸易'以及全球人口的大量流动。"（1998：4）

流放犯（convicts）在澳大利亚殖民历史的舞台上扮演着多重角色，他们主要是英国和爱尔兰的底层人民，他们成为来到澳大利亚的首批定居者，也是殖民掠夺者。澳大利亚著名诗人、环保活动家朱迪斯·莱特（Judith Wright）[①]指出："我们先是作为流放者来到这里，后来成为掠夺者。"（1985：52）澳大利亚的流放犯和白人拓殖定居者同样也属于欧洲殖民主义的一股分支力量，他们对澳大利亚大陆上任何有利可图的物资都垂涎欲滴。

澳大利亚传统的历史编纂学回避了流放犯与澳大利亚经济建设之间的关系，意在掩盖经济掠夺这一丑陋的事实，英国借惩罚罪犯之名行掠夺资财之实。澳大利亚著名评论家约翰·多克（John Docker）认为："澳大利亚人对法律及犯罪的态度远比神话中描述得复杂和矛盾。"（2011：312）澳大利亚经济历史学家史蒂芬·尼古拉斯[②]（Stephen Nicholas）在《流放犯劳工：重新阐释澳大利亚历史》（Convict Workers：Reinterpreting Australia's Past）一书中着重从经济学视角阐释澳大利亚的流放犯历史，从经济学人力资本（human capital）的角度充分肯定了早期流放犯对于澳大利亚社会经济发展做出的不可磨灭的贡献。尼古拉斯提出澳大利亚的流放犯不是来自所谓的"犯罪阶层"

---

① 朱迪斯·莱特是澳大利亚著名诗人，同时也是澳大利亚 20 世纪六七十年代非常活跃和有影响力的环保先驱者、环保活动家，是澳大利亚最早在民众中发声、呼吁民众关注生态系统健康的公众人物，她全力参与了保护大堡礁的环保运动，成功地阻止了大堡礁被商业开发的厄运。通过莱特等人的努力，大堡礁不仅免遭开发的厄运，还被列为世界遗产名录，成为澳大利亚的地标性象征，是澳大利亚旅游的知名风景名胜之一，也是澳大利亚极为珍贵的自然资源。莱特的环保理念对澳大利亚社会产生了深远影响，其中包括对作家蒂姆·温顿的启发与影响。温顿在其 2015 年出版的自传《岛屿家园：地域自传》（Island Home：A Landscape Memoir）一书中热情讴歌了莱特等人对澳大利亚社会做出的重大贡献。

② 史蒂芬·尼古拉斯（Stephen Nicholas）供职于澳大利亚新南威尔士大学经济学系，是澳大利亚著名的经济历史学家。《流放犯劳工：重新阐释澳大利亚的历史》（Convict Workers: Reinterpreting Australia's Past）一书是其编辑和主笔的一部修正主义历史著作，共包括 13 篇文章，这些文章是对澳大利亚长期以来对流放犯即男盗女娼的滞定偏见的历史编纂学的修正。通过大量的数据分析，尼古拉斯从"人力资本"的角度充分肯定了流放犯作为劳动力的价值，以及他们为澳大利亚的经济增长和社会发展所做出的贡献。

(criminal class)①，而主要是英国和爱尔兰的劳工。流放犯是 18 世纪末、19 世纪全球范围内强迫劳工②流动的一种形式，不是澳大利亚所独有的。

殖民者借残酷的刑罚体系精心挑选年富力强的青壮年识字劳力去澳大利亚开疆拓土，以为英国输送回源源不断的金钱和物资。澳大利亚历史学家伍德（G. A. Wood）披露，"流放犯是英国严苛的社会等级和法典的受害者"（qtd. in Robinson，1993：116）。伍德所言不虚，犯罪阶层是统治者制造出来对殖民地进行经济掠夺的一个合法性借口，英国社会从来就没有一个天然的犯罪阶层，进行经济掠夺是殖民扩张的一个重要原因。

鉴于澳大利亚民族历史的特殊性，不同时期的澳大利亚文人、学者对殖民掠夺问题的思考从未中断。澳大利亚民族主义评论家斯蒂芬森③（P. R. Stephensen）在其代表作《澳大利亚文化的基石：为民族自尊而作》（*The Foundations of Culture in Australia: An Essay towards National Self Respect*）中有如下记载：

> 我们将从澳大利亚土地上收获的几百万包的羊毛、成千上百万吨的用冰块保鲜的牛羊肉、整船整船的黄金、几十亿包的面粉兢兢业业地运出澳大利亚联邦、运回祖国（home④）—祖国—祖国。我们为什么要为此感到自豪？几十亿棵的树木被砍伐、几十亿公顷草地上的草皮被羊群啃食得连根都不剩。由此我们才得以从澳大利亚为欧洲的肉食者们输送食物。（1986：117）

斯蒂芬森的记载可以作为白人殖民者在澳大利亚进行劫掠的一个生

---

① 传统的英国和澳大利亚历史学家认为流放犯是来自英国社会底层的贫困人口，他们从一出生就被训练各种偷窃技能，他们终日好吃懒做，以违法犯罪为生。因此，这一群人被称为"犯罪阶层"。

② 强迫劳工（forced labor）不仅包括流放犯，还包括被贩卖的黑奴以及各种形式的契约劳工。强迫劳工构成了资本主义发展过程中重要的劳动力形式。

③ 斯蒂芬森是澳大利亚民族主义文学与文化批评的早期奠基人之一，是 20 世纪 30 年代澳大利亚文艺批评界不可忽视的重要人物。他的作品《澳大利亚文化的基石：为民族自尊而作》被誉为 20 世纪 30 年代最具影响力的批评论著，是澳大利亚该历史时期时代精神的集中体现。以下引用此书简称《基石》，不再另注。

④ Home 在此处指的是英国以及欧洲。

动的注脚。斯蒂芬森描述的画面与萨特呈现的阿尔及利亚被劫掠的画面有很多相似之处：澳大利亚白人向英国源源不断输送的树木正是对澳大利亚物资的劫掠；白人殖民者抢夺了澳大利亚土著的土地后根据英国市场的需要或大规模地放牧，或耕种特定农作物等，于是得到了备受英国市场欢迎的羊毛、禽肉以及面粉，殖民者用商品换回了真金白银；与画面里赚得盆满钵满的殖民者相对应的是画面之外贫病无依的澳大利亚土著。朱迪斯·莱特指出直到 20 世纪 70 年代澳大利亚仍然还是"为了利益残害每一处地方"（Kinross-Smith，1980：24）。蒂姆·温顿出版于 20 世纪 80 年代初的长篇小说《浅滩》（*Shallows*）便对澳大利亚殖民掠夺问题进行了深入的讨论和思考。

《浅滩》出版于 1984 年，是温顿的第二部长篇小说，取材于温顿本人未成年时期的生活经历，在温顿 2015 年出版的自传体散文集《岛屿家园：地域自传》（*Island Home：A Landscape Memoir*）一书中可以找到故事的原型。《浅滩》中的捕鲸镇安吉勒斯（Angelus）就是温顿 12 岁（1972 年）到 14 岁（1974 年）时生活了三年的故乡——西澳大利亚州捕鲸镇阿尔巴尼①的缩影。对于阿尔巴尼，温顿在《厌恶与着迷》（"Disgust and Enchantment"）一文中如此描述："在阿尔巴尼的居住经历对我产生了一系列感觉上的冲击，或者更准确地说是对于令人恶心的景象的顿悟。"（2015：72）温顿所指的令人恶心的景象恰恰是捕鲸站里的残酷与血腥场面：

> 至于海岸边，你很快就弄懂了，这里充满血腥、肮脏和危险。但是这座小镇就是建立在这一切的基础之上：一个半世纪的猎取、杀害、肢解与热加工。当时，我亲眼见到很多这样的野蛮景象，抹香鲸被抓上甲板然后被剥去脂肪层，它们的头被蒸汽带动的锯子锯掉。鲨鱼则被枪击或者棒打。被屠宰的牛也被扔到一旁如同扔一件衣服到衣帽架上一般。黏稠的血液洒得水泥地上都是。（2015：73）

早年在阿尔巴尼的见闻使年幼的温顿极为震惊，这些经历也被温顿

---

① 阿尔巴尼是澳大利亚最后一个捕鲸小镇，迫于各种国际国内压力，1978 年阿尔巴尼小镇终止了捕鲸业，从此捕鲸产业在澳大利亚宣告终结。

融进了后续的小说创作，成为其反复关注、思考、书写的重要对象。此外，在《眼角》（"The Corner of the Eye"）一文中，温顿记录了自己14岁时当众质问阿尔巴尼捕鲸站经理的经历：

> 14岁时我为抹香鲸与座头鲸处于灭绝边缘的情况感到寝食难安，这都是由于当地企业（法国湾捕鲸站）的捕杀所致……阿尔巴尼这个捕鲸工享受光环的小镇，这个还萦绕着殖民时代氛围的地方……（2015：102－103）

阿尔巴尼的法国湾捕鲸站被温顿稍加更改变成了《浅滩》中的巴黎湾捕鲸站（Paris Bay Whaling Station），当年义愤填膺的勇敢少年温顿变成了小说中敢于为鲸鱼说话的小镇导游昆尼·库帕①（Queenie Coupar）。当然，温顿在《浅滩》中的思考对象已经不只是被捕杀的鲸鱼，他的关注点拓展到了更多的方面。

《浅滩》斩获了1984年的迈尔斯·弗兰克林文学奖和1985年的西澳大利亚州州长文学奖，这使温顿在当年的澳大利亚文坛一举成名。正如温顿自己所说的那样，他虽然只在阿尔巴尼短暂居住了三年，但是在此地的所见所闻对他产生了深远影响。温顿年仅24岁就因《浅滩》获得了澳大利亚最高文学奖，可见这部作品沉甸甸的分量。

《浅滩》讲述了西澳大利亚州捕鲸小镇安吉勒斯（Angelus）在20世纪70年代末出现的当地鲸鱼捕杀者和外来环境保护者之间的激烈对抗所引发的大规模骚乱的故事。小说以主人公昆尼·库帕加入外来环保团体抗议捕鲸并积极参与环保示威活动为情节主线展开，以外来环保团体不敌小镇捕鲸势力节节败退最终撤离小镇、昆尼最终回家并与丈夫克利夫·库克森（Cleve Cookson）达成和解结束。小说主体部分的标题分别是安吉勒斯（Angelus）、港口（Ports）、暴风雨（Storms）和鲸鱼湾（Bay of Whales），暗示了在安吉勒斯港口发生的一场围绕鲸鱼的暴风骤雨式的骚乱，即捕鲸阵营和反捕鲸人士的激烈较量。

---

① 小说中昆尼·库帕（Queenie Coupar）在嫁给其丈夫克利夫·库克森（Cleve Cookson）之后又被称为昆尼·库克森（Queenie Cookson），实际指的是同一个人。

《浅滩》①以环保问题为切入点，明写捕鲸者与环保者在多次反捕鲸骚乱中的冲突，实际上小说表现的冲突还包括安吉勒斯小镇的商业大亨德斯·普斯特林（Des·Pustling）与老牧师威廉·佩尔（William Pell）的持续较量、普斯特林家族与库帕家族就安吉勒斯小镇土地所有权的争夺、安吉勒斯小镇白人与土著的冲突。温顿巧妙地通过老牧师威廉·佩尔对小镇未来的担忧与焦虑、昆尼的爷爷丹尼尔·库帕（Daniel Coupar）心头挥之不去的焦躁引出安吉勒斯小镇看似岿然不动，实际暗流涌动的场景。小镇的土地被商人德斯·普斯特林有目的、有计划地不断侵吞用作商业开发。小镇居民拥有的农场与住宅一点点被普斯特林家族收购、占有，普斯特林家族要做的就是按照市场的需求重新规划这片土地以赚取最大利润。在海岸边的捕鲸站、安吉勒斯小镇这两个地理空间之外，《浅滩》还意味深长地安排了第三个地理空间，即离安吉勒斯不远处的土著保留地。在 1978 年的安吉勒斯，土著依旧风餐露宿，他们没有工作、无家可归、贫病交加，生活在巨大的不安全之中，他们借白人喝剩下的酒精麻痹着没有归属感的灵魂。温顿巧妙设置的这三个地理空间，分别对应鲸鱼的被掠夺、土地的被掠夺以及澳大利亚土著的被掠夺。

温顿借小说人物克利夫·库克森（Cleve Cookson）阅读妻子昆尼·库帕（Queenie Coupar）祖上留下来的航海日志，将小说的时间背景自然地从 1978 年拉回到 1831 年。黄源深如此评价《浅滩》的时间背景安排："作者在刻画当代安吉勒斯生活和人物的纠葛时，安排了一个关键细节，那就是人物无意间发现的航海日志，它记录和再现了一百多年前的生活状态和捕鲸活动，从而延伸了小说所反映的时代，增强了作品的史诗特征，拓展了小说的内涵，也使《浅滩》成了一部丰厚而扎实的澳大利亚小镇生活史。"（2010：291）航海日志的叙事部分亦可以看成《浅滩》这部小说叙事中的叙事，时间上的清晰分层让读者可以更好地将历史与当下串联起来。温顿安排航海日志这一细节的深层用意在于

①《浅滩》（Shallows），蒂姆·温顿著，黄源深译，上海译文出版社，2010 年版。下文引用《浅滩》的所有译文都出自该译本，仅标明小说英文首字母 S 和页码，不再另注。

提醒读者《浅滩》中所思考的问题具有历史连续性：鲸鱼被掠夺、土地被掠夺以及澳大利亚土著被掠夺并不是 1978 年澳大利亚特有的现象，而是从澳大利亚历史开始时就出现的并一直持续到温顿书写的"当下"即 1978 年。正如黄源深所指出的，《浅滩》是一部丰厚而扎实的澳大利亚小镇生活史，也是一部披露澳大利亚白人残忍、疯狂掠夺物资、土地与原住民的掠夺史。

第一节　被持续掠夺的自然资源

殖民者在殖民地最先掠夺的就是自然资源。爱德华·萨义德（Edward W. Said）在《文化与帝国主义》（*Culture and Imperialism*）一书中指出："在巨大的西方帝国扩张中，获利、再获利的希望显然是极其重要的，就像香料、糖、奴隶、橡胶、棉花、鸦片、锡、金、银等的诱惑力在几个世纪中充分证明了的那样。"（2003：11）帝国对财富和物质的贪婪是殖民扩张的重要动因，殖民者不是创造财富而是掠夺财富，来到澳大利亚大陆的白人拓殖者自然也不例外。

英帝国的殖民者来到澳大利亚之后也首先将注意力聚焦在澳大利亚丰饶的自然资源上。尼古拉斯（Nicholas）指出很多流放犯到了澳大利亚无须适应，即刻可以展开工作，譬如"伐木工可以立即开始工作"（1988：149），以砍伐树木为代表的对物资的掠夺是早期流放犯实现经济效益的主要方式。澳大利亚环境历史学家杰弗里·博尔顿（Geoffrey Bolton）在《破坏与破坏者：澳大利亚环境史》（*Spoils and Spoilers: A History of Australians Shaping Their Environment*）一书中提到："澳大利亚的树木是一种宝贵的商业财富。"（2012：34）流放犯看到了澳大利亚这片广袤的大陆上到处都是生财致富的机遇，他们只要挥动屠刀和斧头就可以大发横财。

澳大利亚得天独厚的环境资源迅速成了入侵者要竭尽全力抢夺和占有的"摇钱树"。博尔顿提到："在海上，捕鲸船队大肆捕杀驼背鲸……在澳大利亚内陆地区，制造商为郊区人养的狗和猫制造宠物食品，这一持续性的需求促使猎人们捕杀成千上万的袋鼠，同时迅速造成了野驴和山羊的灭绝。"（2012：150）可见，澳大利亚珍贵的动植物资源早就成了殖民者眼中炙手可热的商品，他们不假思索地实施可以产生巨大利润的掠夺行为。对于白人掠夺和占有资源的事实，朱迪斯·莱特一针见血地指出："所有我们想要从这个国家（澳大利亚）得到的就是金钱。"（Kinross-Smith，1980：24）相较于有些已经有农耕的殖民地如阿尔及利亚，澳大利亚这片大陆上的物资可能更加丰富，能够给殖民者带来更多的利润。物资越丰富，遭受殖民掠夺的程度越严重。

在澳大利亚，鲸鱼就是最早被殖民者掠夺的物资之一，也是典型代表。捕鲸业在澳大利亚被殖民时期迅速发展壮大，其后的利益链条一端连着殖民地，一端连着宗主国。鲸鱼集多种工业原料于一身的特点自然引起了殖民者的垂涎。捕鲸产业表面上为早期的殖民地提供了经济来源，实质上为大英帝国输送了源源不断的工业和生活原料。《浅滩》中的捕鲸者就是典型的经济掠夺者，鲸鱼丰富的商业利用价值很快吸引了殖民者的注意力，并成为殖民者猎杀和追捕的对象。

鲸鱼是澳大利亚自然资源的一个隐喻，捕鲸传统代表着掠夺自然物资的经济殖民传统。《浅滩》中的安吉勒斯是一座历史悠久的捕鲸小镇，根据库帕家族祖上留下的航海日志，初具规模的商业性捕鲸早在殖民地建立之初就已经存在，1831 年，安吉勒斯就有一艘名叫"男人之家号"的捕鲸船在安吉勒斯附近海域捕杀鲸鱼。航海日志记载，在安吉勒斯，捕鲸产业和殖民历史一样悠久，"以陆地为基础捕鲸①是安吉勒斯的一个传统，已有五十多年的历史"（S，34）。安吉勒斯小镇"不大，不过是两座灌木小山之间的一块荒地，镇上有一些赖以生存的工业。安吉勒斯尽管困难重重，挑战着人的理智，却靠了莫名的恩惠，竟能始终岿然不动"（S，4）。镇上赖以生存的产业正是捕鲸业，镇上的巴黎湾捕鲸站拥有多艘装备精良的捕鲸船和众多职业捕鲸工、鲸鱼剥皮工以及相关操作工。捕鲸业是安吉勒斯经济的支柱产业。早期的流放犯和拓殖定居

---

①　1988 年澳大利亚为了庆祝欧洲殖民者在澳大利亚大陆永久定居满 200 周年，举行了盛大庆典。那一天（1788 年 1 月 26 日）是英国皇家海军上将亚瑟·菲利普船长（Captain Arthur Phillip）率领第一舰队到达澳大利亚建立新南威尔士殖民地的历史时刻。

者绝非清白的劳动者，占有和掠夺的历史从他们到来之后便已开始。库帕家族的航海日志上有"一头鲸鱼＝3吨鲸肉（家畜饲料、家禽饲料、肥料）、8吨鱼油（黄油、猪油、甜食、肥皂、蜡烛、化妆品、纺织品原料、洗涤剂、油漆、塑料）"（S，49）的记载。对早期拓殖者来讲，捕鲸带来的收入极为可观，捕杀鲸鱼成了一条便捷的致富之路，野心勃勃的殖民地人跃跃欲试。博尔顿指出："有一段时间，鲸鱼的出口收入超过了羊毛。在新南威尔士的南部海岸，许多企业主开始从事海湾捕鲸业①。在那些日子里，悉尼港区到处都因为鲸鱼工厂而臭气熏天。"（2012：49）从博尔顿的记录当中不难看出，澳大利亚早期的拓殖者将所有的精力都倾注在能够使他们迅速发财致富的产业上，经济利益是主导一切劳动的标准。托马斯·邓巴宾（Thomas Dunbabin）在其书中佐证了这一记录："1848年，霍巴特②拥有37艘远洋捕鲸船，1046名船员，是大英帝国内最大的鲸鱼产业港口。"（1998：56）

《浅滩》对澳大利亚殖民时期与1978年的澳大利亚捕鲸情况均有描述。相较于殖民时期的捕鲸规模与程度，在1978年的安吉勒斯小镇，捕鲸业无论规模还是掠夺的疯狂程度都更加严重。温顿意在说明澳大利亚白人的经济掠夺思维从殖民时期一直延续到现在（即1978年），甚至有过之而无不及。航海日志记载最初捕鲸都是凭借人力，一搜捕鲸船上载着多名捕鲸工，他们在大海中完全凭借人力捕杀鲸鱼，时常面临生命危险，有时候还一无所获。殖民初期，无论是捕鲸方式还是设备都比较简陋。"1831年6月5日。棚屋已盖好，鲸油提炼炉很有改进。一共四间小屋。两间是供船员用的，其中一间给头儿芬恩和贾米森，另一间给陆上勤务人员（厨师、制桶工和木匠）和捕鲸炮炮手。最后一间是仓库和厨房。"（S，24）随着技术的发展，《浅滩》中安吉勒斯的捕鲸站已经实现了工业化，掠夺能力更强。技术的进步使得殖民掠夺更加便利且

---

① 这一经营方式是依靠海岸基地而不是捕鲸船，意指建立捕鲸站。但是捕鲸业的历史要从有了商业性捕鲸船开始算起，捕鲸站的建立则象征着技术进步之后对鲸鱼的捕杀更加产业化，效率更高，从而加快了鲸鱼的灭绝。

② 霍巴特是澳大利亚塔斯马尼亚州的首府和港口，首建于1803年，是澳大利亚仅次于悉尼的第二大古老城市。

富有成效。萨特在谈及法国殖民者掠夺阿尔及利亚的物资时指出："为了增加土地的产出而建立了多座水坝和灌溉系统。"（2006：49）殖民者建立水坝和灌溉系统不是为了帮助阿尔及利亚人民，而是为了能够掠夺更多的土地上的物资。殖民者的技术和工程投资都是为了提高掠夺的效率，捕鲸产业的规模化发展亦是如此。昔日的四间棚屋到规模宏大的巴黎湾捕鲸站，以及数搜装备精良的捕鲸船和陆地上先进的流水式鲸鱼处理设备，无不体现了掠夺的疯狂。鲸鱼以极其残酷的方式被猎杀，一般是使用炮弹，猎杀鲸鱼用的多是"一百五十磅的手榴弹式鱼叉"（S，49）。残酷的捕杀方式可以以最快的速度捕获鲸鱼，千疮百孔的巨大身躯被拖送至捕鲸站等待肢解。

随着时间的推移，捕鲸成了备受尊重的小镇传统。在安吉勒斯，捕鲸工受到礼遇与尊重，出色的捕鲸工被拥戴为明星，捕鲸站的日常工作被当作景观供人观赏。比尔·阿什克洛夫特指出："殖民压迫最重要的特点不是控制被殖民者的生命、财产乃至语言，而是控制传播工具。统治阶级可以利用媒体，如报纸、电台、电视台掩盖其罪恶。"（1989：79）殖民主义的传播和渗透并非一朝一夕，早在19世纪20年代，霍巴特的通讯社就热情地宣称"通过我们那些有进取心的年轻人的努力，这片殖民地已经有了很大的变化"（转引自博尔顿，2012：49）。这些有进取心的年轻人就是捕杀鲸鱼的能手。捕鲸者被尊为"有进取心"的人，可见殖民主义意识形态的导向是隐蔽的、别有用心的。只要是有利于帝国扩张和财富增长的行为都是合法行为，无论在本质上是多么荒唐和丑陋。不难看出，殖民势力不仅掩盖了其破坏自然、疯狂掠夺自然的罪行，还不忘美化其丑陋行为甚至为其加冕。安吉勒斯小镇的捕鲸工崇拜现象正是在这样的殖民主义意识形态的导向之下慢慢萌芽并演化为牢不可破的传统的。

在安吉勒斯，捕鲸是这座小镇压倒一切的主旋律。特德·贝尔（Ted Bell）以捕杀巨鲸闻名，他在安吉勒斯无异于一个捕鲸英雄，每一次猎获巨鲸都要用粉笔写清捕获鲸鱼的重量，同时"要陆续为一对对人摆好照相的姿势"（S，189），接受众人的崇拜。捕鲸镇安吉勒斯显然已经将英雄与明星的标签贴在了那些能够捕获巨鲸的人身上。捕鲸崇拜、为捕鲸工加冕在贝尔捕获巨鲸时达到顶点，他"得意洋洋地到了小镇码头，船边绑着 2700 磅的大白鲨。几分钟之内，码头和岸边都挤满了围观的人"（S，246）。

鲸鱼的灾难无疑是人类的灾难，安吉勒斯小镇庆祝捕获巨鲸带有强烈的末世狂欢色彩。镇上的明星酒吧老板哈萨·斯塔茨是个典型的捕鲸支持者，他深信"正是捕鲸工创造了这个国家"（S，40）。温顿借斯塔茨之口揭露了拓殖之初捕杀鲸鱼是早期殖民者财富的主要来源，不仅如此，这一经济模式还延续至今。追逐财富的欲望驱使着一代又一代的澳大利亚人大肆捕鲸，无视环境规律。当听闻镇上捕鲸站有人闹事时，斯塔茨极度愤怒，"四面八方的人，从外面来，告诉镇上的人该怎么个活法，该关闭我们的捕鲸站，然后还有脸进我的旅馆，喝我的啤酒，玩我的台球"（S，55）。斯塔茨无法想象没有捕鲸工的场景，"啊，上帝啊，别让他们带走捕鲸工。一周五个晚上，酒吧里没有捕鲸工，那前景让他害怕。不是因为钱，——他们喝啤酒，是店里请客，啤酒下肚，就能把他们留住"（S，55—56）。斯塔茨认为没有捕鲸工，"安吉勒斯等于是死了"（S，56）。在拥护捕鲸这件事情上，绝大多数小镇人是和斯塔茨站在一边的。斯塔茨之流使出浑身解数坚决维护捕鲸的合法性，强调捕鲸对澳大利亚的重要意义，他们实质上拥护的是以掠夺为基础的殖民经济体制，因为他们自身从这个掠夺体制中获利。

在安吉勒斯，肢解鲸鱼变成了一种公共景观，鲸鱼剥皮台被赋予了浓厚的展示色彩。虽然区别于阿什克洛夫特所指出的殖民者对于文字媒体手段的控制，捕鲸站内天天上演的鲸鱼肢解画面无疑是有力的实物展示，在安吉勒斯的旅游手册上就能找到鼓励性的游览提示，即看捕鲸站里的鲸鱼解剖。绝大多数安吉勒斯人以及游客并不为这个血腥残酷的场面所动，相反还心生艳羡。昆尼的丈夫克利夫·库克森"惊叹鲸鱼庞大的身躯，羡慕那些捕获并肢解鲸鱼的人"（S，36），这就是昆尼后来与丈夫产生矛盾的根源，他们对待鲸鱼的态度完全不同。四面八方的游客涌向安吉勒斯就是为了看鲸鱼，"在西澳大利亚州的安吉勒斯好好看看鲸鱼，旅游指南上说"（S，38）。极具讽刺意味的是，游客对捕鲸站里的鲸鱼比对大海里自由遨游的鲸鱼更感兴趣，巴黎湾捕鲸站的鲸鱼肢解和剥皮工作成了游客的首选旅游项目。

米歇尔·福柯在《规训与惩罚》一书中论述了惩罚的表演功能，"裂尸刑轮、绞刑架、绞刑柱、示众柱、断头台"等都属于"公共景观的酷刑"，具有"展示性"，需要公众的参与（2012：11，63）。捕鲸站肢解鲸鱼的过程被光明正大公开展示的行为实际上进一步巩固了捕鲸的合法性，强化了捕杀者对于鲸鱼生杀大权的绝对掌控。将肢解鲸鱼的过程肆无忌惮地进行展示强化了人类凌驾于自然之上的绝对权威，是赤裸裸的人类中心主义的外化。殖民者对自然物资的掠夺将人类中心主义演绎到了无以复加的地步，残酷、疯狂、不顾一切。正如斯塔茨所言，对殖民者来说除了利润就是死亡，他们眼里只有利润。公众对此行为逐渐习以为常，继而与捕鲸者共谋。在漫长的殖民历史中，殖民者通过多种途径强化掠夺行为的合法性，目的是使殖民掠夺"深入人心"。

马克思和恩格斯指出："意识形态（ideology）基本上是用来掩盖人与世界之间真实关系的扭曲的和虚假的观念。这就是为什么最流行的意识形态以及最广泛传播的意识形态总是代表着统治阶级的利益……意识形态的功能就是模糊工人阶级（以及其他的受压迫者）所处的真实境况，使他们受剥削而不自知。"（Loomba，1998：25）在殖民者有意传播的意识形态中，捕鲸是安吉勒斯的命脉所在，是小镇的经济之基。这种掠夺意识被一代又一代的白人定居者自觉内化。斯塔茨从其父亲手中接过明星酒吧的经营权，也继承了礼遇捕鲸工的小镇传统。小镇的酒吧几乎是捕鲸工的天下，他们用捕鲸故事换来酒水和全镇人的顶礼膜拜。这个传统在安吉勒斯从来没有变过，殖民文化诡秘地以传统为藏身之处。捕鲸历史和捕鲸故事在酒吧被反复讲述和膜拜。萨义德强调："帝国主义的历史意义不完全限于它自己，而是进入了亿万人的现实生活中。它作为共有的记忆，作为充满矛盾的一整套文化、意识形态和政策，仍然发挥着巨大的影响。"（2003：13）

安吉勒斯小镇掠夺式的殖民经济思维集中表现在小镇人对捕鲸产业的支持以及对国际环保组织的反捕鲸示威活动的疯狂抵制两方面。在安吉勒斯，捕鲸者不仅包括巴黎湾捕鲸站里的捕鲸工，还包括极力支持捕鲸的小镇居民，他们成为英帝国经济殖民意识的忠诚继承者和守护者。

对安吉勒斯人来说，鲸鱼等于收入，别无其他，本质上这就是赤裸裸的经济掠夺。当不同的声音比如环保人士提出的生态系统的健康永续发展、物种的延续、物种自身的存在价值等理念出现在小镇的时候，无疑是对经济掠夺的质疑与威胁，所以小镇人才会如此猛烈地反扑，他们团结一致疯狂地打击外来的环保团体。

《浅滩》着重描写了三次大的反捕鲸骚乱，小镇人的愤怒、震惊以及强烈的抵抗均表明他们在誓死捍卫掠夺式的经济发展这样一种殖民体制。温顿在其自传散文集《岛屿家园：地域自传》一书中毫不客气地指出澳大利亚很多城市都存在这样的严重问题，即"经济话语的主导地位挤压了别的替代性的话语的生存空间"（2015：49）。在安吉勒斯同样也是经济话语占绝对的主导地位，在围剿外来环保团体发起的抗议捕鲸行动中，安吉勒斯小镇人可谓万众一心共抗外敌。《浅滩》重点描绘了澳大利亚青年一代与国际环保团体一起发动了极具颠覆力量的抗议捕鲸运动，抗议捕鲸的背后是对澳大利亚经济掠夺传统的质疑与冲击。

昆尼·库帕一开始就是一个反捕鲸者，她与绝大多数小镇人不一样，她从小就喜欢海湾里欢腾的鲸鱼，而不是捕鲸站里鲸鱼剥皮台上等待肢解的那个庞然大物。

"在安吉勒斯，昆尼·库帕始终是个令人称奇的人。小时候，她天真烂漫，不像她弃家而走的母亲。在学校里，这孩子讲的事儿让老师惊诧不已，什么同海豚说话呀，在海贝里听到上帝的声音呀，害怕雷鸣与电闪呀，等等，这让她在所有人眼里成了怪人。"（S，7—8）昆尼幼年的记忆和经历是人与自然融为一体的生动写照。昆尼视鲸鱼为一个生命体，"作为生命的存在，自然界事物的律动之所以能够被感受到，是因为它们处于和人类生命的律动相联系、相匹配、相一致的状态，不同的生命来自同样的源泉，得自同样的馈赠"（何怀宏，2002：212）。相比之下，安吉勒斯小镇的居民除捕鲸、观看杀鲸以及从事鲸鱼衍生品的加工之外对鲸鱼本身毫无兴趣，深受英国殖民历史侵蚀的小镇人仅视自然为其掠夺财富的摇钱树。值得注意的是，小镇人只用数字表征鲸鱼。数字是财富直截了当的表征，安吉勒斯人只注重数字，完全无视鲸鱼作为自然中的一种生命体和物种的存在。安吉勒斯人的"数字"思维模式使殖民者的罪恶与丑陋行径昭然若揭。

福柯指出："一种文化用划定边界来谴责处于边界之外的某种东西。正是这种边界表示出一种文化的性质。"（2012：276－277）安吉勒斯小镇的捕鲸传统等同于财富猎取，逾越这一掠夺文化边界的人都被视为怪人。昆尼的"怪异"凸显的实则是小镇人的麻木残酷与利欲熏心。昆尼对鲸鱼的爱使她疲于应付自己的导游工作，她的工作的主要内容就是领着游客参观捕鲸站，每当置身捕鲸站时，昆尼都"生了根似的站着。像往常一样，看着自童年以来见过无数次的切割过程。她难以无视这气味"（S，36）。当丈夫克利夫赞叹捕鲸工肢解鲸鱼的精湛技艺时，昆尼怒火中烧，"两人争了起来，而且越来越激烈"（S，36）。在名为"大捕捞"①（Cachalot）的环保组织到来之前，昆尼除了用愤怒对抗周围人的捕鲸狂热，别无他法。起初，昆尼的反抗仅停留在"敢怒不敢言"的阶段。也就是说，在安吉勒斯经济话语一统天下的情况下，替代性话语还未真正萌芽。后来，昆尼深受外来国际环保团体的影响，在他们的启发和鼓舞下真正走上了保护鲸鱼的环保之路，成为一个勇敢坚定的反捕鲸者。

《浅滩》的前三部分着力描写了环保者与捕鲸工及其支持者之间的三次正面对抗，激烈程度逐次加剧。与此同时，捕鲸阵营的反扑力度也一次比一次猛烈。环保者的第一次抗议是在巴黎湾捕鲸站静坐示威，以沉默来对抗和谴责屠杀鲸鱼。环保人员乔装打扮成来巴黎湾捕鲸站参观的游客，当看到巴黎湾捕鲸站里鲸鱼的惨状时，环保人士虽有心理准备，但还是被眼前凶残的杀戮景象震惊，他们迅速在巴黎湾捕鲸站发起了第一次反捕鲸抗议行动。

环保组织被小镇人怒斥为"洪水猛兽"一般的入侵者。"本星期五晚上的新闻，使安吉勒斯沸腾了。在《辩护人报》编辑室后面，印刷机嗒嗒地印出了明天的标题：鲸鱼骚乱。"（S，50）小镇人用"入侵者"一词谴责环保组织成员充满讽刺意味，他们怎么就忘记了其白人殖民者

---

① "大捕捞"是抹香鲸（cachalot，或 sperm whale）的别名，抹香鲸属于稀有鲸类。小说中的国际环保组织用这个名字来命名，意在提醒人类赶尽杀绝式的捕杀鲸鱼最终只会导致这个物种从海洋里彻底消失，人类将制造一个死寂的没有生机的海洋。

祖先入侵澳大利亚大陆呢？霍奇和米什拉（Hodge and Mishra）在《梦的黑暗面》（*Dark Side of the Dream*）一书中指出，"健忘症（amnesia）是澳大利亚人的一个普遍特征"（1990：14）。普遍的民族健忘症绝非偶然，罗伯特·休斯（Robert Hughes）也指出："健忘症似乎是一种爱国主义疾病，人们对澳大利亚历史写作和教学的态度浸透了这种病症，至少在曼宁·克拉克《澳大利亚史》的第一卷 1962 年面市之前一直是这样。"（2014：ii）与环保组织成员相比，屠杀鲸鱼的小镇人才是真正的入侵者。

在巴黎湾捕鲸站静坐示威后，昆尼和克利夫发生了激烈的争吵，克利夫的观点颇能代表当时澳大利亚人的主流观点："不过是一种动物，在鲸鱼剥皮台上，也不见得好看，气味还有点刺鼻……在屠宰场，都一个样。宰了一些动物，我们才能生存……你好像忘了，我们早就在杀害其他人了。"（*S*，64）克利夫起初的观点带有赤裸裸的殖民掠夺特征，他所说的"杀害其他人"影射了其白人殖民者祖先对澳大利亚土著的残害。殖民者的铁蹄所到之处不仅要清理一切障碍物，还要掠夺一切有价值的物质财富。克利夫一直在研读库帕家族祖上留下来的航海日志，他逐步了解了捕鲸业的血腥和残酷。除了航海日志，克利夫同时还阅读《白鲸》（*Moby Dick*）。阅读重塑了克利夫，他后来对捕鲸观点的彻底扭转与航海日志和《白鲸》的影响密不可分。温顿高超的小说叙事技巧正体现在这些细节之上，《白鲸》跟《浅滩》具有互文性，前者对后者是一种重要的意义阐释。《白鲸》是美国作家赫尔曼·麦尔维尔（Herman Melville）的力作，也是围绕人与鲸鱼的冲突展开叙事。劳伦斯·布尔（Lawrence Buell）指出："《白鲸》这部小说比起同时代任何作品都更为突出地展现了人类对动物界的暴行。"（1995：4）加拿大著名作家玛格丽特·阿特伍德进一步强调了《白鲸》的重要意义：

> 像《白鲸》里的鲸鱼……所有这些及其他一切动物都被赋予了魔力般的象征性质。它们就是大自然，就是神秘，就是挑战，就是异己力量，就是拓荒者所面临的一切。猎人们同他们惊险斗争，以杀戮的手段征服它们，兼收并蓄它们的魔力，包括它们的能量、暴力和野性。这样猎人便战胜了大自然，从而强大起来。美国的动物

> 小说是求索小说……从狩猎者的角度而不是动物的角度来说，它们
> 是成功的。它们是对美国帝国主义心理特征的一种评论……成功的
> 程度以人的需要为标准。（1991：64—65）

与麦尔维尔所处时代的美国比起来，澳大利亚直到20世纪70年代
末还在屠杀鲸鱼。《浅滩》是一部可以与《白鲸》齐名的重要小说，通
过间接提及《白鲸》，进一步说明了澳大利亚人对自然的破坏时间之长、
程度之严重，这恰恰是澳大利亚人持续进行经济掠夺的外化。

环保组织发动的第二次抗议是在安吉勒斯中心街区举行绝食大游
行，以响亮的口号和声势浩大的游行示威声讨凶残的捕鲸行为。第二次
抗议行动中，除昆尼已经正式加入环保组织外，另外一名安吉勒斯当地
人萨利·迈尔斯（Sally Miles）也加入了绝食游行。"一群男女（环保
组织成员）越过沥青停车场，穿过公园，从树丛中出来……第一个纸板
上写着：大捕捞代表无辜的生物和地球母亲支持绝食游行。支持萨利·
迈尔斯。救赎你自己，拯救鲸鱼。"（S，144）萨利·迈尔斯以安吉勒
斯本地人的身份奋力喊出：

> 我在这里绝食抗议我们自己的人民，在我们自己的水域，继续
> 屠杀抹香鲸。现在该停止屠杀了，捕鲸工业该认错了。如果这些不
> 能实现，我就不吃饭……捕鲸业已经过时，也很不人道，这会导致
> 也许是地球上最聪明的生物灭绝。因此这是不道德的……"加入我
> 们的行列！"萨利·迈尔斯喊道，"和巴黎湾斗争。和这届政府斗
> 争！"一条充了气的大鲸鱼被拖上了台阶，萨利·迈尔斯拥抱鲸鱼
> 的尾片。"这条鲸鱼是我的兄弟！"（S，145）

第一次抗议和第二次抗议在描写的侧重点上明显不同，巴黎湾捕鲸
站描写的重点落在外国环保组织成员的抗议行为上，第二次则是将萨
利·迈尔斯作为重点对象加以突出。昆尼的觉醒和迈尔斯的绝食抗议更
能反映环保组织对澳大利亚产生的影响力，反捕鲸意识已经开始萌芽。
与巴黎湾捕鲸站局促的空间相比，市政厅及其周边的街道代表着更大的
社会空间，环保活动的辐射面由此可见越来越宽广。

继巴黎湾事件之后，安吉勒斯捕鲸阵营对国际环保势力保持着高度

警惕，做好了充足的反抗准备。第二次反捕鲸抗议遭遇了小镇捕鲸阵营的合力围剿。一群捕鲸支持者扛出了凶狠的标语："嬉皮士滚回去，美国佬滚回去，娘儿们滚回去。"（S，146）安吉勒斯的捕鲸阵营是强大的，几乎涵盖了镇上的所有行业。"四个人扛着弯弯曲曲的巨幅标语，上面写着：混合装卸工，码头工人搬运工，船木工，建筑工，劳务工，饮食供应商，公务员，店主，金属和道路及其他混合工会（澳大利亚）。"（S，146）所有这些行业都以捕鲸业为基础，屠杀鲸鱼谋生在安吉勒斯是合法的生存之道。捕鲸支持者们高喊："你们这些环境保护主义的懒汉们，正在解雇好人。回家去，回到你们有钱的老爸老妈那儿去，别去骚扰工人了。你们这些人比工贼还坏。"（S，146）捕鲸者越是声嘶力竭地宣称工作和生存的重要性，越表明了澳大利亚经济发展模式的掠夺性。反捕鲸者遇到的阻力越大，越能反映捕鲸者对自然生态的破坏力之大以及经济掠夺问题之严重。环保斗争艰险异常的背后是以殖民掠夺为基础的各大利益集团的疯狂抵抗。

两次反捕鲸抗议虽对小镇造成了巨大的冲击，"大捕捞"的各项进展仍旧举步维艰，巴黎湾捕鲸站对环保组织"大捕捞"的抗议嗤之以鼻。凭借熟练的海上猎杀鲸鱼技艺，捕鲸站以每天近十头鲸鱼的捕杀量在海洋里搜索猎物。巴黎湾捕鲸站每天都通过无线电等媒体向小镇人通告他们捕获鲸鱼的数量，这是小镇人最喜欢听的新闻。安吉勒斯小镇的各项营生也都围绕着捕鲸工和鲸鱼进行，出于现实的考虑，小镇居民对环保组织抱有一致的敌对态度。克利夫婉言劝告环保组织成员："像这样的小镇，大家心很齐。他们不要你们待在这里……我猜想，明天早上你们在镇上也收买不了一个火星酒吧。他们不会允许你们上公共厕所撒尿。不然，人家会因为你们丢掉工作。"（S，66—67）

第三次的正面对抗由陆地转战至波澜壮阔的大海上，斗争空间进一步扩大。环保组织者驾着从其他城市借来的充气船①几次与捕鲸船在波涛汹涌的大海上展开面对面的较量，试图从虎口里救出鲸鱼，以行动制

---

① 环保人士试图从安吉勒斯小镇借船，但是没有人愿意或者敢借给他们船只，无奈只能从别的城市调运充气船只。充气船只一般用于娱乐消遣，不能用在大海里，会非常危险。

止鲸鱼被屠杀。反捕鲸者面对强大的捕鲸阵营不得不以身试险，仅仅依靠舆论压力显然无济于事，于是才发起了第三次海上保护鲸鱼的艰险战役，对没有航海经验的他们来说这是随时会丧命的举动，他们用生命捍卫自然的尊严，反对掠夺自然。这一次，昆尼也跟着上了其中一艘充气船，试图阻止鲸鱼追击船的捕鲸行为，却被多艘捕鲸船在大海中戏弄。

昆尼和"大捕捞"一行的举动可谓以卵击石，丝毫没有妨碍巴黎湾捕鲸站的鲸鱼追击船继续捕杀鲸鱼。小镇人这样诅咒环保者："他们会被淹死，或者被鲨鱼吃掉……炮弹（捕鲸炮）掠过他们的头顶，会比他们自身他妈的愚蠢更危险吗？他们连屁眼和地洞都分不清楚……竟要告诉我们该怎么治理我们的镇，创办我们的工业，谋划我们的生计……这个蠢婊子①倒是举起了相机，一副要阻止世界末日到来的神气。天啊，真让人生气。"（S，222）第三次海上抵抗环保者不仅没能阻止捕鲸船捕获鲸鱼，还差点被捕鲸炮和鲸鱼击中，对他们来说这一次是死里逃生。

国际环保组织成员在安吉勒斯停留了将近一个月，在这期间，昆尼·库帕也离家出走一个月，与环保组织成员一起策划和组织抗议捕鲸的活动，他们先后发起的三次大的抗议活动使安吉勒斯小镇为之一震，澳大利亚媒体亦广泛报道了这三次鲸鱼骚乱。尽管环保组织的抗议活动一步步深入，然而他们并没有收获预期的胜利，而是一次次遭遇挫败和打击。每一次抗议活动都迎来了反扑势力歇斯底里的抵抗，越是深入开展抗议捕鲸活动，保护者越是意识到安吉勒斯捕鲸阵营的根基之深、涉及面之广以及破坏力之强。《浅滩》中破坏者的势力远超保护者，在小说第三部分的结尾，外来的环保组织成员显然已经偃旗息鼓，在无可奈何的愤怒之中败退。保护者试图颠覆小镇殖民经济掠夺传统的三次抗议活动均以失败告终。在安吉勒斯，环保人士所代表的环境保护话语与捕鲸者代表的经济掠夺话语相比还很微弱，澳大利亚的殖民掠夺意识显然扎根很深，想要一时间彻底扭转几乎不太可能。

温顿在小说的第一部分就借老牧师威廉·佩尔阅读报纸这一细节设

---

① 指昆尼·库帕。

下伏笔，暗示经济掠夺的本质无非就是获取更多的利润，与生存无关，捕鲸镇停止捕鲸依然会继续生存。"美国东海岸做了尝试，并且成功地实施了这种做法。在那里，原有的捕鲸船和围捕网改成了鲸鱼观光船，载上游客和学生，去近距离观看原生态环境中的巨大哺乳动物……鲸鱼观光业也许不像捕鲸业那么有利可图，但在维持用工方面却是切实可行的。"（S，8—9）这一伏笔意在颠覆安吉勒斯人以及工会对失业破产的恐惧。掠夺者以生存大计和劳动力就业为幌子，实质是贪图捕鲸业背后的经济暴利。鲸鱼观光业与捕鲸业是两种截然不同的经济发展模式，前者是人与自然和谐共存的绿色经济发展模式，后者则是贻害无穷的掠夺式经济发展模式。一位普通的小镇居民在观看抗议捕鲸的游行示威时有如下旁白："当然，这件事我很清楚。你知道，我自己也是个业余钓鱼爱好者，也知道鲸油的价值。你知道吗，我就是用它钓到第一条马林鱼的。不行，捕鲸工业是必不可少的。"（S，146—147）从旁白中不难看出，普通的澳大利亚人也知道依靠掠夺自然而实现经济收益的模式虽然不好，但是他们无形之中都是掠夺性产业的受益者，是经济掠夺体制的共谋。依靠掠夺攫取利润已经深入澳大利亚各行各业与普通人的生产生活之中，扭转这一局面的困难可想而知。

温顿在《浅滩》中刻画了肆意掠夺物资的丑陋、肮脏与喧嚣，也饱含深情地提醒如果能够像昆尼一样摆脱经济掠夺思维的桎梏，澳大利亚人将收获与自然和谐共存的、充满无数美好可能性的新型定居者生活方式。安吉勒斯小镇对鲸鱼的持续掠夺不仅导致了鲸鱼数量的整体锐减，甚至导致有些种类的鲸鱼濒临灭绝，极大地危害了生态系统。以掠夺为基础的经济发展模式是短见的、自私的、贻害无穷的。在自传性随笔集《土地的边缘》（Land's Edge）中，温顿引用了艾略特的话："大海会发出很多种声音，大海里有很多神灵，每个神灵都有自己的语言。"（1993：35）温顿在《浅滩》中塑造了一个具有强烈环保意识的女主人公昆尼·库克森的形象，她的觉醒喻示了澳大利亚 20 世纪 70 年代末青年一代环保意识的觉醒，与祖辈和同辈掠夺自然以牟取暴利的殖民思维不同，他们希望能够与自然和谐共存。如同蕾切尔·卡逊（Rachel Carson）在《海的边缘》的前言里所写的："要理解海岸的生命，仅仅罗列分析那些生物是不够的。只有当我们伫立在海边用心去感受那刻画大地、造成岩石和沙滩形状的悠远的生命韵律，只有当我们用耳朵捕捉那为了获得生存立足而不屈不挠、不惜代价抗争的生命节拍，我们的理解才能真正到来。"（1983：1）《浅滩》中有关鲸鱼的生态学知识的描写所构成的生态话语就是对经济掠夺话语的有力颠覆，只可惜只有昆尼意识到这部分知识的重要性，绝大多数安吉勒居民依旧沉浸在疯狂的掠夺之中。

澳大利亚白人在利益的驱使下持续地屠杀鲸鱼，掠夺导致了严重的后果。博尔顿提到："曾经让人害怕的成群结队的鲸鱼，已经从年头到年尾都难得一见。"（2012：51）"大捕捞"成员坚信鲸鱼必须存在在这个世界上，保护鲸鱼不需要任何理由，"一件东西不需要有智慧才能找到存在的理由"（S，152）。鲸鱼，作为最神奇的海洋物种之一，带给人类的惊喜与启迪是无法估量的。美国学者贾丁斯指出："蓝鲸是世界上最大的动物，其身长可达 30 米，体重可达 150 吨。据估计，20 世纪初在大西洋的数量为 20 万只，而今数量不到 1000 只。由于出生率极低，其数量不足以延续该物种的生存。"（2002：104）《浅滩》中描绘的大规模的鲸鱼搁浅并不是自然规律使然，而是人类对海洋环境的破坏导致鲸鱼很难凭借自身的声纳系统对周围环境作出准确的定位，从而迷失方向。《浅滩》中穿插了大量关于鲸鱼的知识，以及人类保护鲸鱼的必要性。温顿借小说人物之口强调："我们的未来在于物种之间的交流，在于与环境共存，而不是沉湎于过去的胡闹。"（S，48）在温顿看来，对鲸鱼的持续性掠夺就是严重的胡闹，会带来无法估量的恶果。《浅滩》中的环保组织撤离、小镇捕鲸阵营获胜喻示了掠夺鲸鱼的利润生产方式还将继续下去，一两个个体的觉醒还远远不足以颠覆经济掠夺体制。恰如西斯·希尔夫（Sissy Helff）所言："面对鲸鱼继续被屠杀，昆尼也只能感到无奈。"（2014：229）

第二节　被不断侵吞的土地

对土地的侵吞是殖民掠夺的第二个重要方面。欧洲殖民者侵占殖民地土地时总会为自己编造"合法"的借口，尽管这些借口是蹩脚的，经不起任何推敲。当法国殖民者入侵阿尔及利亚时，他们对阿尔及利亚土地的侵占不择手段，正如萨特所揭示的："土地必须被好好利用，至于土地隶属谁这个不重要。"（2006：41）于是，大片良田被法国殖民者侵占，他们栽种葡萄为法国葡萄酒产业提供原材料，完全无视阿尔及利亚民众的死活。

澳大利亚在白人殖民者到来之前与阿尔及利亚稍有不同，澳大利亚大陆上并没有像欧洲那样的农耕业，澳大利亚土著的生活基本是游牧式的。英国殖民者于是编造出"无主之地"（Terra Nullius）这一借口轻松霸占了澳大利亚的土地。事实是澳大利亚这片土地的主人正是在这里已经生活了3万余年的土著。拉塞尔·沃德（Russel Ward）指出："人类在澳大利亚至少已经生活了3.5万年。"（1978：1）英国白人殖民者占领澳大利亚之后宣布对这片广袤的土地拥有主权，在澳大利亚历史上的不同时期，土地被当成获利的媒介，除此之外这片土地一无是处。从土地中攫取利润就是殖民者对待土地的唯一态度。

温顿在自传散文集《岛屿家园：地域自传》中不无痛心地指出："21世纪，在澳大利亚听到内陆地区被称为'死寂的中间地带'仍然司空见惯，这种文化上的修辞仿佛永不落幕。"（2015：201）从殖民掠夺的角度来看，只要不能带来立竿见影的利润的地方都是死寂的蛮荒之地。这些带有强烈掠夺思维的认知与文化修辞都在突出利润，有着被浮动的市场认可的价值，哪怕短暂到朝生暮死。温顿在自传里批判澳大利亚白人并没有把这块土地当成家园，而是当成了值得经营的生意。温顿在《边缘处的定居者》（"Settlers at the Edge"）一文中生动地概括了被殖民掠夺思维牵着鼻子走的当代澳大利亚白人的"经营"态度，"自那以后，佩斯①在许多方面都发生了变化，好像，或许可以这么说，唯一不变的就是那些经营这座城市的人的态度，在澳大利亚的很多城市都是如此"（2015：49）。

温顿的《岛屿家园：地域自传》一书出版于 2015 年，该书的写作基于温顿在澳大利亚几十年的亲眼所见与观察思考，其中的多篇散文描述的情形亦出现在温顿的小说里，比如早期的小说《浅滩》就深入地表现了澳大利亚当代白人所延续的其殖民祖先对土地的殖民掠夺思维：占有土地就是要从中捞取好处，如果土地不能够带来商业利润，那么土地就一文不值；如果土地可以带来商业利润，那么不择手段也要据为己有。《浅滩》的出版时间是 1984 年，小说中书写的"当下"时间是1978 年，虽然距离温顿的自传已逾 30 年之久，但是温顿批判的澳大利亚白人对土地的殖民掠夺思维从未改变，或者说当代澳大利亚白人对土地的认知与其殖民祖先仍旧惊人的相似：早期的拓殖白人经营着澳大利亚的土地，为了金矿把土地翻来掘去，留下无数矿坑；为了羊毛利润不断地侵蚀内陆土地，等等；《浅滩》中的德斯·普斯特林经营着安吉勒斯及其周边的土地，如房地产、倒买倒卖土地，等等；还有温顿自传里提到的那些数量众多的澳大利亚城市经营者们。

《浅滩》塑造了一个利欲熏心的商业大亨德斯·普斯特林的形象，他操控着安吉勒斯的主要经济活动并从中牟取暴利，普斯特林本人及其先祖尤其在意对土地的霸占与经营。普斯特林家族的先祖来自英国，"20 世纪 20 年代，不少人丢下英国舒适的日子不过，到殖民地寻求发展机会。来自萨里郡的本杰明·普斯特林发现西澳大利亚州的安吉勒斯不错，便立志要在这里发家致富，占有这片土地"（S，10）。普斯特林家族意在霸占这块有利可图的风水宝地进行经济压榨，而不是建设小镇和保护小镇，更没有把小镇当作家园。德斯·普斯特林的父亲在临死前提醒儿子的一段话生动地刻画了普斯特林家族的掠夺本性：

> 有一天，你会改变安吉勒斯，儿子——你会在这儿留下永久的印记。要是你无法改变这儿的名称，或者历史，你能改变它的地理

---

① 佩斯即 Perth，西澳大利亚州首府，被称作百花之地。温顿在佩斯生活过很长一段时间。

位置，把整个小镇搬走。天知道，怎么也没法把他们①从海港周围臭烘烘的房子里赶走……安吉勒斯暴露出很多毛病，但它毕竟是我们的，那很重要，德斯蒙德②。对一个人来说，建设和创造是好事，收获也是好事。收获和播种，德斯蒙德，而我们是收获者。(S，158)

德斯·普斯特林将父亲的话牢记心头，他通过买通小镇的各种势力为自己服务，安吉勒斯的土地甚至历史成了普斯特林占有和贩卖的对象。普斯特林大言不惭地说安吉勒斯"是我的小镇，我的遗产"(S，237)。普斯特林将安吉勒斯等同于财产，这对父子在安吉勒斯扎根的目的简单明确：收获。他们不是来建造和播种的，而是为了收获。普斯特林父子所谓的获利就是殖民掠夺。

澳大利亚历史学家曼宁·克拉克（Manning Clark）在《澳大利亚简史》中指出当年到澳大利亚来寻求发展机会的人无一例外都抱着发财的梦想，想借此改变在英国的破落地位与并不高贵的身份。早在1820年，英国新闻界就已经挑出新南威尔士，把它看作有钱人移殖的合适地点。随着罪犯政策的改变，英国政府开始鼓励那些拥有资金、出身良好的人们移殖新南威尔士和范迪门地区（稍后还有维多利亚西部地区），"英国的乡下佬、苏格兰的佃农以及爱尔兰的农民都在这里变成了拥有土地的绅士，而联合王国的那些破落的绅士也得以免于在本国沦落为乡下佬的命运"（克拉克，1973：84）。可见，这些后来移殖澳大利亚的人跟最初拓殖定居的人一样带着强烈的殖民掠夺动机，甚至这部分人攫取财富的欲望更大，澳大利亚在一段时期内接纳的这样的移民数量也相当客观，不顾一切地掳掠资财是他们选择在此地生活的根本原因。这些目标明确的怀着发财梦的移民的到来使得澳大利亚的殖民掠夺传统更加根

---

① 早期自由定居者的后代，一般拥有少量私人土地和住房。这些人从某种意义上来说影响了普斯特林家族完全占有小镇的土地。普斯特林家族采取各种手段巧取豪夺了所有的田产和地产，包括在安吉勒斯当地有名望的丹尼尔·库帕的房子和农场。丹尼尔早年以领导地方农民与大地主斗争而闻名，然而年老的丹尼尔已经完全不是普斯特林家族的对手，最后只有拱手让出土地，普斯特林家族自此完全占有了安吉勒斯。

② 德斯·普斯特林父亲对他的爱称。

深蒂固。这也是为什么澳大利亚建立联邦国家之后殖民掠夺思维依然如此严重的一个重要原因。《浅滩》中的德斯·普斯特林就属于这样的移民。

德斯·普斯特林在安吉勒斯拥有巨大的租赁公司、房产公司以及大片土地，他的目标是占有整个安吉勒斯，将其改造成一个可以制造更多财富的"商品"。普斯特林家族看中了安吉勒斯的发财机会，来到小镇圈地造房、压榨百姓、控制教会、收买政府权力机构以牟取暴利。《浅滩》在引子部分就通过一个细节透露了德斯·普斯特林的富裕与丑态："比赛结束后，一半的镇民被领到摇摇晃晃的大看台，参加庆祝会。两队的赞助商德斯·普斯特林，一面示意人戳破啤酒桶，一面又吐出一颗牙齿，并吸吮着苍白的牙床。"（S，2）

为了弄到更多的土地，普斯特林打起了教会的主意。他之所以对教会感兴趣，是因为教会对安吉勒斯当地的发展与规划有一定的发言权，为了控制这部分权力，为己所用，普斯特林展开了与耿直敬业的老牧师威廉·佩尔的较量。佩尔牧师即将退休，牧师职位将暂时空缺，普斯特林觊觎这个职位已久。老牧师一眼就识穿了普斯特林的阴谋，百般阻挠，但最终不敌普斯特林，因为他买通了更高一层的教会管理者。老牧师佩尔不得不接受现实。

德斯·普斯特林捞取牧师职位是为自己谋取利益，而不是为了本地区的教会事务。温顿借佩尔牧师后来跟昆尼的爷爷丹尼尔·库帕的一次谈话揭示了普斯特林对牧师职位虎视眈眈的根本原因。

> 普斯特林把教会用作某种经济上的掩饰，骗税的手段。他想让教会为他效劳，我猜是买地和开发。去年，他赞助了那么多钱，背后连着隐形的绳索——只不过我们对钱太敬畏了，顾不上考虑绳索。而且，在狂热的贪婪中，我们想的全是力所能及的事——是啊，你瞧，教会不会始终有足够的能力去做自己认为该做的事情。（S，113）

佩尔牧师识破了普斯特林的诡计，也非常熟悉普斯特林惯用的伎俩，他采取不合作的态度并力所能及地对抗普斯特林。普斯特林只顾获得利润，整天从事见不得人的勾当，而佩尔希望做点别的，所以他用普斯特林的钱去购买很多日用品和书籍，通过小说的其他细节可知，这些日用品和书籍是用来救济安吉勒斯附近的土著的。佩尔牧师希望做一些有良知的事情，而这是普斯特林从来不会考虑的事。

佩尔牧师向丹尼尔·库帕敞开心扉的另一个用意是希望得到丹尼尔的支持，希望他能够再次带领小镇人与普斯特林斗争。在佩尔的心目中，除了自己要和普斯特林斡旋，他还寄希望于他敬佩的丹尼尔·库帕，希望在关键时刻丹尼尔能够再次带领小镇人给普斯特林家族沉重的一击，以阻止普斯特林榨干小镇。老牧师面对普斯特林持续侵吞小镇的不可阻挡的势力非常困惑，"他希望丹尼尔·库帕抓住小镇人的耳朵摇晃，激发人们的想象，使他们擦亮眼睛，采取行动"（S，194）。年轻时的丹尼尔·库帕曾带领小镇人就土地问题同库帕家族展开斗争，佩尔牧师每每想起这件事都觉得异常振奋。年轻的丹尼尔满怀热情地为小镇出谋划策，以对抗贪婪的外来财主的压榨，然而最后却遭遇背叛，这给年轻的丹尼尔带来了很大的打击。但是丹尼尔当年组织的反抗斗争也具有一定的意义，普斯特林家族领略了抵抗的滋味，尽管他们收买了小镇绝大部分人的土地，库帕家族在小镇的住宅和位于小镇不远处的维拉普的农场依旧为库帕家族所有。正如老牧师佩尔反复强调的那样，他在老丹尼尔面前旧事重提："谁知道1932年的冬天你起了什么作用。像我说的，你忘了。尤其是那些看不到的东西。"（S，116）为了强调丹尼尔组织对抗运动的意义，佩尔牧师还特意用《圣经》中的原话再次强调："因为我们看的不是能看到的东西，而是看不到的东西。"①（S，116）佩尔牧师所言不虚，表面上1932年丹尼尔组织抗争失败了，但抗争本身的意义是永远的，即对殖民掠夺的不服从、不认可。

佩尔牧师反复强调丹尼尔当年组织反抗运动的深层意义，还在于当下面对普斯特林家族一手遮天、肆意敛财的情形，正需要丹尼尔这样的对抗者、不服从者。丹尼尔还代表着与掠夺土地牟取暴利这一殖民者思

---

① 黄源深在翻译中特加了如下评注："此语出自《圣经》：我们不看可见的，却看不可见的，因为可见的东西是暂时的，不可见的东西是永久的。"

维不一样的平等理念，他的存在就是对掠夺不屈服、不认同的精神的存在，而这是普斯特林最害怕的地方，是对普斯特林的无形威慑。佩尔牧师所言虽然句句在理，但他还是低估了普斯特林家族的掠夺能力，丹尼尔对此却了然于胸。尽管当初库帕家族保住了仅有的土地，但这并不意味着普斯特林家族不再垂涎这些未到手的土地，相反他们一直暗中盯着这些土地，随时都准备据为己有。

佩尔牧师满怀希望地请求丹尼尔帮忙将普斯特林的一笔钱款藏在库帕家，以用作未来的慈善救济，因为佩尔牧师觉得自己这么买下去已经被普斯特林跟踪了，钱款迟早要被没收，所以他想到普斯特林唯一不敢碰的人和地方就是丹尼尔和维拉普：

> "我可以把钱藏在维拉普的哪儿吗？这好像是普斯特林唯一碰不到的地方。那很管用。等事情过去，我又可以用这些钱了。也许，这件事你可以帮忙。那些避开我的人，会从你那儿接受慈善帮助。你说呢？"
>
> "不行。"
>
> "为啥不行？"
>
> "那是白费功夫。"
>
> "为啥？"
>
> "因为普斯特林已经拥有了维拉普。两个小时之前，我已经把它卖给了这个畜生。包括镇上的房子，库帕家族可以占用到我死的那一天。他有权随时来察看。我像别人一样，是个房客，比尔[1]。"
> (S，117)

丹尼尔充满无奈但不得不承认，佩尔牧师虽然在竭尽全力对抗普斯特林，但他很无力、很困惑，丹尼尔说："在钱上，你斗不过普斯特林。你斗不过他。"（S，115）至此，在安吉勒斯及其周边，库帕家族的最后的土地都被德斯·普斯特林侵吞，库帕家族几十年来的默默抗争最终宣

---

[1]　丹尼尔对佩尔的昵称。

告失败。

德斯·普斯特林处处买通关系，以为自己掠夺土地铲除障碍。小说的细节暗示，在佩尔牧师之后接任小镇教会事务的将是德斯·普斯特林，但是佩尔牧师并没有屈服，虽然他的抵抗微不足道，但他坚信："'也许是斗不过，'佩尔喃喃地说。'可是你也没有必要被他斗败。你赢不了并不是说你就得输'。"（S，115）带着不认输的理念，佩尔牧师坚持做着自己多年来一直在做的事，继续尽可能地为教区的人办点实事，在能力范围内救助土著。虽然改变不了土著风餐露宿的命运，但是至少可以给他们送一条毯子，这就是佩尔牧师一直在做的。不仅是佩尔牧师持续对抗着普斯特林，普斯特林房产公司的女员工玛丽恩·洛厄尔也决定离开普斯特林的肮脏之地，温顿借这位普斯特林昔日的情人近距离地揭露了奸商普斯特林的丑陋嘴脸。

玛丽恩在被普斯特林压榨五年后终于作出离开的决定，并且离开之前暗中帮助佩尔牧师。佩尔牧师处处跟普斯特林作对，普斯特林怀恨在心，蓄意对佩尔牧师进行报复，玛丽恩作为他身旁的工作人员自然再清楚不过。但是玛丽恩站在了佩尔牧师一边，她销毁了普斯特林手中关于佩尔牧师的材料，并警告普斯特林不要胡来。玛丽恩清楚普斯特林的赚钱手段和堕落污秽的私生活，并以此要挟普斯特林不要妄想报复她和佩尔牧师。玛丽恩最终让普斯特林家中乱成一团，这不仅仅是泄愤，也是对德斯·普斯特林的羞辱。玛丽恩将其肮脏的裤腰带套在古姆伍德街道的地标性位置，暗示了她就是要将德斯·普斯特林的龌龊与丑陋昭告天下。正如佩尔牧师所言，赢不了普斯特林也不一定就非得输给他。佩尔和玛丽恩都在以自己的方式打击普斯特林。

《浅滩》塑造了一定数量的摈弃掠夺思维的白人形象，比如反对捕鲸的昆尼·库帕与萨利·迈尔斯；不满并对抗普斯特林侵吞小镇的佩尔牧师、玛丽恩以及丹尼尔，但是他们只占澳大利亚白人总数极小的比例，"如今，剥削仍是经济的主基调，尊重土地和动植物自然生长的人尽管在增多，但还是会很稀少"（Wright，1956：3）。

普斯特林占有安吉勒斯的根本目的是对其进行商业开发，小镇悠久的历史和周边的自然环境都是他商业活动的促销亮点，他要将安吉勒斯加工成一个可以带来滚滚财源的商业消费场所。普斯特林对小镇的经济发展充满期待与信心，正如朱迪斯·莱特所言："发展是呼声，为了发展，不计过程的毁灭性和无计划性都是允许的。"（1977：4）普斯特林对安吉勒斯的所谓开发其实是在掠夺之后滥用这片土地。奥尔多·利奥波德指出："遗憾的是，新的拓荒者来了，他们并不理会这些自然天成的和谐。在他们的观念里，这种平衡的体系根本无法获得良好的经济收益，他们压根地不认为土壤、植物与鸟类能和他们互惠互利。"（2010：94）短见的、短期的经济收益势必要以毁坏自然本身的平衡为前提，安吉勒斯持续的干旱已经在喻示自白人定居拓殖以来，土地以及整个自然环境遭遇的破坏并表现出的恶劣后果，而普斯特林们还要继续开发即残害这片土地。

澳大利亚作家威廉·耐因（William Lines）在其著作《错误的经济》（*False Economy*）中如是批判："一直忙得不可开交，一直在开工建设，一直在移动之中，永远在除旧布新，很少有人停下来思考他们忙着建造的到底是什么，他们抛弃的又是什么，他们毁坏的又是什么。但是绝大多数他们建造的东西令人感到压抑、残忍且丑陋。"（1998：280）普斯特林即将在安吉勒斯做的就是开工建设，将安吉勒斯打造成千人一面的现代城市，以鲸鱼和女皇驾到等噱头营销其红火的旅游事业。然而，安吉勒斯本来就是海岸边两座小山之间的一处荒地，普斯特林推倒一切建立停车场、旅馆、饭店等现代设施势必将彻底打破安吉勒斯原来已经较为脆弱的生态系统。普斯特林热衷的发财梦无疑会将安吉勒斯推向崩溃的边缘。《浅滩》中有多处细节在强调干旱，奇怪的长时间干旱，不可理解的干旱。"不景气。这场旱灾不可思议。老天随心所欲，摆布气候。这样的旱灾，没法儿解释。镇上一半人失业。小农们又打了退堂鼓。"（*S*，111）长时间的旱灾、鲸鱼的消失等都与人类对土地及海洋生物的过度掠夺直接相关。朱迪斯·莱特指出："如果真对澳大利亚有爱，这爱也姗姗来迟。当我们开始对土地有一点点理解的时候，我们已经确立了毁灭的模式。"（1985：52）

温顿在《浅滩》中刻画的德斯·普斯特林无疑就是无数靠殖民掠夺致富的澳大利亚白人的代表。他们为了一己私利对澳大利亚的环境造成了巨大的伤害，有些甚至是永久性的，正如温顿在《土地的力量》一文中所指出的："走在昔日残留下的矿坑时，那里的土地已经彻底被废弃，我感到阵阵恶心，一种耻辱感仿佛直接来自这片土地本身。我并不认为我感受到的痛心与愤怒仅仅是幻觉，因为这种感觉跟我们目击一个暴力事件产生的羞愧与敬畏并无本质不同。"（2015：146）对土地无节制的掠夺很可能会造成永久性的伤害，一片土地很可能会因此彻底废弃。

温顿对肆意掠夺土地的行为感到愤怒，对之进行了无情的批驳。温顿笔下的德斯·普斯特林是一个十足的丑角，他用诙谐的笔调描写了普斯特林掉牙的故事，淋漓尽致地刻画了其丑态。温顿对这个人物的批判与厌恶表现在对他每一次出场的描写中，尤其是写到普斯特林掉牙和不育的片段。德斯·普斯特林不仅有频繁掉牙、换牙的怪病而且终生不育，他的不育喻示着普斯特林家族对小镇的压榨和掠夺必将走向终结。掠夺者终究有一天会后继无人，因为当他们将土地上的一切铲平之后，必定会带来土地的死寂。对普斯特林丑态的刻画不仅使小说更加生动有趣，诙谐之中还饱含了温顿对贪婪的掠夺者的辛辣嘲讽与批判。

评论家蒂姆·多林（Tim Dolin）对澳大利亚白人掠夺土地的分析发人深省。多林指出："在入侵定居者（settler-invader）的文化当中，想要彻底摆脱在'别人的土地上'肆意扩张的这一观念几乎不可能。"（2010：127）换句话说，澳大利亚白人对土地的持续掠夺实际上就是在延续殖民主义思维，他们还无法从历史上的"入侵定居者"角色中走出来。

第三节　被剥削压迫的土著

温顿在《浅滩》中除了直接描绘澳大利亚白人对自然资源的持续掠夺以及对土地的侵占，还间接描绘了白人对土著的剥削与压迫。对土著的剥削与压迫是白人经济殖民的另一个重要方面。《浅滩》这部小说提到土著的次数并不多，描写土著的篇幅也较短，但是温顿有意将土著作为小说的一个重要思考对象。在有限的篇幅中，温顿极为巧妙地勾勒了

20世纪70年代末期澳大利亚社会土著的生存境况，他们在土地所有权、医疗、教育、就业和社会福利等方便均遭受到白人的剥削与压迫。就澳大利亚土著在总体上的经济情况，石发林指出："土著人传统的经济结构、社会制度日渐消亡……在新型的现代社会中，常常受到非土著民族的排斥，就业率低，使得很多土著人常常要依靠政府的资助才能保证基本生活，从而导致土著人的经济具有明显的福利性和不平等性等特征。"（2009：230－231）

澳大利亚知名环境历史学家杰弗里·博尔顿指出："新的令人不安的因素是白人，不可抗拒的白人，在他们前进的道路上，摆在他们面前的所有障碍都消失了，不论是黑人、袋貂，还是桉树林。"（2012：53）诚如博尔顿所言，澳大利亚白人殖民者掠夺的对象不仅是鲸鱼、土地，澳大利亚的原住民——土著也是他们掠夺的对象。

萨特着重从土地所有权、就业、医疗、受教育这四个方面阐释阿尔及利亚人所遭受的法国殖民者严酷的经济剥削与掠夺。当法国入侵阿尔及利亚之后，迅速侵占了阿尔及利亚人的耕地，并在一个世纪的时间里以各种牵强的借口劫掠了阿尔及利亚三分之二的土地。失去了基础的生产生活资料之后，阿尔及利亚人面临着饥饿的持续挑战，生活极度贫困。萨特认为阿尔及利亚人体制化的贫困在于殖民主义的全方位掠夺。

澳大利亚这片土地上的原住民就是澳大利亚土著，当白人殖民者入侵这片土地时，他们也遭遇了灭顶之灾。与其他被殖民群体相比，澳大利亚土著被掠夺的程度更加严重，白人殖民者对土著的经济掠夺极度残忍且持久。"在定居者殖民地，如阿根廷、澳大利亚、巴西、加拿大、新西兰和美国，这些地区存在的暴力更加严重，只是殖民者不肯承认。因为在这些地区，欧洲人大量地取代了本地人，换句话说，本地人被大量地清除了。"（Johnston & Lawson，2010：29）来自英国的白人殖民者最初以"无主之地"轻松掠夺了土著的土地，此后针对土著的种族屠杀与同化政策使得土著的人口极速锐减。"土著从澳洲大陆的主人沦为社会的最底层。殖民者的霸占和屠杀政策，加上他们传播的疾病、瘟疫使土著人大批死亡，人口不断下降。截止到1989年底，全国土著人口只有22.8万，仅占全国总人口的1.46%。"（沈永兴，2010：38）那幸存的少数土著依旧在现代澳大利亚过着惨淡的日子，依旧遭到白人的经济掠夺。在澳大利亚这个标榜多元文化与民主的国度，土著面临的就业机会、医疗资源、受教育资源和居住环境都是极端恶劣的。朱迪斯·莱特特别提到被剥夺了土地的土著所遭受的精神伤害：

> 土地变得满目疮痍，被亵渎、被玷污。木屋遍布，围以栅栏和小径，异域动物将它啃得贫瘠，白人使用可怕的武器将土地弄脏、破坏并防御土著人。曾经把土地、住民和一切事物凝聚在一起的无所不包的生命精神网已经支离破碎。仪式无法继续进行，土著无法重回出生地，也无法执行对神灵的职责……死亡变得如此频繁以致不能妥当安葬他们，这已经侵害了死者的权力。（1981：27）

斯图亚特·麦金泰尔在《澳大利亚史》中就土著在现代澳大利亚社会生活中的现状评价道："作为一名土著人，并没有什么实际好处。那些在人口普查中申报自己为土著人的人，比其他人的失业率更高，收入水平更低，而且被逮捕和监禁的比例也更高。在政府采取行动消除土著不利条件的 25 年之后，土著人的预期寿命仍然比全国平均寿命少 15 年。"（2009：253）土著面临的生存困境如穷困潦倒、无家可归、失业、缺乏良好的教育等都在表明澳大利亚白人仍旧以其祖先的殖民掠夺思维对待自己的土著同胞。温顿在《浅滩》中对此亦有思考与呈现，土著如同与土地一样仍旧被掠夺，被粗鲁地对待。

《浅滩》中没有一个主要人物是土著，也没有围绕土著发生的大事件，这部小说里的土著书写很容易被读者忽略。但是温顿从小说开头到结尾都巧妙地借主要人物提到了一点土著的情况，看似是不经意的一笔带过，实际是在有意突出澳大利亚土著被边缘化、被忽略、被视为无足轻重的配角的命运。《浅滩》虽然涉及土著的笔墨并不多，但是细细品读就会发现小说中有一条与土著有关的线索贯穿始终。

温顿借航海日志这一历史叙事突出了在殖民初期土著遭受的殖民掠夺，白人殖民者连骗带抢土著的物品、掳掠土著女性作为玩物，甚至肆意掠夺土著的生命；借佩尔牧师到保留地救济土著突出了当代澳大利亚土著的总体生活境况，他们风餐露宿、饥寒交迫、无家可归；通过聚焦土著橄榄球运动员艾比·坦克斯（Abbie Tanks）被谋杀而凶手不明的遭遇，暗示在当代澳大利亚社会即使被认为是最成功的土著，其生命财产依旧得不到保障，随时面临被掠夺的可能。从航海日志里被掠夺的土著到 1978 年安吉勒斯小镇外的土著，他们的命运本质上并没有改变，他们始终是澳大利亚社会的边缘人、被随意掠夺甚至杀害，他们在贫困、失业、无家可归、疾病的牢笼里艰难地生存。这一切都跟白人殖民者体制化的掠夺直接相关。

昆尼的丈夫克利夫·库克森在妻子外出参加抗议捕鲸运动时非常苦闷，百思不得其解妻子为何反对自己小镇的捕鲸产业，于是他不停地翻阅库帕家族祖上留下来的航海日志。随着阅读的深入，克利夫了解了很多早期捕鲸者的故事以及其中的残酷血腥，这对鲸鱼来说是屠杀，对捕鲸者来说亦是残酷的折磨。克利夫逐渐认同妻子抗议捕鲸的行动，这为夫妻二人的和解打下了基础。在阅读航海日志的时候，克利夫经常产生一种错觉："好像没日没夜似的，克利夫读呀、喝呀、吃呀、睡呀，仿佛码头和家里，工作和休息没有什么区别。有时候，他觉得要区分1831 年和 1978 年都很难。"（S，136）温顿借克利夫暗示了 1831 年与1978 年在本质上真的没有区别，鲸鱼依旧被屠杀，澳大利亚的土地也一直被白人鲸吞，土著依旧被掠夺。克利夫阅读航海日志的时候多次看到此类叙述。透过库帕家族的航海日志不难看出，早期白人殖民者掳掠土著女人作为性猎物，用酒精麻醉她们后对她们实施侵害。白人殖民者打着传播文明的旗号，事实上做的却是烧杀抢掠的凶残之事，这就是为什么恩格斯将西方殖民者称为"文明贩子"（转引自阿罕默德，2014：225）。他们还用一些破烂不堪的废弃物愚弄土著，骗取土著的物品。除了掳掠土著女人作为玩物、愚弄土著男性骗取他们的物品，白人殖民者还肆意地残杀土著。

白人殖民者肆意掠夺土著女性，最后遭到了土著男性的奋力反抗，结果土著男性被白人杀害，曾经被玩弄的土著女性也被残忍杀害。航海日志记载了土著给捕鲸者送来木头取火，他们最初非常友好并无恶意，然而白人殖民者一步步侵害土著的利益，土著对白人越来越警惕，当矛盾激化到一定程度时，白人就肆意挥起屠刀残杀土著。白人殖民者来到澳大利亚大陆不仅侵吞了土著的土地，还肆意掠夺他们的财产和生命。温顿将历史上土著被掠夺的场景通过碎片式的叙述有机地融入《浅滩》的主体叙事，营造了一种历史就在眼前的存在感。

历史上土著被掠夺的景象历历在目，当下澳大利亚土著亦未能幸免。温顿通过一个画面展现了澳大利亚当代土著普遍凄凉惨淡的生存境况，即佩尔牧师深夜前往土著保留地送盖毯一事。《浅滩》在开篇提到鲸鱼之后，紧接着就安排威廉·佩尔牧师给土著送盖毯这一小插曲，意在提醒读者将鲸鱼被捕杀、宰割的命运与土著凄凉悲苦的命运联系起来。土著保留地里深夜的凄凉景象就是考察当代澳大利亚社会的一个生动的视角。温顿意在提醒读者市镇的富裕和繁华如果以保留地的凄凉为代价，那么澳大利亚的繁荣就需要反思。在 1978 年的安吉勒斯，这一幕时常发生：

> 威廉·佩尔离开了深色的汽车，捧着一大堆毯子，闻着刺鼻的樟脑丸气味，想起了十年前的旧事。他一面踏上通往保留地的弯曲砂砾路，一面暗自笑了起来……一百年前，他思忖道，我拿着的这些毯子，会沾满伤寒菌，可是一个世纪后，我来到这儿，依然捧着这些毯子……一堆灰烬旁边潮湿的地上，躺着一个男子，一动不动。草地上，绿色、金色和褐色的酒瓶闪闪发光……威廉·佩尔牧师折回寒冷潮湿的小径，朝车子去，不由得感到自惭。（S，5）

从"佩尔牧师送盖毯"这一情节可以看出，土著保留地无疑就是被白人殖民者抛弃的一片荒芜废弃的空地，搭几个铁皮棚屋，就成了所谓的土著的家园——土著保留地。土著连睡觉的床都没有，只能睡在草地上。通往土著保留地的路没有一条像样的，只有弯曲的砂砾路，可见这里的一切如同城市边缘的垃圾场。佩尔牧师暗自苦笑，感叹 100 年前和 100 年后白人都在给土著送毯子，区别是 100 年前送的毯子沾满了细菌，是屠杀土著族群的阴谋诡计的载体。可想而知这些伤寒菌帮助白人杀害了多少土著。送带伤寒菌的毯子不过是种族屠杀的委婉说法，温顿借此披露了白人殖民者的凶残本性。100 年后土著依旧需要盖毯，只能说明白人的持续掠夺使得土著衣不蔽体、无家可归。白人给土著的所谓的家不过是他们自己不要的荒地，以此打发侥幸逃过屠杀的土著及其后代。对于这一切，佩尔牧师心知肚明，所以他感到自惭。

值得注意的是温顿写到的两个细节：土著身边的各色酒瓶以及铁皮屋里醒着的土著不好意思来接佩尔的毯子。主流白人经常建构的滞定型土著形象就是无可救药的酒鬼、懒汉、不思进取的傻瓜等。土著艰难的生存境遇经常被归因于土著族群本身的懒惰、酗酒等恶习，其实不然。这些不过是白人殖民者有意将结果（土著酗酒、懒惰）当成原因（土著贫困、失业），借机洗脱自身的罪恶。温顿特意提到各色酒瓶不在于批判土著不思进取，而是在谴责澳大利亚白人的狡诈和阴险。如同航海日志里记载的那样，白人早期就将酒瓶递给土著，以将其灌醉并实施侵害。当代澳大利亚白人没有给土著工作的机会、受教育的机会、医疗保障的机会，他们给土著的仅仅是自己喝剩下的酒精。酒精不失为间接侵害土著族群的一个策略，被酒精灌醉的土著最终变得浑浑噩噩，更加穷困潦倒。可以说，酒精不是土著所处困境的根源，白人对土著的掠夺才是。

1992 年澳大利亚总理保罗·基廷（Paul Keeting）对土著发表了讲话，他说："我们拿走了传统的土地，破坏了原有的生活方式。我们带来了疾病和酒精。我们进行杀戮。我们将儿童从母亲身边带走。我们实行了歧视和排斥。"（转引自麦金泰尔，2009：5）20 世纪 60 年代之后，随着全球范围内民权运动的风起云涌，澳大利亚土著也开始行动起来，争取族群的权力，1967 年他们终于被法律认可为澳大利亚公民。但是土地权等实质性的权力一直被白人主流社会以各种方式回避和搪塞，平等的受教育权力、就业的权力、医疗卫生的权力等始终无法真正兑现。澳大利亚白人主流社会政治领导人不断地改变对土著事务的态度与政策，比如保罗·基廷表现出令人欣慰的和解态度，然而他的后一任澳大利亚总理约翰·霍华德（John Howard）则表现出傲慢强硬的拒绝和解道歉的态度。澳大利亚土著的权力很难获得实质性的改变，其间波折丛生，境况堪忧。

小说中特意提到斯塔茨厌恶土著。斯塔茨对土著的厌恶代表着很大一部分澳大利亚白人对土著的敌对态度。"邮局外面暖和的砖墙上，坐着六个土著人，瞧着街面。斯塔茨觉得很扫兴，他讨厌他们又黑又扁的鼻子，粗糙邋遢的头发，不协调的穿着，随随便便的包扎，以及使用假嗓子耳语。他一直讨厌他们。他们瞧着他，知道他是哈萨·斯塔茨，明星酒吧老大，不允许他们进他的酒吧。"（S，39）艾比是沾了球探的光才能够"有幸"进入象征白人特权的充满"胳膊通红的人"的酒吧。球探看中了艾比的球技，但他并不认可土著，而是想利用艾比的体育特长，以在商业比赛中为其所属的球队牟取暴利。换句话说，球探是发现了土著青年艾比有可利用的价值才与他在此地交流。小说中，球探对艾比讲话的态度是居高临下的，他隔着太阳镜跟艾比说话，并断定这是艾比一生中最得意的日子。

一般情况下，优秀的球员被特定球队选择本身是球员和球队之间等价交换的双赢，但在澳大利亚白人看来这是对土著莫大的恩惠，甚至是赏赐。即使如此，艾比依然沉浸在突如其来的欣喜之中，对土著来说这是前所未有的命运转机。但是好景不长，正当大家认为艾比前途无量、风光无限的时候，昆尼·库克森在报纸上突然读到艾比被刺受伤且危在旦夕的消息。

> 艾比·坦克斯，一个富有潜质的球员，新近招募自北安吉勒斯乡村俱乐部。他被发现身受重伤，躺在大都会椭圆形停车场里。头部和内脏大面积受伤，被紧急送往伊丽莎白女王医疗中心，目前他的病情稳定。医生说，他的双膝被粉碎，头颅裂开，一只手骨折。
>
> 警察说，在这位土著橄榄球员新家外面的场地上，他们发现他倒在车子旁边的血泊中，昏迷不醒。他们说正在寻找 6 月 14 日星期二晚上六点到十点有可能在这一区的证人。
>
> 对大都会俱乐部来说，这是一个沉重的打击，因为他们企盼坦克斯本周六参加他的第一次城市联盟比赛。（S，130－131）

看到这个消息，昆尼惊愕不已，她和艾比曾经是同学，"在某些课上，他曾和昆尼同班，给人的印象是瘦削、文静、机灵。她从来没有同他说过话"（S，131）。昆尼在接下来的当地报纸上读到艾比危在旦夕和不治身亡的消息。艾比去世后，他在保留地的家人去乞求佩尔牧师为艾比安排下葬。温顿后来还借昆尼的丈夫克利夫指出艾比的橄榄球天赋："你们大家伙见过艾比·坦克斯吗？我见过的最好的中锋。"（S，226）

温顿在《浅滩》中还零零碎碎地提到了艾比的葬礼，土著青年艾比·坦克斯的故事十分凄惨，具有一定的代表性。从温顿安排的这些间接叙事中不难发现艾比是一位有着不同于一般人的运动天赋的土著，他的天赋也是导致他的命运急转直下的导火线。艾比被谋杀的场景异常暴力凶残，从时间上看是艾比刚加盟大都会俱乐部不久，才搬到新家，在新家外边被谋害；从艾比受伤的情况来看，对方十分明确地想要艾比的性命（头颅裂开，头部和胸部大面积受伤，这些都是致命部位），并且不留任何悬念地要毁灭他运动的可能性，他的双腿膝盖被粉碎，即使不死，也终生不能再从事橄榄球运动了。可以看出艾比的死与其加入商业球队直接相关，艾比的天赋能为其效命的俱乐部带来较好的商业利益，这样一来艾比就成了对方球队的眼中钉、肉中刺。无论哪一支球队，都是白人的球队，都是白人在争夺最大的商业利益，土著在白人的商业游戏中不过是一颗不起眼的小棋子罢了。《浅滩》只写到艾比受伤、不治身亡、下葬这些细节，没有提到警察为了土著的这条命继续侦查并给个说法。这并不是小说家温顿的疏忽，而是在澳大利亚社会，当土著的生命财产遭受侵害的时候，并不会引起白人主流社会的关注，很多类似事件都是草率收尾，不了了之。艾比的死喻示着澳大利亚土著期盼命运获得转机的可能性是极其渺茫的，弄不好还会招来杀身之祸。

澳大利亚土著的受教育水平远远落后于白人，在一些偏远地区，土著的受教育程度更低。"土著人因为教育水平低也引发了失业率高、犯罪率高等社会问题"（石发林，2009：237）。昆尼回忆艾比在学校时的两个细节不容忽视，一个细节是："我的天哪，我认识他，昆尼想。在学校时认得的。他就是那个每年夏天因为长虱子而剃光头的人，一个对校长还手动粗的人"（S，131）；另外一个细节是："她记得艾比·坦克斯十四岁就赢得了校运动员奖杯，却在次年因为放火烧学校被开除"（S，131）。从昆尼的回忆来看，艾比有很出格的行为，比如对校长还手动粗和放火烧学校，乍一看，艾比从小表现得暴力凶残。但是，细细揣摩，不难发现按照昆尼的描述，文静、害羞又机灵的土著少年艾比何以有如此"出格"的举动，这势必与艾比在学校遭遇了严重的歧视、轻蔑、被排斥或者不公正对待有关。土著整体上受教育水平低与其遭遇普遍的歧视和排挤直接相关。

航海日志里因反击白人而被杀害的土著、艾比的出格行为，以及有数不清的酗酒的土著，问题的根源都在白人那里。土著是受害者，他们作为受害者而反击白人，不排除使用暴力手段。但结果是土著仍然是受害者，比如艾比就被开除了。"一个社会的政治因素决定着这个社会中教育政策问题的内容与解决方式。"（袁振国，1998：18）艾比在学校的遭遇从另一个侧面反映了土著即便获得了进学校的机会，但是无处不在的歧视与隔阂仍旧是他们受教育路上的拦路虎。在被歧视、疏离和不公的对待下，土著少年的求学之路很多时候以辍学告终。虽然澳大利亚迫于国际国内形势和舆论压力，从 1970 年开始，"联邦政府让土著人进入中学"（王兆璟、陈婷婷，2010：25），艾比的个案暗示了土著在学校里也难免遭遇各种不公的对待。

艾比生命垂危，在医院抢救时，护士表现出极大的惊讶，这暗示了在当代澳大利亚土著享受的医疗卫生服务极为有限，有些地区的土著根本就没有医疗保障。根据 1999 年到 2001 年的统计资料，"土著人的人均期望寿命比全国水平低 20 岁"（石发林，2009：245）。温顿在《浅滩》中巧妙地通过细节描绘凸显了土著在医疗方面所遭受的不公待遇，"那天晚上六点，二百公里外，那个城市最大的医院闪光的玻璃房里，艾比·坦克斯死于脑出血。护士把他身上的洞堵上的时候，感到很惊奇，有些地方怎么会那么粉红色"（S，239-240）。这个一笔带过的细节耐人寻味，澳大利亚一所大医院里的护士居然对土著病人的身体情况如此陌生，这至少可以说明能够得到大医院优质医疗资源的土著是极少的，所以护士才会对土著病人如此陌生。这也间接说明在公民的福利待遇方面土著再一次被遗忘了，当然表面上也是由于土著的贫困，他们没有经济能力去大医院就医，然而土著的贫困正是被全面掠夺导致的。这个细节还透露出一点，即澳大利亚的公共医疗资源本来就没有过多考虑土著的问题。"2000 年，在全国 20852 名从事初级卫生保健的医生中，只有314人直接在偏远地区为土著人服务，比例仅占1.5％。"（石发林，2009：246）一位大医院训练有素的护士对土著的身体特征如此陌生，不仅说明护士平日遇到的土著病人很少或者没有，也说明在护士的前期职业培养当中根本没有专门的针对土著的基本身体特征的知识教育。这只能说明澳大利亚的公共卫生系统体制性地忽视了土著族群的医疗需要，根据2006年澳大利亚人口普查，土著占人口总数的2.5％。对土著医疗健康的需求的有意忽视也说明澳大利亚白人社会依旧没能把土著当成自己的同胞，还是以昔日的殖民者思维对待这片大陆上的原住民。

在澳大利亚，土著的就业机会是极少的，他们只能得到一些打零工的机会，这就导致他们不得不生活在极端的贫困之中，背着吃政府救济的懒汉的黑锅。"1981年的全国人口普查表明，土著的失业率要高出全国人口的六倍。在某些地区，土著口中失业人数的比例竟高达90％。"（石发林，2009：236）贫困让土著忍饥挨饿，他们看起来就营养不良。吃饭都没有保障的土著，穿衣就更随便了，白人丢弃的衣服甚至塑料袋都是土著保暖的"装备"。他们无家可归，保留地无异于露天空地，所以他们晚上就随遇而睡，生活极为凄惨。这些可以从克利夫在某一天晚上喝得半醉与土著青年的聊天中看出：

> 他为他们感到难过——所有的土著人——尤其是那些在安吉勒斯的。他们一副病容，无精打采，就像营养不良的狗。他们的外衣失去了光彩，但是，他又怕他们，他们的眼睛，粉红色的手掌，而且他无法信任他们。酒打开了话匣子，他同他们谈得更多了。

那一晚，克利夫和土著交谈是因为喝了点酒，加上妻子昆尼离家出走让他心烦意乱，平时他是不可能与土著谈天说地的。那天晚上和土著一起醉了的克利夫，夜里醒来的第一件事就是赶紧离开，"离天亮还早，克利夫被寒气和潮气弄醒了，便偷偷地离开了熟睡中的青年们。他不想让他们知道自己的住处，没有叫醒他们，却在细雨霏霏的黑暗中，自个儿往公路上的路虎车走去。他想发动引擎，却睡着了"（S，227）。表面上看土著是靠吃救济勉强度日，实质上是土著在当今澳大利亚就业市场上遭遇的排斥与歧视，导致他们根本找不到像样的工作，失业与贫困如影随形。

土著看起来总是一脸病容，这是因为"社会经济地位低下的人健康状况相对要差一些。长期以来，土著在教育、就业、住房以及医疗服务等方面处于弱势地位，这在某种程度上对他们的健康状况产生了十分消极的影响"（郭韧梅，2009：113）。克利夫无法适应户外的寒气和潮气，但这种恶劣的环境却是澳大利亚土著生活的日常。

克利夫对土著防范而不信任的态度也代表了澳大利亚普通白人对土著的陌生态度。评论家希尔·哈德格拉夫特（Cecil Hadgraft）将殖民时期白人作家对土著的态度总结为"部分时候掺杂着惊奇，偶尔带有一丝惊恐，更多的时候还是鄙夷"（1986：10—11）。小说中的佩尔牧师也对土著的悲惨境遇心怀怜悯，但无论是昆尼、克利夫还是佩尔牧师，他们对土著的态度仍旧表现出一定的殖民者心态。比如克利夫在没有接触土著时总感觉土著会打他，其意识里仍残存着土著是野蛮的这一殖民者滞定型思维；佩尔牧师和丹尼尔聊天谈到普斯特林侵吞土地一事时，轻描淡写地说了一句"至少土著傻瓜们还有另一个地方可睡觉"（S，111）。佩尔牧师想当然地认为土著就是傻瓜，这一称谓充满白人中心主义思想，默认土著是低人一等的人，默认土著是愚蠢的人。昆尼虽然觉得艾比是文静且机灵的同学，但是也从来没有和他交流过。这些看似不起眼的小事累积起来就是澳大利亚土著居民与非土著居民之间产生隔阂、陌生感甚至不相容的根源。澳大利亚土著的贫困、疾病、失业、教育缺失等现状与澳大利亚白人系统化的殖民掠夺息息相关。

第二章 《骑手们》中的附庸与逃避：搁浅的文化去殖民化

弗兰茨·法侬（Frantz Fanon）在《地球上不幸的人们》（*The Wretched of the Earth*）一书中用"论民族文化"（"On National Culture"）一章讨论了殖民主义对民族文化的系统性破坏以及遭受殖民主义入侵的民族如何实现文化上的去殖民化。法侬指出："在殖民状态下，民族文化的方方面面都被迫停滞。在殖民主义框架下，被殖民民族的民族文化不存在也永无文化起飞与改变的可能性。"（2001：191）由于殖民主义的侵蚀，被殖民民族在文化上遭受重创，殖民地原本的民族文化遭到贬抑甚至被抹去。殖民地人由此在文化上感到困惑、彷徨甚至绝望，并产生了三种主要的文化选择。知识分子是文化行为的主体，法侬以殖民地知识阶层为例来剖析被殖民民族在文化上的三种典型选择。

第一，选择依附殖民者即宗主国的文化，奉殖民者文化为圭臬，自觉被同化。法侬注意到："殖民地年轻的知识阶层很多观念的形成广泛受到宗主国特定领域内专家们的影响。"（2001：168）毫不夸张地说，殖民地年轻一代的知识阶层是吃着宗主国的文化奶水长大的，他们对宗主国的文化持拥抱和自觉向其靠拢的态度，这些殖民地知识分子"致力于成为欧洲文化的一部分，情愿用自己的文化同另一种文化进行交换"（2001：176）。对这些知识分子来说，西方文化是一种使之区别于本民族普通大众的荣耀的象征，对殖民者文化的模仿与内化使他们获得了优越感。法侬进一步指出："殖民地知识分子将欧洲文化视为自己的文化，他不满足于仅仅是知道拉贝莱、狄德罗、莎士比亚和埃德加·艾伦·坡；他将这些人同他自己的智慧尽可能紧密地联系起来。"（2001：176）当大量的殖民地知识分子努力转向西方文化、视西方文化为高人一等的文明的时候，恰恰中了殖民主义的圈套，殖民主义宣扬欧洲文化是文明的最高级形式，殖民地则是低等和野蛮的代名词。正如法侬所指出的："殖民主义从未停止宣扬黑人就是野蛮人……殖民主义认为非洲这片广袤大陆上出没的都是野蛮人，一个充满迷信和狂热，注定要受到轻蔑和上帝的诅咒的大陆。"（2001：170）不仅在非洲，西方殖民者在几乎所有的殖民地均运用了类似的殖民策略。法侬提出："在第一阶段，殖民地的知识分子努力证明自己已经同化了殖民者的文化。他的写作与宗主国的同辈人方方面面都契合。他的灵感源自欧洲，我们可以清晰看出其作品与宗主国文化的主流趋势一致。"（2001：178－179）对宗主国文化的崇拜、模仿与自觉内化表明殖民地人无条件地奉殖民者的文化为正宗，并心甘情愿充当殖民者文化的附庸。殖民地人的这种文化选择表明其文化属于典型的被殖民文化。在这一阶段，殖民地人认同的是欧洲主流文化。

第二，选择回归殖民前文化。法侬指出："在第二阶段我们发现殖民地人感到不安，他决定记住自己是谁……但是由于殖民地人（知识分子）并不是人民群众中的一员，他只与人民群众有一点外在的联系，他只愿意回忆他们的生活。他童年时期，过去曾经发生的事情会被他从记忆的深处再次拉出来；古老的传说会被用他借来的美学进行再阐释。"（2001：179）法侬认为试图从历史中挖掘出一点古老传说的选择使得"文化已经越来越和当下的事情切断联系……这种对民族文化（殖民前文化）的信仰不过是热切又绝望地转向任何一个可以给他自己提供安全避风港的选择"（2001：175）。透过法侬的描述，不难看出殖民地人热切地转向殖民前文化带有逃避现实的成分。因此，一味地回归殖民前文化其意义是极为微弱的，根本无法扭转殖民地文化被殖民的现状，亦根本无法开启真正的文化去殖民化。

第三，立足被殖民的现实，努力破除殖民主义的统治，实现民族独立与解放。只有这样才能恢复民族文化存在的根基，重建民族文化，实现文化的去殖民化。法侬掷地有声地指出反殖民主义斗争本身就是一种建设民族文化的行为，文化不应该也不能与现实脱节。法侬将第三个阶段的文化选择称为战斗的阶段：

最后，第三个时期，又叫战斗的时期，殖民地知识阶层尝试着将自己融入普通民众，与民众同呼吸共命运，进而带动民众觉醒。与其站在一个显示自我优越感的位置去记录民众的死气沉沉，他将自己变成了促使人民觉醒的人，从而有了战斗的文学、革命的文学与民族的文学。（2001：179）

法侬的意思非常明确，殖民地知识阶层要认清殖民文化的虚伪本质，要勇敢且彻底地去掉身上从殖民者那里模仿来的所谓的"光彩"，因为这些附庸而来的风雅永远不可能成为真正的力量与自信。法侬进一步指出这么做的原因："当这些殖民地的知识阶层开始慢慢回归他自己的民族，回归意味着殖民体系的坍塌。每一位被赢得到人民这边来的殖民地人，每一位曾经发誓效忠帝国的人的回归都意味着殖民体系的失败，也象征着殖民体系的无用与虚空本质。每一位回归的殖民地人都是对殖民体系各种恶劣路径的诅咒。"（2001：178）法侬对民族文化之根基的认识发人深省："尊重非洲黑人文化以及非洲文化的统一首先建立在无条件地高举人民为自由而战的行为。没有人能指望非洲文化的传播，如果它连生存的土壤都没有的话。"（2001：189）

法侬一直强调民族文化的物质基础，即民族文化赖以生存的特定地区的解放与自由。法侬指出："一个独立的民族不仅是文化生存的前提，还是文化成果、文化的持续更新、文化的进一步深化发展的前提，也是一种必要条件……民族的独立性是保证文化发展的前提和框架基础……一个没有生存物质基础的文化不可能承载事实，也不可能有影响力。"（2001：197）法侬这样描述实现了去殖民化的民族文化："民族文化是这样一个整体：是描述、印证并且赞扬人民的所有斗争性的努力，人民创造自身并且保持存在状态的努力。"（2001：188）法侬还特意强调为了获得民族自由的解放斗争本身就是民族文化，"如果说文化是民族意识的表达，我将毫不犹豫地再次声明我们目前在做的恰恰是文化的最高级形式"（2001：198）。法侬如此诠释为什么说斗争本身就属于文化行为："我们相信自觉的、有组织的要重建民族主权的事业构成了现存文化中最完整而明显的表现形式……战争的价值在于为民族文化的发展和目标提供了必要的前提……未来民族文化的丰富程度与在民族解放战斗中所抱有的各种信念紧密相连。"（2001：198）细加品评，法侬描述的第三个阶段并不是在强调革命、暴力、斗争，而是在强调民族文化的物质性生存基础。强调殖民地人应该回到现实、在现实中发展壮大自己的力量，从而获得自由。法侬盛赞斗争背后人民的民族文化意识的觉醒、对殖民者文化虚伪与空洞的清醒认识，以及不惜一切代价为实现去文化殖民化而努力奋斗的精神。

法侬在《地球上不幸的人们》中论述的殖民地文化的三个典型发展阶段本质就是三种不同的文化选择，或者说三种不同的文化态度。法侬以阿尔及利亚的民族文化重建为例来说明被殖民民族的文化去殖民化问题，其去殖民化思想对于剖析和认识其他地区与民族的文化去殖民化进程亦有启发。如果一个民族在文化上依旧存在对西方宗主国文化明显的依附，那么就可以断定这个民族并没有实现文化去殖民化；如果一个民族在文化发展的道路上依旧选择殖民前文化，试图在法侬所指的剩下的文化残渣的基础上修修补补从而避开现实的话，说明这个民族没有实现文化去殖民化；如果一个民族的文化与其实质性的民族空间即家园处于分离状态的话，那么这个民族的文化既没有活力，也没有发展的潜力。法侬指出前两种文化选择在被殖民地区非常常见，但是这两种选择都无法实现文化去殖民化，因为它们都是在殖民主义的框架下进行文化求索的。法侬指出前两种选择是"根本无法纠正的错误"（2001：196）。法侬强调只有第三种文化选择才能开启民族文化发展的光明未来，才能实现文化的去殖民化。

值得注意的是法侬立足的是第三世界的殖民与去殖民化语境，因此法侬关于文化去殖民化提出的第三个战斗的阶段在定居者殖民地的情况稍有不同。在定居者殖民地，文化去殖民化的战斗阶段并不如占领殖民地来得猛烈和彻底。比尔·阿什克洛夫特等学者指出："反殖民主义通常认为殖民者和被殖民者之间的关系是确定的、可定义的，即处于绝对的对立状态。事实上，在定居者殖民地这个特征并不明显，取而代之的是定居者与殖民权力之间的共谋。定居者殖民地的殖民文化更加盛行，处于一种强权地位。"（2007：13）通过阿什克洛夫特等学者对定居者殖民地文化性质的剖析，可以发现，在定居者殖民地要实现文化去殖民化，其难度比占领殖民地要大。

鲍勃·霍奇（Bob Hodge）和维杰伊·米什拉（Vijay Mishra）在《梦的黑暗面》（*Dark Side of the Dream*）一书中指出："澳大利亚文化是一个混合物，包括主流的定居者文化以及镶嵌其中的被殖民文化。"（1991：71）确实如此，澳大利亚的文化问题是一个庞大且复杂的领域，至少包括三个主要方面：澳大利亚白人的盎格鲁－凯尔特①文化（Anglo-Celtic culture）、澳大利亚土著文化以及澳大利亚的移民文化。其中白人的盎格鲁－凯尔特文化占据澳大利亚社会主流文化的地位。澳大利亚虽然作为前英流放殖民地，但是最初被流放到此地的囚犯并不全是盎格鲁－撒克逊②（Anglo-Saxon）人，而是包括相当一部分爱尔兰人，所以澳大利亚的文化有别于英国的盎格鲁－撒克逊文化。相应地，由于大量爱尔兰人的存在，澳大利亚的白人文化被称为盎格鲁－凯尔特文化。吉莉安·惠特洛克（Gilian Whitlock）在《不确定的开始》（*Uncertain Beginnings*）一书中提到："被输送到澳大利亚的流放犯并不是职业惯犯，他们不过是普通的英国和爱尔兰的男女劳动工人。"（1993：81）澳大利亚民族主义批评家斯蒂芬森在《基石》中指出："澳大利亚社会中的爱尔兰人占澳人口的四分之一……他们构成了澳大利亚文化的基础。"（1986：68）换句话说，对澳大利亚白人来说，爱尔兰文化可以理解为殖民前的文化，代表着文化上的过去与历史，但不是现实。

澳大利亚文化的复杂性还表现在它与殖民主义存在千丝万缕的关系。正如霍奇和米什拉在20世纪末所指出的，澳大利亚文化是由澳大利亚白人的定居者文化和镶嵌于其中的被殖民文化（the colonized culture）构成的，"被殖民"一词道出了白人文化与土著文化以及白人文化与移民文化之间的关系仍旧未能实现去殖民化，仍旧具有明显的殖民与被殖民的关系。相比之下，澳大利亚白人文化与曾经的宗主国文化或者欧洲主流文化之间的关系就隐蔽得多。澳大利亚白人文化并没有随

---

① 盎格鲁－凯尔特（Anglo-Celtic）人，其中凯尔特人是不列颠的原住民、现今的爱尔兰人。

② 盎格鲁－撒克逊（Anglo-Saxon）民族指的是 Anglos 和 Saxons 两个民族的结合。这个词通常用来形容5世纪到1066年诺曼征服期间生活在大不列颠南部和东部地区的语言和种族相似的人。

着澳大利亚联邦的成立而自然而然地实现对宗主国以及欧洲的文化去殖民化，这一点确定无疑。斯蒂芬森就明确提出澳大利亚文化应该对英国文化乃至欧洲文化实现"文化断奶"（culturally weaned）[①]："我们应该找到自己的民族文化并且去定义它，我们不能永远啃食着伦敦的文化奶头。"（1986：32）他还进一步强调："在未来十年、五十年甚至一百年，不管欧洲发生了什么，从现在就从此刻、从今年澳大利亚就应该着手推进对欧洲的文化断奶。"（1986：90）斯蒂芬森认为文化是一个民族"生存下去的支撑"（1986：28），澳大利亚如果没有自己的民族文化，无异于一个殖民地。

在斯蒂芬森之后，民族主义理论家菲利普斯（A. A. Philips）于20世纪50年代末期提出"文化奴婢"（cultural cringe[②]）这个批评概念。"文化奴婢"思想准确刻画了澳大利亚白人文化在面对欧洲文化时奴颜婢膝的臣服状态，以及对本民族文化潜力和价值极度不自信的一种社会文化氛围。菲利普斯于1955年撰文详细论述了"文化奴婢"的形成原因与行为表现，《文化奴婢》一文被收录在其1958年出版的批评力作《澳大利亚传统：殖民文化研究》[③]（*The Australian Tradition：Studies in a Colonial Culture*）中。菲利普斯指出这些所谓的"缺失"正是由于澳大利亚白人将澳大利亚作为一个殖民地与作为宗主国的欧洲进行比较时凸显出来的，他们将数量上的弱势当成了质量上的缺陷，在文化上澳大利亚白人无形之中甘愿将自己定位为欧洲宗主国的"文化奴婢"。菲利普斯毫不客气地将"文化奴婢"主义斥为"民族疾病"（1959：89）

菲利普斯的"文化奴婢"论成为20世纪90年代后兴起的后殖民思想的一个关键批评概念，尤其适用于考察和研究像澳大利亚这样的定居者殖民地与宗主国之间的文化关系。无论是斯蒂芬森的"文化断奶"思想，还是菲利普斯的"文化奴婢"论，其实质思考的都是澳大利亚白人

[①] 斯蒂芬森认为澳大利亚文化一直以欧洲文化为文化食粮，澳大利亚人要定义自身必须斩断对欧洲文化的依赖，必须即刻采取"文化断奶"措施。

[②] cultural cringe 常被译成文化奴婢或者文化自卑。

[③] 该著作首次出版于1958年，1959年再版，本书所引部分系1959年版中的内容。

文化与欧洲主流文化之间的关系，都表明澳大利亚文化仍然未能实现对宗主国文化和欧洲主流文化的去殖民化。对法侬所论述的殖民地文化进程的三阶段思想来说，第三个文化去殖民化的战斗阶段不仅仅局限于深陷有形殖民统治的民族和地区，同样适用于实质上未能实现文化去殖民化的地区和民族。尽管表面上澳大利亚是一个政治自由的民族，区别仅仅是阿尔及利亚的文化去殖民化伴随着有硝烟的战斗，而澳大利亚的文化去殖民化则需要在没有战火中推进。对未能实现文化去殖民化的澳大利亚来说，法侬的思想仍旧具有启发价值，可以成为检视澳大利亚文化是否具有殖民性质的标尺。

斯蒂芬森在《基石》中作出了澳大利亚文化最乐观情况的预言。他认为："一个民族在 150 年之内完全可以扭转乾坤，包括才华、思想、性格与品质。"（1986：100）基于对英、法①等国的发展史的细致分析，斯蒂芬森当年预测澳大利亚民族在 150 年内完全有可能实现从一个靠文化哺乳的殖民地到一个文化独立繁荣的优秀民族的跨越。值得注意的是，斯蒂芬森并不是将 1788 年视为澳大利亚民族历史的开端，而是 1850 年，因为他认为 1850 年之前应该算作英国的历史，或者说英国主导下的历史。斯蒂芬森强调"从 1850 年到 1920 年这七十年算是澳大利亚民族的奠基阶段"（1986：99）。按照斯蒂芬森当年的乐观预测，澳大利亚在 2000 年左右应该可以实现文化上的质的扭转。事实却并非如此。比尔·阿什克洛夫特等学者指出："在颠覆殖民社会体系和文化方面，定居者殖民地面临的困难更大，部分原因是与帝国存在一种所谓的亲缘关系，常被转换成'帝国的儿子和女儿'。这种关系使得定居者殖民地更加依赖于他们的宗主国。"（2007：59）可见澳大利亚白人文化的去殖民化问题在世纪之交依然值得细加审视。

蒂姆·温顿出版于 1994 年的长篇小说《骑手们》（*The Riders*）正是对澳大利亚白人文化殖民与去殖民化的深入思考。这部小说斩获了 1995 年的布克奖提名奖和同年的联邦作家奖（Commonwealth Writers

---

①　英国曾经也是罗马帝国统治下的一个殖民地，而后实现了文化独立。法国在大革命之后逐步发展，逐渐实现工业化，并最终成为一个帝国。详见《基石》第 100 页。

Prize)。小说讲述了澳大利亚人斯卡利（Scully）带着女儿比莉（Billie）
奔走于欧洲各国寻找失踪的妻子珍妮弗（Jennifer）的故事。直至小说
结尾，心怀欧洲艺术梦的珍妮弗依旧踪影难觅，斯卡利父女最终在爱尔
兰安顿下来，一家三口都没有回到澳大利亚。当初离开澳大利亚到欧洲
旅居是珍妮弗的决定，她的理由是厌倦了澳大利亚单调刻板的生活，向
往欧洲的艺术氛围。突然，珍妮弗在回澳大利亚前执意要买下爱尔兰的
一处破旧茅舍并决定定居爱尔兰，理由是对这幢茅舍及其周边环境有种
特殊的感觉。斯卡利对妻子总是言听计从，于是珍妮弗安排斯卡利单独
留在爱尔兰修缮房屋，自己强行匆匆带走比莉回澳大利亚售卖他们的房
产并处理其他家事。他们约定办完这些事后珍妮弗带着女儿再回爱尔兰
与斯卡利团聚。约两周后，珍妮弗带着女儿从澳大利亚乘飞机来到伦敦
希斯罗机场，之后将比莉单独送上回爱尔兰的飞机，自己则转身乘坐另
一架飞往欧洲的客机。斯卡利只看到比莉一个人出现在爱尔兰香农机场
的乘客出口，珍妮弗却谜一样地带着房产售卖款消失了。斯卡利父女正
是在这个背景下开始再次回到欧洲寻找不辞而别的珍妮弗的。小说采用
现实与回忆交织的叙述手法，其中现实部分是斯卡利带着 7 岁的比莉不
顾一切地到欧洲寻妻，一家三口此前在欧洲生活的细节则通过父女俩各
自的回忆呈现出来。

　　《骑手们》是温顿唯一一部不以澳大利亚地域为背景的小说，小说
的主要地理背景在欧洲，涉及英国、法国、荷兰、希腊、意大利和爱尔
兰。基于此，伊戈尔·马维尔（Igor Maver）直接将《骑手们》称作
"蒂姆·温顿的'欧洲'小说"（1999：3）。《骑手们》实际上是地地道
道的澳大利亚小说，主人公是澳大利亚人，小说的核心议题亦是澳大利
亚社会的重大问题。《骑手们》的创作跟温顿本人于 20 世纪 80 年代末
期游历欧洲近两年的经历有关。在游历欧洲的过程中，温顿切实思考了
地域、文化与人的重大关系，在离开澳大利亚之后，他对地域的认识更
加深刻、全面。温顿的思考不仅仅局限在个人体验上，而是放眼澳大利
亚民族层面，这一点鲜明地体现在小说《骑手们》中。在回忆旅居欧洲
的岁月时，温顿如此形容自己的感觉："我之前低估了地域的力量……
我的身体对于新地方的反应让我感到不安，就好像我的身体处在反抗之

中。置身于旧世界的伟大城市和漂亮的乡村时，我的内心纷乱如麻。"（2015：10—11）温顿称自己为"一个专注于地域的作家"（2015：21）。

　　温顿在《骑手们》中安排不同寻常的欧洲背景别有用意，把握不同地域所代表的深层内涵是理解这部小说的关键。细心的读者会发现，《骑手们》仍旧充满着关于澳大利亚的地域书写，澳大利亚地域从未缺席，只不过是通过人物的回忆、与欧洲的对比来呈现的。与此同时，爱尔兰也被单独列出来作为书写的重点。剩下的就是英、法、荷兰、希腊和意大利这个广义的欧洲背景。因此，《骑手们》中涉及的地域可分为三个部分，即澳大利亚、爱尔兰和欧洲。虽然爱尔兰也地处欧洲，但是与英、法等欧洲主流国家不同，爱尔兰有很长一段时间是英国的殖民地，可以说主流的欧洲社会并不包括爱尔兰。主流的欧洲文化则以英、法、希腊、意大利等文化为代表。爱尔兰是欧洲的一个边缘存在。如此重视地域的作家温顿在选择地理背景时绝非随意，澳大利亚、爱尔兰与欧洲这三个地域的设置显然是他深思熟虑后的有意安排。

　　欧洲与澳大利亚的关系不难理解，正如斯蒂芬森和菲利普斯所指出的，澳大利亚曾经长期被欧洲文化哺乳，欧洲是宗主国，澳大利亚则是欧洲曾经的殖民地和"文化奴婢"。厘清小说内外爱尔兰与澳大利亚的关系对于理解《骑手们》至关重要。《骑手们》的开篇和结尾都设置在爱尔兰乡间的一幢茅舍，中间部分全部是斯卡利父女在欧洲的寻亲经历。爱尔兰与澳大利亚在诸多方面具有相似性，然而在文化上却是有区别的。爱尔兰虽地处欧洲，但是它作为英国前殖民地的历史与澳大利亚的境遇如出一辙。爱德华·萨义德在《文化与帝国主义》的开篇提到："澳大利亚是一个如爱尔兰那样的白人殖民地。"（1999：6）爱尔兰和澳大利亚不仅都被英国长期殖民，语言和文化上也非常相似。澳大利亚白人的重要组成部分就是爱尔兰裔移民，澳大利亚最早的流放犯就有一部分是因反对英国统治而被捕入狱的爱尔兰人。尽管爱尔兰和澳大利亚境遇相似，但正如斯蒂芬森所说的，爱尔兰文化与澳大利亚文化的基础是不同的，因此不能将《骑手们》中的爱尔兰背景等同于澳大利亚。相反，爱尔兰文化可以理解为澳大利亚白人文化的源头之一，即殖民前文化。斯蒂芬森认为种族和地域是构成一种文化的两个关键因素，澳大利亚独特的"地之灵"（the spirit of the place）决定了澳大利亚文化在本质上与它的任何一个源头文化都不一样。显然，《骑手们》中的爱尔兰、欧洲、澳大利亚分别代表着爱尔兰文化、欧洲主流文化和澳大利亚本土文化。

透过故事梗概不难发现，《骑手们》这部小说重点围绕斯卡利一家三口所代表的三种不同的文化选择展开。妻子珍妮弗执意追随欧洲文化，心甘情愿地如同奴婢一般围着欧洲艺术家转。她不顾一切抛夫弃女、变卖家产选择再次回到欧洲，依附欧洲文化。斯卡利虽然怀念澳大利亚，但是在作选择的时候极其被动、盲目，他也没有回到澳大利亚，而是逃到了爱尔兰。女儿比莉是温顿笔下历经磨难的小英雄。她虽然只有 7 岁，却有着自己明确的喜好，她热爱家乡澳大利亚的一切，她多次强烈要求父亲放弃寻找母亲回到澳大利亚。然而由于太过年幼，能力有限，她最终只能随父亲来到爱尔兰开始所谓的新生活，没能回到澳大利亚。温顿在小说中设置这样的情节用意非常明显，即借斯卡利一家书写世纪之交的澳大利亚白人文化的去殖民化问题。珍妮弗对于欧洲文化的崇拜与追随表明澳大利亚白人文化依然处在奉欧洲文化为正宗的被殖民文化阶段，也就是属于法侬所论述的第一阶段；斯卡利逃避到爱尔兰暗示澳大利亚白人文化还存在着回归殖民前文化的逃避现实的特征；比莉虽然深深热爱澳大利亚，在父亲彷徨犹豫的时候年幼的她甚至独当一面，但是她的战斗能力太脆弱，只能跟随父亲去爱尔兰。比莉所代表的澳大利亚本土文化与澳大利亚这块土地最终分离，失去了生存的物质性根基。因此，正如法侬所说，这种与民族空间分离的文化注定不具备承载事实的能力，从而失去实际的影响力。结合法侬和阿什克洛夫特这两位理论家关于文化去殖民化的论述来阐释《骑手们》中的文化书写将豁然开朗。《骑手们》并不是一部记录欧洲旅居经历的游记，而是深入考察世纪之交当代澳大利亚白人的文化去殖民化问题的重要作品。

第一节　欧洲主流文化的附庸

菲利普斯用"文化奴婢"一词生动形象地概括了澳大利亚白人对欧洲文化非理性的崇拜与依附。"文化奴婢"的大量存在是由于澳大利亚白人在文化上曾长期接受欧洲文化的哺乳，这一点斯蒂芬森在《基石》中有详细的阐释。就澳大利亚的学校教育，斯蒂芬森发现：

> 目前，我们的澳大利亚青少年不被教授重要的澳大利亚历史以及澳大利亚经典作品。我们从海外请来教员、局外人、其他国家和族群的游客来给我们教授我们的青少年他们的历史、他们的经典作品、他们的传统和传奇、他们的解读方式（甚至对我们的看法）。这个教育只会带来一个作用就是反澳大利亚效用（anti-Australian effect）……因此，许多甚至是绝大部分澳大利亚人就患上了精神上的分裂症，即心理上对欧洲的向往，而身体又不得不生活在澳大利亚。（1986：101—103）

欧洲文化不仅占据了澳大利亚的学校教育，澳大利亚的成年公民文化教育也被欧洲文化产品垄断，"无论是学校教育还是学校以外的教育，荒谬的是澳大利亚主题在澳大利亚居然被人民的教育者们当作遥远的背景或者根本就置之不理"（Stephensen，1986：104）。由此不难看出，菲利普斯所描绘的"文化奴婢"正是斯蒂芬森所指的吃着欧洲文化奶水长大的澳大利亚人，他们"言必称英国""言必称欧洲"。他们年幼时欧洲文化是他们的文化母乳，成年以后欧洲文化便成了他们的文化食粮。澳大利亚本土文化在澳大利亚社会生活中的缺场是出现"文化奴婢"的根源。从小吃着欧洲文化奶水的澳大利亚白人长大后就成了甘愿臣服于傲慢的欧洲主流文化的低下奴婢。他们一边怀揣着欧洲梦，一边鄙视自己生活的澳大利亚。蒂姆·温顿出生于1960年，他如此描述自己所接受的教育："我接受的主要就是欧洲中心主义的教育。"（2015：11）不难发现澳大利亚的教育体制至少到20世纪80年代依旧以教授欧洲文化为主导，这说明从体制层面都没有实现文化断奶。教育体制影响的不只是个体，而是一代又一代的澳大利亚人。

《骑手们》中的珍妮弗将"文化奴婢"的角色演绎到了极致，她嫌弃澳大利亚社会呆板无趣，便提出辞职并带领全家赴欧旅居。珍妮弗的赴欧之旅可以说是她崇拜欧洲文化的朝圣之旅，是珍妮弗默认欧洲主流文化优于澳大利亚本土文化的表现。珍妮弗甚至认为澳大利亚没有文化。在欧洲期间，丈夫斯卡利打工赚钱养家，珍妮弗极力靠近欧洲文化艺术圈，充当那些所谓的欧洲艺术家的跟班与学徒。无论珍妮弗如何努力都得不到欧洲艺术家的认可，她永远属于局外人。在经过了近两年不如意的欧洲旅居生活之后，珍妮弗决定离开欧洲回澳大利亚。从后来的故事情节来看，这个决定不过是珍妮弗甩掉斯卡利的策略，她并没有真正想要离开欧洲。珍妮弗用想定居爱尔兰并买下当地一处破旧茅舍的方法让斯卡利一个人留在爱尔兰，自己以处理掉澳大利亚的房产为由带着女儿比莉离开爱尔兰，迅速回到澳大利亚如愿处理掉房产，带着所有的售卖款再次回到欧洲艺术家们身边。由于女儿比莉极力抗争，拒绝跟随母亲，珍妮弗就将年幼的比莉独自送上回爱尔兰的航班，甩掉了丈夫和女儿，一心追随欧洲艺术家们。珍妮弗对欧洲主流文化的崇拜与依附让她抛夫弃女、倾家荡产，但是她仍旧执迷不悟。温顿笔下的珍妮弗是一个彻头彻尾的文化傀儡，一个被殖民文化思想毒害的典型的殖民地人。珍妮弗笃信真正的文学艺术在欧洲，而不在澳大利亚，她无形中将自己放在文化次等的地位，将欧洲艺术家腐朽堕落的生活方式尊崇为艺术，将欧洲艺术家对自己的偏见视为欧洲艺术的高标准和严要求。珍妮弗的文化选择清楚地表明她是一个没有自我的"文化奴婢"。《骑手们》中的珍妮弗在小说的正文中没有现身，其形象的塑造是通过斯卡利父女以及欧洲艺术家们的回忆来呈现的。珍妮弗的隐身是其文化迷失的隐喻。她的迷失是依附帝国文化的必然代价，她的欧洲文化朝圣之旅注定是一条没有出路的死胡同。

法侬指出："殖民占领很快便着手摧毁和干扰殖民地人民的文化生活……殖民者并不一直致力于使殖民地人认为殖民地文化的不存在，而是千方百计地使殖民地人承认殖民地文化的次等性，殖民地文化只不过是一些本能性的反应行为而已。殖民者最终目的是让殖民地人认为他们自己民族的'不真实'……民族文化很快被（殖民者）诅咒为'装神弄鬼'。"（2001：190－191）法侬对文化殖民主义有步骤、分策略地对殖民地实施文化侵略的总结较为完整：殖民者惯用的伎俩是宣传帝国文化的"真实性"，从而将"不真实"强加给殖民地文化；殖民者宣称帝国文化是优等文化，殖民地文化即使存在也只能是次等文化；殖民者对殖民地展开的文化攻势是让殖民地人自觉学习、模仿和内化象征文明的帝国文化，远离、唾弃殖民地本来的文化。

澳大利亚长期的殖民历史，尤其是作为流放殖民地的漫长历史，在文化上给澳大利亚社会造成了矮人一截的错觉。很多澳大利亚人认为，真正的文化在欧洲，澳大利亚本土文化相比之下是次等文化；欧洲才是文明的象征，澳大利亚则是蹩脚的野蛮；欧洲是繁荣的都会，而澳大利亚无异于乡野。文化殖民不仅发生在殖民时期，还以各种文学和艺术作品为载体形成持久的影响力。例如，狄更斯在 1861 年出版的《远大前程》（*Great Expectations*）中塑造的人物形象阿贝尔·马格维奇（Abel Magwitch），是一个被流放至澳大利亚的英国人。他在刑期结束之后设法回到英国，却没能再成为一名英国人。马格维奇的境遇代表了当时英国社会对澳大利亚流放犯的总体态度，英国人对马格维奇们避之不及，反感、厌恶以至极力排斥。正如澳大利亚历史学家罗伯特·休斯（Robert Hughes）在《致命的海滩》（*The Fatal Shore*）中提到的那样："狄更斯在马格维奇一人身上就缠绕了几根线索，表现了英国人在流放制度结束时期对澳大利亚流犯的看法。他们可以成功，但他们几乎无法在真正的意义上重返家园。他们可以在技术和法律层面赎罪，但他们在澳大利亚所吃的苦头，使他们一劳永逸地成为外乡人。然而，他们还是能够赎罪，只要他们待在澳大利亚就行。"（2014：702）在法律意义上已经是澳大利亚自由人的马格维奇，却永久性地成了宗主国英国的文化异乡人、被放逐者。马格维奇们不再是英国人，而被统称为殖民地人。因为流放历史和殖民扩张，澳大利亚从一开始就被界定为社会渣滓的集散地、永远次等的殖民地。宗主国英国对澳大利亚的态度渐渐地也变成了澳大利亚人看待自己的态度，殖民思想成功地实现了空间上的扩张，从宗主国散播到殖民地。

因迷信彼岸欧洲的文化"真实"，珍妮弗踏上了去欧洲的文化朝圣之路。她的心理指向了欧洲，所以她想方设法使自己身处欧洲。珍妮弗文化旅程的本质是抛弃真实，结果必然是迷失在永远的虚无中。珍妮弗认为故乡的"不真实"而追逐欧洲的"真实"，这一举动恰恰落入了殖民者设下的欺骗性圈套，"殖民主义几何学通过把混乱无序、无家可归和非真实感不断地强加给殖民地而发挥作用"（2014：86）。对于到帝国追梦的前殖民地人，作家 V.S·奈保尔的认识清醒深刻："逃遁到更大的无序中，也就是最终的虚无：伦敦和故乡。"（1967：11）奈保尔所言不虚，他不仅看到了帝国中心将殖民地边缘建构成一个虚无的地带，也看到了帝国中心所谓的"真理""真实""秩序"等全部都是假象。前殖民地人的逃遁注定要落入更大的虚无，无法自拔。

一个多世纪过去了，生活在多元文化时代的澳大利亚人珍妮弗仍旧深信这一殖民谎言，可见文化殖民主义在澳大利亚扎根之深。斯卡利在同爱尔兰朋友彼得谈起离家赴欧的往事时提到："她在移民局工作，因工作出色即将被委以重任……后来她辞职了，她讨厌日复一日重复的工作。她不是那种会待在家里照顾小孩的女人，照看小孩向来是我的事情。"（*TR*，39）[①] 小说借斯卡利回答好奇的彼得[②]（Peter Keneally）关于妻子的发问，使珍妮弗的形象呈现得清晰具体。

> 斯卡利微笑着把酒瓶递给彼得，他说，事实上她非常正式，喜欢东西都整洁清爽。她的出身很不错，后来她逃离了家庭。她总觉得她的父母阻碍了她追求自己想要的东西。他们强行给她安排了一个公务员的岗位。她说父母使一个原本不平庸的她变得普通。没有风险的，无聊的事情根本不适合她……写作是她一直想做的事情。

---

① 引文出自 *The Riders*，下文引用该小说仅标明英文首字母 *TR* 和页码，文字为作者自译，不再另注。

② 彼得·基尼利在小说中又名邮差彼得（Peter-the-Post），是小说开篇着墨较多的一个人物，他是斯卡利购买的茅舍所在区域的邮差，也是斯卡利在爱尔兰修葺茅舍时的好伙伴。彼得在斯卡利修葺茅舍的第三天就主动来问候斯卡利，此后一直给斯卡利提供修缮房屋所需要的各种帮助以及精神陪伴。彼得每次送完信件后就来到斯卡利的茅舍同他一起干活、聊天、喝酒解闷。彼得的陪伴让斯卡利的修缮工作不再枯燥乏味，且进展很快。

喜欢做有风险的，奇奇怪怪的事情，也就是父母常反对的那些事。旅行给了她做这些事情的机会。她辞去工作，把心交给了巴黎。对她来讲，巴黎本身就是诗歌。（TR，72）

珍妮弗迷恋巴黎，希冀从事写作，实质上是对帝国文化和权力的崇拜与模仿。巴黎这座艺术都会不仅是法国文化的象征，也是欧洲主流的象征，是西方文化的象征。珍妮弗对巴黎的爱恋和向往正是对欧洲的向往、对西方文化的迷恋。繁荣的西方都会集中体现了帝国的权力、秩序与荣耀。帝国自认为繁华，殖民地则被建构成蛮荒的乡野。正如奈保尔在小说里所揭示的："我曾经读到过一句古希腊谚语，说幸福的首要条件就是出生在一个著名的城市里。"（1967：141）像伦敦、巴黎这样的帝国都会早已被殖民者披上了一层神圣的华丽外衣，它们出现在谚语、文字记载和艺术品之中，源源不断地向处于边缘的殖民地他者发出诱惑的信号。珍妮弗在澳大利亚的佩斯（Perth）也被帝国都会的魔力深深吸引，甚至把心交给了巴黎这座城市。

写作是帝国的专属特权，是权力的象征，是殖民者牢牢抓在手中的交流手段。冉默罕默德指出："读写能力最终产生一种变化观，一种将人类关注的每一个历时领域进行确定的历史观。继而使'历史'区别于'神话'。"（JanMohammed，1983：200）殖民者控制写作旨在控制历史书写和意识形态的传播。阿什克洛夫特等学者提出："语言拥有凌驾于真理和现实之上的能力，当写作被引进这种社会时，会产生一种不同的'历史观'。"（2014：78）正因为此，殖民地他者也羡慕通往权力的纸和笔，但是他们显然弄错了一个基本事实，即能够掌握书写这种交流方式不代表拥有权力，因为这一交流方式的控制权不在其手中，而是在帝国手中。

殖民地他者即使自己试图舞文弄墨，也不会获得真正的权力。珍妮弗将写好的诗歌献给她敬仰崇拜的欧洲艺术家们评判，得到的回复必然是嘲讽和拒绝。斯卡利回忆珍妮弗的诗歌创作，"她写了不少诗歌，把它们拿给欧洲的朋友看，但是结果很不如意。这些自称是她朋友的混蛋认为她写的诗歌如同笑话。他们真该死。反正我认为这些诗歌还是不错的"（TR，72）。珍妮弗的创作如此被鄙视其实一点也不意外，帝国只有在通过将他者贬低为"笑话"时才能够使自己显得高明。斯卡利在第二次赴欧寻妻的过程中当着玛丽安娜的面拆穿了她对珍妮弗的欺骗，"其他一切事情我都可以不计较，唯独对于你不告诉她真相这件事。我听到你在背后笑话她，玛丽安娜。你当着她的面赞美她，让她兴奋地忘乎所以，你夸她是天才。背地里，你又嘲笑她，说她无非另一个土人，只是她还不自知而已。她是如此专注而惊讶。你实际上把她说得一钱不值，她却还在感谢你"（TR，282）。斯卡利表面上是在控诉玛丽安娜，实则这段话可以看作对帝国文化的整体性批判。客居希腊的英国人亚历克斯后来如实评价珍妮弗："她想成为有创造力的人。这个不是想不想的问题，是有没有的问题。创造力有时候就是一种诅咒。问题的关键是她没有。"（TR，157）不难看出，帝国文化在耍弄它眼中的文化他者，甚至对文化他者欺瞒诱骗。无论是玛丽安娜还是亚历克斯，他们当面都不会告诉珍妮弗实话，因为他们需要"没有天赋"的珍妮弗去做陪衬，突出欧洲文化自身的"天赋"和"天才"。

萨义德指出："每一种文化的发展和维护都需要一种与其相异质并且与其相竞争的另一个自我的存在。自我身份的建构——因为在我看来，身份，不管是东方的还是西方的，法国的还是英国的，不仅显然是独特的集体经验之汇集，最终都是一种建构——牵涉与自己相反的'他者'身份的建构，而且总是牵涉对与'我们'不同的特质的不断阐释和再阐释。"（1999：426－427）欧洲艺术家们对珍妮弗的艺术追求持轻蔑否认的态度，但是又与她保持着若即若离的暧昧关系，根本原因是来自殖民地的文化他者珍妮弗可以帮助欧洲文化殖民主体更好地界定自己的天才身份并突出自身高高在上的地位。由此，帝国文化的欺诈和殖民本性被刻画得淋漓尽致。

不难发现帝国的评价体系永远不会客观地给予殖民他者以荣誉与机会，因此无论珍妮弗如何努力附和欧洲朋友，她也得不到他们的接纳与认可。阿什克洛夫特指出："在都市经典文本生产的背后，最顽固的偏见之一，就是只有某种类别的经验才能被视为'文学'。这种对特定类型经验的偏好，拒绝了隶属于殖民文化统治的作家进入文学世界。它以复杂而互逆的形式运作，以'称不上文学'的予以否认。"（2014：84）

珍妮弗创作的本属于高雅文学范畴的诗歌被当作笑话这一低级趣味、仅供消遣的文字随便抛弃了，她的欧洲朋友对待她和她的诗歌的态度隐喻了帝国文化对待殖民地文化的态度，即殖民地文化是低级趣味的、消遣性质的，甚至是低级的笑话。

珍妮弗不仅坚信欧洲文化"真实"，而且视其为优等，甘愿承认澳大利亚文化的次等地位。珍妮弗在欧洲想尽一切办法奉承、追随、努力进入欧洲艺术家的圈子，在珍妮弗眼里，他们都是超越时代的天才。欧洲艺术家都是天才，而自己则心甘情愿地屈居于这些放浪形骸的艺术家之后，充当他们听话的学生和模仿者。珍妮弗对在希腊结交的一群来自欧洲各国的文艺圈朋友由衷地崇拜与赞美。她将欧洲艺术家的堕落、虚幻、无意义、懒惰凌乱的生活方式尊崇为艺术，认为自己只有模仿类似的生活才能摆脱澳大利亚文化次等的尴尬境地。温顿描述的这一群欧洲艺术家实则就是懒惰者、性乱者，甚至有流氓和痞子，然而珍妮弗却将这些人视为天才。珍妮弗将帝国文化本质上的虚无当成特立独行的艺术品质加以赞叹，表明她已深陷泥潭，难以自拔。为了追求艺术梦，珍妮弗带着丈夫与女儿在近两年的时间里辗转欧洲多国，他们在英国、法国、意大利、罗马和希腊都或长或短地旅居过，直到在某地实在混不下去了再换另外一个地方。珍妮弗的艺术梦一次次被击碎，正是由于她追求的欧洲文化本来就是虚无的、空洞的，这就注定了她不可能实现所谓的艺术梦。

《骑手们》通过刻画欧洲艺术家的真实嘴脸，批判了欧洲文化的虚伪、悖德以及贪婪自私的本性。小说对珍妮弗在法国结交的文艺类朋友进行了细致的刻画，尤其是多米尼克和玛丽安娜两位。珍妮弗用"天才"形容他们，然而斯卡利父女的真实遭遇表明被珍妮弗奉为天才的欧洲艺术家冷漠自私、道德沦丧。这些冷漠高傲的欧洲艺术家展现的正是欧洲艺术的道德及人文尺度的匮乏。多米尼克是一位多愁善感的摄影师，以孤独女性作为摄影题材，玛丽安娜是一位人脉颇广的时尚杂志编辑。珍妮弗对这两位推崇备至，在多米尼克的一次作品展后，珍妮弗认为"这些照片堪称天才的创作。在接下来的一年多里面，她经常这样说，夸很多人都是天才。夸他们天资过人、令人叹服、超越时代又与众不同"（*TR*，288）。多米尼克等人在斯卡利眼中只是与自己的生活方式完全不同的一类人，有些甚至是斯卡利无法理解的。面对同一个摄影作品展，斯卡利只是觉得不错，完全没有觉得这是超越时代的天才之作，反倒他对这些所谓的天才产生了质疑。与其说他们的天才显出了珍妮弗的普通，不如说珍妮弗不自觉地已经将自己定位成文化上的次等，将欧洲文化内化为高等。珍妮弗在文化上的妄自菲薄绝非偶然，而是帝国曾在殖民地进行长时间的文化殖民的必然后果。斯蒂芬森指出："我们的知识分子宁愿移民，也不愿意在这里从事建设一个文化的事业……逃跑比战斗要容易得多。"（1986：121－122）然而逃离澳大利亚绝不意味着艺术理想的实现，更多的情况下是像珍妮弗一样遭遇排斥和冷漠。斯蒂芬森暗示逃离并不是解决文化发展的出路，无论是于个人而言，还是整个民族。

在斯卡利的寻妻途中，女儿比莉数度受伤。比莉在希腊的伊兹拉岛被疯狗咬成重伤，"他用手指轻轻碰触比莉脸上的伤口，在她的额头、脸颊和眉毛处均有深深的抓痕。斯卡利用手帕拭去比莉脸上的瘀血，然后又发现她耳朵也有一个伤口，后脑勺上也有一个伤口"（*TR*，176）。到巴黎以后，比莉又开始发烧，"'我觉得好烫'，比莉说着，斯卡利蹲下去摸了摸比莉的皮肤。她是发烧了，天啊，她烧得很烫。她的伤口在潮湿的塑料绷带下面糟糕地鼓起来"（*TR*，270）。由于女儿生病，斯卡利必须得求助巴黎的朋友，因为他的法语还不足以用来交流，他首先去找的人就是珍妮弗昔日的好友玛丽安娜，希望她能够给予适当的帮助。当斯卡利给玛丽安娜打电话说明情况后，玛丽安娜果断绝情地挂断电话，不予理睬。

玛丽安娜的表现可以浓缩成一个"冷"字，这个意蕴丰富的"冷"正是《骑手们》要呈现的帝国文化本性的一个方面。玛丽安娜的豪华宅邸是她神圣不可侵犯的帝国空间，那一道道门禁就是将殖民者与他者隔离开来的文化隔离带，门内就是他者的禁区。法侬指出："在殖民情况下，文化领域也随即被标记各种'栅栏'和'指示牌'。"（2001：190）在巴黎，文化他者能够得到的只能是"刀子一样的冷风""玛丽安娜似的冷脸"以及病痛。玛丽安娜豪宅内的中央暖气和用人服务是文化殖民者的特权和专享。斯卡利步步紧逼，甚至用像"被训练不会随地大小便"这样形容动物的语言来形容自己和女儿，最终旨在冲破帝国文化的重重封锁进入禁区内部。斯卡利冲破禁区的颠覆力量一方面捍卫了被帝国认定为文化他者的尊严，另一方面揭示了文化殖民者的荒淫腐朽。

在玛丽安娜那里遭遇了"冷"之后，斯卡利父女转而又遭遇了多米尼克的"空"。父女俩先是在多米尼克巴黎的宅邸扑空，接着又只找到了空船，即他们从一个虚空进入了另一个虚空。多米尼克像一个虚幻的梦境，她带来的友善和温暖也是空虚的。因为这个给斯卡利父女留下善良印象的女摄影师正是暗中引诱珍妮弗、破坏他们的家庭、给他们带来无法言说的伤痛的幕后真凶。玛丽安娜和多米尼克这两个法国艺术家的嘴脸表明帝国文化要么是凶相毕露，要么是笑里藏刀，没有一丝一毫的真情。斯卡利在巴黎四处碰壁之后赫然发现一个苍凉的事实，"巴黎城，一个他生活了大半年的城市，却找不到一个人可以求助。没有一个人。简直令人难以置信。这座城抛弃斯卡利就像浮在水面上的鸭子抖掉背上的水珠一样不留痕迹"（TR，294）。不难看出，珍妮弗眼中的艺术家天才，天赋虽然看不出来，但是卑劣的本性却暴露无遗。珍妮弗以卑劣为高尚、以自私为艺术个性，她完全被帝国文化迷惑而迷失。温顿在《骑手们》中花不少篇幅描写这些欧洲艺术家正是要揭开他们遮羞的面纱，将欧洲文化的内里暴露出来，以达到去神秘化的效果。

纵然前殖民地人或者殖民地人信奉帝国文化的"真实"与"优等"，自觉向帝国文化看齐，等待他们的依旧是没有任何出路的文化死胡同。法侬不客气地指出殖民地知识分子"疯狂地将自己转向西方文化，想方设法使自己与西方文化更加靠近，丰富自己的知识"（2001：176）。面对高不可攀的帝国文化，珍妮弗虽偶感落寞，但她仍旧孤注一掷，想方设法靠近帝国文化。法侬敏锐地发现将帝国文化视为自身救赎的殖民地人，他们的处境属于尴尬的中间人，"面临双重选择，但是他们并不做选择，他们停留在殖民地与宗主国之间的中间地带"（2001：176）。他们停留的根本原因是帝国不可能真正接纳这些文化上的俘虏与降臣，他们唯一的出路就是做游离的中间人和文化附庸。因此，在文化上他们永远处于无根、无法着陆的虚拟状态，无异于死亡。然而珍妮弗并不是无路可走，她在欧洲经历挫败之后完全可以重新做回自己，做回澳大利亚文化的主体这一角色。正如斯蒂芬森所言："知识分子与现实生活之间的鸿沟、欧洲虚幻与澳大利亚文化妄自菲薄之间的鸿沟，这些鸿沟其实是可以轻松跨越的。只要当我们意识到并且接受我们自己的文化的时候，就可以轻松跨越。"（1986：135）珍妮弗在经历了近两年极不如意的欧洲旅居生活之后，本打算全家返回澳大利亚，然而深受文化奴婢主义毒害的她最终没能作出正确的选择，反而越陷越深。

《骑手们》中的珍妮弗从精神到肉体都心甘情愿地做帝国文化的奴婢，她一步步放弃自我，最终成为一个迷失的文化幽灵。第一次赴欧，珍妮弗只是抛弃了澳大利亚的工作；第二次重返欧洲前她变卖家当，抛夫弃女，去迎合她在欧洲的秘密的艺术家情人多米尼克。珍妮弗的第一次离家表现出她在文化上的妄自菲薄，一心以欧洲主流文化为正宗和评价标准，实际是文化上的自觉的被殖民者。珍妮弗迫不及待地将自己的创作交给欧洲导师，可永远得不到认可和赞赏。她害怕因为自己才情匮乏而遭到欧洲文化导师的抛弃，不惜凭借自己姣好的长相和身材取悦欧洲。珍妮弗第二次赴欧是在艺术梦破碎的情况下仍旧执迷不悟，以肉体换取欧洲艺术家们的垂怜，从而给自己创造一个依附欧洲文化的条件，企图分享欧洲文化的光环。

从斯卡利和比莉到欧洲寻亲的艰难旅途中的经历碎片可以拼出一个清晰又残酷的事实，即珍妮弗已经带着所有的家当和多米尼克私奔，成为多米尼克的同性恋伴侣。对于珍妮弗与多米尼克的同性恋情，学界的看法不一。阿尔科斯（Alarcos）指出："在珍妮弗抛弃斯卡利的多种可能的原因中，与多米尼克的同性恋情是最有可能的。首先，由于这份恋情珍妮弗不仅可以获得性的满足，还可以获得个体和艺术上的满足。因为多米尼克是欧洲人，是摄影师。"（2010：16）阿瑞兹（Arizti）认为珍妮弗的同性恋情"不仅仅让她逃离了作为母亲和妻子的责任，还意味着通过无生殖的同性恋颠覆异性恋的常规"（2002：41）。从珍妮弗的离家赴欧到在欧洲辗转流离再到最后的流连忘返，接受同性恋情只是珍妮弗不得以的选择，这既是她被欧洲留下的一个条件，也是她被允许成为文化附庸的一个条件。珍妮弗接受多米尼克的同性恋情从根本上来讲是为了能够靠近多米尼克这位欧洲艺术家，从而可能继续追随欧洲的艺术圈子，维持其边缘成员的身份。珍妮弗起初试图通过自己的创作来融入欧洲艺术家圈子，但是这条路被否决了，这些欧洲艺术家嘲笑她的作品如同笑话一般。在这种情况下，珍妮弗依然不死心，依然想依附欧洲文化圈子，那么她只能通过别的途径。小说暗示了珍妮弗接受成为法国艺术家多米尼克的同性恋人，可见，为了能够成为欧洲文化的附庸，珍妮弗不择手段，故乡、爱情、亲情甚至肉体都是她取悦欧洲的筹码。小说不止一次提到珍妮弗的美貌和充满诱惑力的身材，长相和身材出众的珍妮弗不失时机地用身体做最后的冒险，最终成为帝国凝视和赏玩的文化他者。

小说中还有一处细节表明帝国欧洲只是把珍妮弗当作赏玩的对象。珍妮弗曾以高价请英国人亚历克斯教授其绘画，亚历克斯后来毫不避讳地告诉斯卡利："因为我想要钱，何况教她不是一件苦差，她的双腿充满诱惑力且令人感到愉悦。"（*TR*，157）珍妮弗在第二次赴欧时为什么决绝地要甩掉丈夫和女儿，是因为接受与多米尼克的同性恋情让她必须先放弃自己的家庭。只有这样她才可能被欧洲艺术家接受。小说中多次提到珍妮弗的银行卡、房产售卖款、多米尼克的富有等细节，尽管法国艺术家多米尼克非常富有，可是珍妮弗却一直是那个为艺术家浪漫情怀买单的小跟班。

珍妮弗为依附欧洲付出的代价是惨重的，仅仅出卖肉体还不够，她还要不断地往欧洲艺术家那里送钱才能够得到接近欧洲艺术家的机会。而珍妮弗的钱是从哪里来的呢？温顿在小说里多次提到斯卡利在欧洲所从事的各种杂活苦活："斯卡利一下从佩斯出发的航班就辗转于大伦敦的各个建筑工地……他干活累成狗一样，很快这就变成了常态。如果没有那份工作的话，斯卡利、珍妮弗和比莉将在伦敦根本活不下去，将根本不足以填饱它可怕的胃口（dreary maw）。"（*TR*，13）与其说是伦敦这个城市贪婪的胃口，不如说是这里的艺术家们贪得无厌，无论是多米尼克还是玛丽安娜都极其富裕，然而他们的富裕正是建立在对殖民地及其人民的掠夺上。斯卡利辛苦打工，在欧洲做各种粗活换来的钱只有一小部分用于谋生，很大一部分则用于珍妮弗所谓的学费。珍妮弗定期参观美术馆、跟艺术家聚餐，参与这些活动都要向欧洲艺术缴纳相当数量的学费，不然珍妮弗根本无法靠近这群欧洲艺术家。后来珍妮弗变卖澳大利亚房产换来了一笔巨款，她侵吞了这笔巨款去取悦她的欧洲艺术家。欧洲艺术家非常清楚这些钱是斯卡利一家的身家性命，但是这并未妨碍他们继续堂而皇之地侵蚀这笔钱。

　　如果说珍妮弗是一个愚蠢的文化奴婢，那么欧洲殖民者就是心狠手辣的吸血鬼，他们贪婪残忍、虚伪做作。不难预料，当珍妮弗将家产挥霍殆尽之时，也就是她永远被欧洲艺术家抛弃的时候，因为她已经没有任何可以被继续榨取的价值了。斯蒂芬森认为："'旅行'不能够增长一个狭隘者的眼界，但是阅读、思考，和智力活动都能够达到这个目标。花一个晚上读巴尔扎克比坐一个星期的大游览车了解的法国更加真实……那些带着朝圣心情砸锅卖铁去到欧洲暂时躲避澳大利亚的人都是愚蠢的痴人。"（1986：174－175）珍妮弗就是这样一个愚蠢的痴人。

　　温顿巧妙地通过钱的流向暗示了文化殖民也伴随着一定程度的经济殖民。小说中数次提到斯卡利用勤奋的劳动辛苦赚钱养家，珍妮弗所追随的欧洲艺术家却丝毫不必为钱发愁，用小说中的话说就是他们都有"隐秘资本"（*TR*，131），而他们永远不公开"具体做什么赚钱"（*TR*，134）。小说巧妙地揭示了这些富裕奢侈的欧洲人的金钱来源。隐秘和不公开钱财的另一层意思就是见不得光的财富，珍妮弗携带巨额款项投靠多米尼克则似乎为欧洲艺术家的财富来源作了一个注脚。斯卡利迷惑不解："为什么她不把卖房子的钱转入他们共有的爱尔兰联邦银行呢？肯定有什么特殊原因。"（*TR*，55）真相就是珍妮弗必须同时用真金白银才能获得欧洲艺术家多米尼克的垂怜，她不仅卷走了售房款，连斯卡利仅剩的一张信用卡也不放过。信用卡的消费记录表明多米尼克正在用他们的钱进行艺术消遣，银行工作人员告知斯卡利信用卡的使用明细："一家饭店，先生，消费是 300 美元。另外还有一处高档美术馆，消费是 1275 美元。"（*TR*，299）欧洲艺术家们的奢侈挥霍建立在不正当的诱骗和巧取豪夺之上，他们用这些掠夺来的不义之财供养自己的艺术活动和奢靡的生活。这意味着欧洲文化是没有道德基础的文化。《骑手们》非常隐晦地点出了帝国文化挥霍的钱财来源正是对文化他者的经济盘

剥，剥削掠夺是殖民者的本性，正如泰勒所指出的："温顿的小说极为注重道德书写。"（1998：109）

温顿在设计珍妮弗这个人物的时候称得上别出心裁。在小说中，珍妮弗从头到尾都没有正面出现过，也没有讲过一句话，她的绝对不在场和失语隐喻了她文化上的不在场和失语境地。珍妮弗一心模仿欧洲文化、取悦欧洲文化，自觉放弃代表自己"真实性"的澳大利亚文化，从自己的亲人和故乡面前消失得无影无踪，她对欧洲文化的绝对臣服使她失去了自己的语言、自己的存在。珍妮弗在小说中的失踪看似是她自己主导的，她把握了自己行踪的主动权而使得斯卡利父女苦不堪言，事实上，她的所谓的带有主动意味的失踪不过强有力地印证了她受帝国文化殖民思想的毒害之深之重。珍妮弗先是辞职赴欧，继而变卖家产再次赴欧，她决心要彻底背离澳大利亚文化。为了向欧洲文化表明衷心，珍妮弗不惜抛夫弃女、放弃家园、倾家荡产，她不假思索地卖掉了澳大利亚的房产，表明她已经彻底放弃了她的澳大利亚文化之根。

斯蒂芬森指出："一个文化如果因为依赖外族文化的喂奶将会变得迟钝和被动，长此以往就只会长膘，而不会有任何进步。"（1986：116）"他们陷在欧洲文化的虚妄之中。让自己的智识上锈，同时也是让自己道德滑坡的表现。他们希望别人拯救他们而自己不自救"（Stephensen，1986：128）。澳大利亚文艺评论家约翰·多克（John Docker）论及离澳赴欧逐梦的这类人："他们主动抛弃澳大利亚，却又被欧洲拒绝，面临什么都不是的威胁。"（Docker，1974：X）菲利普斯在批判这些"文化奴婢"的同时也对他们充满哀怜："我想我在使用文化奴婢一词时已经清楚地表明对他们的同情，因为我认为这些非正常的知识分子本身也是文化奴婢主义闷闷不乐的受害者。"（1959：93）失去澳大利亚文化根基的珍妮弗不仅没有被欧洲主流文化接纳，最终还沦为一个文化无根的漂泊者和迷失者。珍妮弗的失踪或者说是迷失不是偶然的，当她彻底放弃澳大利亚本土文化的真实性和独特性的时候，她就已经走上了一条文化迷失的不归路。《骑手们》表明尽管已是新世纪之交，澳大利亚还有一部分白人依然明显地依附欧洲主流文化。

第二节　殖民前爱尔兰文化的回归者

在法侬描述的殖民地文化的三个发展阶段中，第一个依附宗主国文化的阶段与第三个为民族文化勇敢开始战斗的阶段目标都是非常明确的。在自觉内化殖民者文化的阶段，殖民地人只想着尽可能地模仿殖民者、无限靠近殖民者，所有的心力都放在西化这件事情上。到了战斗的阶段也是一样，目标就是在推翻殖民统治获得自由的基础上重建民族文化。唯独第二个阶段回归殖民前文化相比之下显得模糊而不确定。缘何回归殖民前的文化成了众多殖民地的共同选择，原因很简单，即殖民地人在这个阶段缺乏足够的勇气与信心，他们最后被动逃到一个相对安全的避风港，这是最容易的选择。当殖民地人开始发现不能再依附宗主国文化时，便决定背离宗主国文化，但是对如何建设自己的民族文化却一头雾水。可以说，第二个阶段是矛盾、犹豫、恐惧、逃避最突出的阶段。

温顿笔下的珍妮弗这个人物形象并不复杂，她自始至终都表现出对帝国文化的奴婢式的依附，她在文化迷失的路上越走越远。相比之下，斯卡利这个人物则非常复杂、充满矛盾。斯卡利给人的印象是一个十足的老好人，他任劳任怨，心灵手巧。但是他为了寻找妻子可以疯狂到完全对女儿比莉不管不顾，这种失去理智的行为在小说中出现了不止一次。另外，斯卡利还表现出盲目、被动、懦弱、逃避等性格特征。纵观整部小说，温顿对斯卡利既有肯定的部分，也有否定的部分。一方面，斯卡利确实表现出澳大利亚文化的部分特质，并且能意识到欧洲的虚伪、欧洲文化的虚妄、欧洲人的冷漠残酷。另一方面，斯卡利非常被动，关乎家庭的所有选择都是珍妮弗在主导，他永远被动地接受，甚至随遇而安。在现实的选择面前，斯卡利总是被动地选择逃避，最后甚至逃到了遥远的异乡爱尔兰。

斯卡利的盲目、不确定、缺乏勇气与逃避现实等性格特征有其必然性，正如法侬所论述的殖民地文化的第二个阶段那样，当殖民地人意识到殖民者文化的金玉其外败絮其中之后，决定寻找自己的民族文化，但是仅仅抛弃殖民者的文化还不够，还需要有确定的文化目标，知道自己的民族文化是什么，知道如何建设自己的民族文化等。但是这个确认并找寻民族文化的过程是漫长的、复杂的，需要勇敢面对，在这个过程中，很多殖民地人选择了逃避，转而从历史中翻找民族文化的传说、神话等，以给自己制造避风港，如同斯卡利所做的那样。温顿塑造的斯卡利这个人物形象充满立体感，他既有积极的一面，也有被动消极的一面。积极的一面是斯卡利对欧洲文化的腐朽堕落有清醒的认识，消极的一面就是斯卡利在文化选择上所表现出的被动不作为、逃避、失去理智等行为特征。

光看到斯卡利身上积极的一面还远远不够，可以说温顿要重点突出的正是斯卡利表现出的消极的一面，被动与逃避的斯卡利恰恰表明他在文化选择上仍旧充满盲目和不确定感，缺乏明确的文化选择导致他一再逃避现实。斯卡利最后回到爱尔兰表明他逃到了澳大利亚文化的殖民前的原乡文化中躲藏起来，这表明澳大利亚文化依旧没能实现去殖民化。因此，斯卡利并非有些学者所评论的那样是澳大利亚文化的典范。

与珍妮弗对欧洲文化疯狂的依附不同，斯卡利对欧洲文化感到厌恶，甚至在关键时刻揭露了欧洲文化的丑陋。这些细节都表明斯卡利在文化觉醒的路上比珍妮弗前进了一大步。温顿巧借斯卡利父女的欧洲历险记展示了欧洲的腐朽、堕落、阴暗与冷漠，揭示了帝国文化的本来面目。本麦莎（Ben-Messahel）指出："寻找失踪的妻子是主人公旅程的全部动机。"（1998：68）如本麦莎所言，贯穿《骑手们》这部小说始终的一根线索就是寻妻，珍妮弗的不辞而别使斯卡利父女踏上了"翻找"欧洲的旅程，他们的寻亲路线为：爱尔兰茅舍—希腊伊兹拉岛—佛罗伦萨—罗马—巴黎—阿姆斯特丹—爱尔兰茅舍。小说对斯卡利父女在欧洲的伊兹拉岛、巴黎和阿姆斯特丹的遭遇进行了细致的刻画，尤其是对被奉为欧洲文化心脏的神圣之都巴黎进行了聚焦。整部小说也可以看成是斯卡利父女的欧洲历险记，欧洲书写占据了小说绝大部分篇幅。

《骑手们》书写欧洲、披露欧洲的真正用意在于破除欧洲文化的虚构神话、祛除其神圣性。温顿通过斯卡利父女的所见所感意在颠覆文化奴婢珍妮弗所迷恋的"欧洲幻想"（the fantasy of Europe）。澳大利亚文学评论家安德鲁·泰勒（Andrew Taylor）指出：

> 《骑手们》的背景在欧洲，从这个方面来讲它可被列入以澳大利亚境外为背景的小说的长名单。这类小说包括亨利·亨德尔·理查德森的《客人莫里斯》、克里斯蒂娜·斯特德的《独自为爱》、帕特里克·怀特的《特莱庞爱情》、马里·贝尔的《想家》以及格伦达·亚当斯的《珊瑚上起舞》。《骑手们》有所不同的是，它明显是通过与欧洲和欧洲人形成对比来烘托澳大利亚性的一种建构模式。（1998：106）

马维尔（Maver）在《蒂姆·温顿的"欧洲"小说〈骑手们〉》（"Tim Winton's 'European' Novel *The Riders*"）一文中专门论述了《骑手们》中不同的欧洲背景及温顿的创作用意。马维尔认为：

> 蒂姆·温顿将一个在很多方面自认为是"失败者"的澳大利亚人置于欧洲背景之中。通过这个情节设置，温顿巧妙地将欧洲变成个人失败、社会堕落、身心腐化的象征。由此他祛除了萦绕在澳大利亚人心头的一些神话，关于澳大利亚和欧洲……它的意义在于表明欧洲是失败的象征，而不是澳大利亚。（1999：4）

泰勒和马维尔关于《骑手们》中的欧洲背景的阐释是有道理的，温顿确实在书写澳大利亚并有意在为被诋毁的澳大利亚拨乱反正，揭开欧洲文化的假面。

在很多场合，斯卡利都被欧洲人称为"我的流放犯兄弟"（*TR*，133）和"无知的野人"（*TR*，287），澳大利亚被称为"殖民地"（*TR*，135），斯卡利讲述的澳大利亚故事被看成"异域风情的……乡下人的故事"（*TR*，278）。这些布满殖民历史印记的词汇直到世纪之交还在欧洲人口中频繁出现，作为谈论和评价澳大利亚人和事的常规用语。由此可见，殖民主义并没有从根本上消失，殖民者的意识形态里仍旧充满了殖民主义思维。温顿在小说中巧妙地将这些信息词放入人物对话中，实则有意提醒读者文字背后的殖民话语。欧洲和巴黎的虚幻堕落不仅仅是一座座城池的腐化堕落，其背后是帝国文化丑陋、堕落的隐喻。斯卡利父女特别提到巴黎的地铁、埃菲尔铁塔、豪华酒店、咖啡店、私人宅邸等文化符号，温顿对它们的描写和思考便是对帝国文化的层层披露。

在《骑手们》中，欧洲尤其巴黎是一个充满文化张力的帝国空间，是文化奴婢们要奔赴的朝圣地。但对另外一部分识破其本质的人来说，欧洲是一个令人窒息的地方。帝国的文化殖民主义与帝国都会的关系是互利共生，合谋共进。都会里高耸的恢宏建筑及雕像、幽暗迷离的各种艺术会所、宽阔街道上的车水马龙、不分白昼的璀璨灯光是帝国权力、财富、文明、优越感的象征，是帝国文化对外吹捧其神圣性的具体符号。这些符号随着帝国的诗歌、小说以及各种艺术形式传播到中心以外的地区，形成强大而隐形的文化辐射力与影响力，尤其是帝国的附属殖民地地区。艾略特在题为《什么是经典》（"What is a Classic? A Lecture"）的演讲中断言："西欧文明是世界上唯一的文明……伦敦是世界文化中心。"（qtd. in Coetzee，2001：1－2）诸如此类的霸道言论绝非出自普通欧洲人之口，而是响当当的文化名人所言，其文化辐射力和影响力可见一斑。如库切（Coetzee）评论艾略特的言论时指出："每一次此类言论被重新强调的时候，都是由一位极具公众威信的人来强调……一位能够主导文艺界的人物。"（qtd. in Coetzee，2001：1）欧洲不断强化欧洲文明是世界上唯一的文明的欺骗性谎言，帝国文化将巴黎、伦敦、阿姆斯特丹等都会借由艺术进行抽象化，加工成一个个帝国文化炫目而极具诱惑力的象征符号。这些符号被强行带到殖民地进行传播，进而变成文化殖民看不见的刀枪与铁骑。

斯卡利父女眼中的真实巴黎可以用一个词概括，即灰暗。斯卡利用亲身体验捅破了关于帝国大都会的虚伪神话。斯卡利父女发现巴黎并没有文化殖民者所宣称的那些光环、尊贵与神圣，有的只是黑暗的下水道、污浊的空气和噪音。在第二次赴欧辗转来到巴黎的时候，父女俩立在巴黎圣母院的楼顶仔细审视这座帝国之都：

> 这里仅仅是一个地方而已，一座斯卡利能够不断感受到车流噪音和街道熏烟的城市……这是一个立在无数头盖骨和大腿骨之上的城市……巴黎就是立在这样的地基之上，你看到的她只是一部分……女导游又在拱门前叫喊起来。（*TR*，260－261）

斯卡利从巴黎的光彩夺目之中瞥见的是它的傲慢与狂妄。巴黎的地标性建筑如圣心大教堂和埃菲尔铁塔要么过分花哨，要么已经锈迹斑斑，实在无神圣可言。斯卡利父女自上而下、由表及里地揭开了巴黎的灰暗本性。巴黎根基之下的虚空、死亡与肮脏是帝国文化拼命掩盖的家丑。比莉对巴黎的总体印象是："巴黎表面上漂亮，实质上空空如也。背地里，每个人都是肮脏、疲倦和迷失的。"（*TR*，322）

在层层掩盖和包装中，巴黎被作为帝国文化的神圣象征被兜售至全世界。大量游客隐喻着被巴黎的浮华外表吸引和欺骗的人，而导游无疑是帝国文化和帝国都市的宣传者之一，他们乐此不疲地一遍一遍为帝国文化叫卖推销。导游们每到一个景点的大声叫嚣都是帝国给其他文化注射的麻醉剂。帝国的一切文化活动都可以用法侬的观点来总结："欧洲人，他们从未停止将白人文化填补到任何他族的文化缺失以及文化缝隙之中。"（2001：171）温顿以同样冷峻的笔触描写了希腊和荷兰，借斯卡利之口道出"欧洲令人感到毛骨悚然"（*TR*，278）。巴黎是灰暗的，欧洲也是暗淡的。灰暗的真实的巴黎是对被殖民者有意包装的炫彩巴黎、头顶光环的巴黎的颠覆和瓦解。

在"寻妻"这个线索的贯穿下，斯卡利父女一层一层地揭露了欧洲文化的殖民性，逐一对帝国文化王国的欧洲以及天才的欧洲艺术家的冷漠与伪善进行了严厉的批判。泰勒认为："这基本算是一部流浪汉小说，围绕寻找珍妮弗的下落展开，其实就是在寻找意义和价值。"（1998：106）斯卡利父女历险的一个重要意义就是看清了欧洲的真面目，他们看到的巴黎与库切在《青春》（*Youth*）中塑造的约翰看到的伦敦相似："一层浓雾包围着城市，充满了煤灰和硫磺的浓雾。"（2003：102）在被神化的宗主国都会里，杰米·雷（Jame Ley）道出了真相："到了文化的中心，依然找不到文化。"（2002：9）这里没有所谓的高等、璀璨的文化，它的残酷自私、虚伪狡诈、贪婪无度的本性彻底暴露。

《骑手们》中的斯卡利不仅识破了帝国文化的虚伪本质，还在一定程度上展现了澳大利亚文化的魅力，这是斯卡利这个人物积极的一面。从第一次赴欧开始，斯卡利一直带着对家乡澳大利亚的深深眷恋生活在欧洲，这份贯穿始终的思乡之情构成了精神层面的澳大利亚文化指向。

无论身在欧洲还是爱尔兰，斯卡利一直保持着在澳大利亚时的工作状态和劳动方式，在行为上一直是典型的澳大利亚式劳动者。斯卡利质朴真实、心灵手巧且充满爱心，与其说这些是斯卡利个人的性格特征，不如说是澳大利亚文化塑造的结果。澳大利亚作家吉恩·倍德福德认为："被损毁的人生并不等于失败的人生。"（Ellison，1986：89）斯卡利虽然长相难称俊秀，且在小说中因为寻妻而落魄憔悴，但这并不影响他积极的一面。小说中有这样一处对斯卡利的评价："即使在欧洲，很多人最终都喜欢上斯卡利。他们看到的就是真实存在的。"（TR，10）傲慢的欧洲人从斯卡利身上看到的正是他们所缺少的，他们表面上对斯卡利嗤之以鼻，实际难掩自惭形秽之情。不可否认，斯卡利这个人物有其明显的优点，澳大利亚文学评论家安德鲁·泰勒就指出：

> 斯卡利是一个好人，丝毫不矫揉造作，这一点表明他与曾经的澳大利亚工人阶层是一致的。他与邮差彼得①的关系在很多方面具有"伙伴情谊"（mateship）的特点：在没有女性存在条件下的男性与男性之间的情谊；涉及体力劳动和自助；无条件的相互帮助；他们彼此好像建立在无须言说的一种相互需要，彼得出于友谊还有就是打发不送信时的时间，斯卡利起初是在修缮房屋上需要彼得的帮忙，例如让房子通电，后来就是需要一个值得信赖的伙伴。（1998：107）

泰勒认为："斯卡利是传统澳大利亚传奇在现代的典型化身。"（1998：109）泰勒对斯卡利的评价可谓很高，但是泰勒只看到了斯卡利积极的一面，完全忽视了斯卡利失去理智、盲目、被动的一面。斯卡利还远不能被称为澳大利亚文化的典范，虽然他具备一些典型的澳大利亚人特质，如同菲利普斯概括的那样："体格结实、随意、一诺千金、任劳任怨，具备所有这些品质。"（1959：61）的确，斯卡利身上散发着强烈的早期澳大利亚丛林人的光辉，温顿对此作了细致的刻画。

对于斯卡利这个人物，学界的另一种代表性观点是质疑。伊格尔·

---

① 斯卡利在爱尔兰认识的好友，彼得是当地的邮递员，热心帮助斯卡利修缮茅舍。

马维尔（Igor Maver）认为："欧洲差点儿毁掉了身在异乡的斯卡利，他借不同的地点表达自己的悲喜，时而有缘由时而又无理智，正因为此他解构了很多虚构的神话或者与他们背道而驰。"（1999：15）马维尔的评价是中肯的，斯卡利的确悲喜无常，在多种情况下都表现得近乎歇斯底里的疯狂，尤其是为了找寻妻子的下落频繁忽视女儿比莉的安危。与其说欧洲毁掉了斯卡利，不如说斯卡利自身的盲目差点儿毁掉了他自己。阿尔科斯（Alarcos）注意到："即使斯卡利对他的女儿关爱有加，但是他仍不顾一切地执迷于对妻子的找寻而忽视比莉。"（2010：18）另外，温顿在一次访谈中也表示："在寻找孩子母亲的过程中，斯卡利冒着差点儿失去女儿的风险。"（McGirr，1999：118）

不少学者都注意到了斯卡利这个人物表现出来的矛盾心理和非理智的行为，但没有学者从文化去殖民化的角度阐释斯卡里利的犹豫与矛盾。斯卡利的矛盾和举棋不定其实是文化选择不确定的表现，他并未实现文化上的去殖民化。斯卡利的文化被殖民特征主要表现在两个方面：文化选择上的不确定与盲目；最终定居爱尔兰乡间茅舍表明他逃避到了殖民前文化。斯卡利仅仅是跨出了背离殖民者文化这一步，在建立民族文化的道路上依旧停滞不前，甚至出现了倒退倾向。因此泰勒对斯卡利的评价有点言过其实，斯卡利绝对还达不到澳大利亚文化典范的程度。

斯卡利对澳大利亚是有感情的，但他在面临选择的时候总是被动胆怯，不敢面对现实，珍妮弗就是他的指挥棒。虽然斯卡利有自己的文化喜好，但是珍妮弗选择什么斯卡利就无条件地跟随她，这充分说明斯卡利在文化选择上并不自主。尤其当珍妮弗谜一样消失的时候，斯卡利表现出的极度盲目与不知所措更加明显。比莉比斯卡利多回了一次澳大利亚，父女俩谈起的时候，斯卡利难掩对家乡的思念，激动地询问女儿家乡近况："'快告诉我关于澳大利亚的事'，他兴奋地问，'现在变样了吗？告诉我印度洋的样子。你看见罗特尼斯特岛了吗？热不热，天气？你听出家乡人说话的语调了吗？你是不是都忘记了？奶奶怎么样了？'"（TR，209）斯卡利对于家乡的大海、岛屿、乡音、气候、亲人都充满眷恋。他当时完全可以跟着比莉一起回到家乡澳大利亚，但是如同他独自一人修葺茅舍时所感叹的："回去很难，尤其是用面对永远离开这件事。他很高兴是他们母女回去了。他自己将会选一样。会前脚落地，后脚就去闻一闻桉树的味道，就又要走了。不，还是他们母女回去处理完家事比较好。这样他好受多了。"（TR，12）可见，斯卡利害怕面对现实，他以逃避为选择。小说中有一个细节描写充分说明了斯卡利的被动盲目："做事是他的强项，尤其是当一件事有一个任务的限定的时候。这件事也不例外。他修这所废弃的茅舍是为珍妮弗做的事，这丝毫不用掩饰。"（TR，12）显然，这句话非常清楚地点出了斯卡利只会按照要求做事，适合去完成被指定的任务，自己缺乏选择的主动性。这就不难理解斯卡利为什么不喜欢欧洲却一直跟随妻子在欧洲过不如意的生活；为什么非常思念澳大利亚却又心安理得地在爱尔兰乡下修葺茅舍。斯卡利有做事的能力，却没有选择的能力，这是他最严重的问题。

斯卡利一方面缺乏主动选择的能力，另一方面在不得不作出选择的时候又充满盲目性与不确定性。小说一开始就以斯卡利在爱尔兰茅舍里的一个梦境暗示了其之后的行为："在斯卡利那天晚上做的梦里，他就在一堵堵墙中间的荒草中奔跑，身后灯火通明，但是他的前方只有疯长的野草和黑夜。他继续跑，从不停下来看看身后有什么，就这么盲目地继续朝黑暗跑去。"（TR，22）温顿用这个梦境为斯卡利接下来盲目地到欧洲寻妻埋下伏笔，在欧洲期间，斯卡利真的如同在这个梦里一样只管盲目地朝着黑暗跑去，其实只要他停下来环顾四周，他完全有可能回到光明，因为他的身后灯火通明，为了寻妻，他如同一只迷途的羔羊无法找到出路。

透过斯卡利面对突发事件的反应，可以看出温顿对这个人物也有明显的批判意识。小说中，温顿多次使用盲目形容斯卡利。到欧洲寻找珍妮弗的过程处处体现了斯卡利的盲目与非理智。正如温顿在小说中间接评论的那样："雅典的机场，机场就意味着要立刻做出去向哪里的决定。在过去的十个小时里，他只是在移动，盲目的行进。"（TR，196）不仅仅是过去十个小时，细心的读者会发现斯卡利的欧洲寻妻轨迹充满盲目，每当遇到机场、车站、渡船等旅行的终端时刻，斯卡利都是盲目地选择下一个地点。

斯卡利为他盲目的选择付出了沉重的代价，比莉就是最大的受害者。从比莉受伤的种种描写来看，字里行间均可看出温顿对斯卡利的盲目行为的谴责。在斯卡利的寻妻途中，比莉先后遭遇疯狗的咬伤、疾病的折磨、被父亲抛弃的恐惧，甚至还差点儿被荷兰街头的陌生人性侵……年幼的比莉所遭受的痛苦令人难以想象。温顿多次书写比莉的病痛、伤痛其实是对斯卡利盲目行为的谴责，他借人物彼得道出："好好照顾孩子，斯卡利。"（TR，115）被恐惧和盲目席卷的斯卡利不具备照顾好比莉的能力，比莉一次次的遭遇印证了这一点。比莉在希腊被狗咬成重伤，整个脸部、头部都血迹斑斑，"脸颊上、额头上、一只眼的眼皮上都有抓痕。他用手帕擦去淤血，他看见在她耳朵前面一点点的位置有很深的伤口，她的后脑勺也被狗抓出一个洞，还露出一部分皮肤以及肌肉组织"（TR，176）。从比莉的受伤情况来看，她被狗啃咬得非常厉害，如果身边有大人看护，孩子应该不至于遭受这样的痛苦。

更加糟糕的是，比莉已经失去了母亲，当父亲按照约定的时间、地点来等母亲解释的时候，斯卡利发现疑似珍妮弗的人影出现的时候已经忘乎所以，他甚至将摔倒在地的比莉远远地抛在身后不管，自己去盲目地追逐那个鬼魅一般的人。比莉受惊过度，一时间她成了被母亲与父亲同时抛弃的孤儿："天气寒冷刺骨，还有雾，比莉吓得哭喊着，她环顾四周。在雕像中间徘徊，还有很多小鸟在头顶盘旋，以及她自己惊恐的声音，尿液顺着两条腿流下来还是热的，如同熔铅一般灼烧着她，将她灼烧。"（TR，268）孩子生理上的尿失禁足以表明其受惊程度之深。比莉承受的痛苦已经达到了一个孩子可以承受的极限，随后比莉发起高烧，加上之前被狗咬伤，可谓雪上加霜。比莉遭遇的不幸，父亲斯卡利负有不可推卸的责任。斯卡利在寻妻途中也有反思自己令孩子遭受痛苦的时刻，甚至多次向孩子保证"'不再找了'，他说'我保证'"（TR，356）。然而，斯卡利在矛盾、自责中依旧无法摆脱他的盲目与非理性，他反反复复地继续寻妻的旅程。即使一个个信息向他表明珍妮弗根本就是刻意在躲避他、甩掉他、抛弃他们父女，斯卡利仍旧在欺骗自己，他认为珍妮弗一定有苦衷。最后，父女俩找遍了欧洲所有珍妮弗可能到过的地方，比莉发现："她看着他。在他的内心深处，他仍旧在不停地搜寻，翻找。"（TR，365）故事的结尾，斯卡利在不情愿之中结束了欧洲寻妻之旅，带着比莉回到爱尔兰茅舍。

斯卡利在文化上最终选择了殖民前文化即爱尔兰文化，小说结尾他带着比莉回到他亲自修缮的爱尔兰茅舍，表明经过复杂的心理矛盾与斗争后，他最终舍下了澳大利亚文化。温顿在《骑手们》这部小说的开篇就聚焦爱尔兰乡下的一处已经废弃十年的叫宾奇的茅舍（Binchy's Bothy），用了几十页的篇幅交代茅舍的情况、斯卡利游爱尔兰并买下这间茅舍的经过与由来。小说中斯卡利两次放弃澳大利亚文化：第一次是在妻子珍妮弗决定买下茅舍定居爱尔兰的时候，斯卡利虽不舍澳大利亚，但还是接受了妻子的决定；第二次是结束欧洲寻妻之旅后，斯卡利完全可以带着比莉回到澳大利亚，但是他没有，他回到了爱尔兰，这就说明最终他彻底地舍弃了澳大利亚文化。

斯卡利选择爱尔兰，本质上依然是逃避，珍妮弗当初随意的一句话变成了斯卡利思维混乱时期的避风港，所以他逃到了这里以期避开现实的纷扰。但逃避终究是逃避，它不能解决任何现实中的矛盾与问题。斯卡利一家是这样离开欧洲来到爱尔兰的，"最终他们打算离开欧洲，打算放弃了，然后回家。好像怀孕促成了最后的决定。从希腊他们选了一家便宜的航空公司回到伦敦打点行囊。澳航从希思罗机场出发的航班还有好些天，但是他们已经收拾好了，然后就有点儿无所事事。后来斯卡利建议要不去爱尔兰旅行一周。反正他们从来没去过，管他呢"（*TR*，13）。这段话清楚地表明斯卡利一家在欧洲待了两年之后已经待不下去了，暗示珍妮弗根本不被欧洲文化接纳。可见，斯卡利一家选择爱尔兰带有强烈的逃避欧洲不如意生活的成分。后来珍妮弗以"对这个地方有一种特殊的感觉"（*TR*，16）为由，买下了一处废弃的茅舍，打算定居在此。当然，从后面的故事可以看出，这不过是珍妮弗甩掉斯卡利的一个借口，包括怀孕也是珍妮弗编造的借口，只是斯卡利全然不知。斯卡利被珍妮弗略施小计就甩在了爱尔兰，他却心甘情愿地准备修葺珍妮弗买下的茅舍。

斯卡利面对的宾奇茅舍令人望而生畏，"这间茅舍很小，简单得如同小孩子的涂鸦，但是却比他自己的国家还要老。上面两间屋，下面两间屋。当地的典型风格，就像老教科书上的模型一般。它坐落在一个叫利普的光秃秃的小山坡上"（TR，4）。温顿以非常隐晦的方式点出了这间茅舍属于陈年旧物，比斯卡利自己的国家即澳大利亚还要老，细心的读者会发现温顿这么说的意图正是在提醒爱尔兰属于澳大利亚白人殖民前文化的一个部分。另外，"这个屋子其实就是一个残骸，毫无疑问。十年无人居住①看护毁了这屋子。东面的山形墙已经向外倾斜，即使短期凑合着住也至少得重新用支撑物撑着。屋子不通电、不通水管，也没有家具可言"（TR，12）。这样的屋子根本不适合居住，珍妮弗购买的时候当然也从未想过她自己要真的居住，破败的屋子正好可以拖住斯卡利在此地修缮，这才是珍妮弗的真实意图。然而斯卡利却天真地在这里畅想未来，他的乐观透出的恰恰是他的愚钝和判断失误，"面对屋子发出的臭味，他仍然心情舒畅地想着他们即将到来的新生活"（TR，4）。斯卡利一边畅想新生活，一边打算如此处理自己的澳大利亚文化："两年了，他还是想着他的南半球。他知道他不可能永远这么思念下去。他应该停止思念蓝蓝的海水，白白的沙滩。他有新的生活要过了。"（TR，11）透过斯卡利的内心独白，不难发现，他打算用新的生活替代自己的澳大利亚记忆、澳大利亚情感，也就是说澳大利亚文化在斯卡利心中是一个可以被替代的部分，他甚至主动这么做，认为自己必须停止思念澳大利亚的一切。

斯卡利确实也在付诸行动，小说开篇有很多他不怕苦、不怕累，争分夺秒修葺茅舍的描写："北风呼呼地吹打着他的后背，斯卡利站在门廊下嗅闻着什么。冷风吹进房子，到处都是钻风的入口和空洞。风吹打着二楼的楼板，将墙上的翘起来的涂料也掀掉下来整个打在他的脸上。闻起来夹杂着霉菌、草灰、烟灰、鸟粪、伍赛斯特郡酱料以及动物腐尸的味道。"（TR，1）斯卡利面对的是破败不堪的腐朽之物，屋里屋外都透出陈腐的废墟式的荒凉景象，然而斯卡利却偏偏将精力用在处理这样

---

① 宾奇的茅舍本来住着宾奇家的人，十年前宾奇家的最后一个人去世了，这间屋子就再也没有人住了。宾奇父子在世的时候是山坡下城堡里的园丁，负责给主人照顾花园。但是很久以前，城堡出事了，主人都离开了，再也没有回来，只有宾奇父子还守着这座废弃的城堡。宾奇父子平日懒惰且嗜酒如命，他们仅仅靠种植一些土豆为生，时常偷盗邻居的物品，因此宾奇家在当地的名声并不好，宾奇的茅舍自从主人去世后就无人问津。

的事情之上，"现在这一堆废弃物因长久堆积而蒸发，发出恶臭，斯卡利用铁锹和耙子以及他自己的双手将这些腐烂的大衣、锁边的裤子、毡帽、靴子以及法兰绒的衬衣、碎了的毯子、瓶子、自行车轮子、死耗子还有卷边了的卡片通通都扔到了谷仓后边。斯卡利弯腰撅屁股地清扫、刮平后面那堵坑坑洼洼的墙壁"（TR，6）。

小说中还有多处描写都是在讲述斯卡利是如何一步步修缮茅舍，除旧布新的。乍一看，如同有的评论家所指出的，斯卡利体现了澳大利亚工人阶级的光辉形象，勤勉踏实，但是斯卡利在爱尔兰修葺茅舍的行为仍旧是逃避现实的表现，如他自己坦白的那样："还是他们回去好。他还是更能接受在这里把事情做好。这样他就能够过得去了。"（TR，12）因此不能偏狭地只从热爱劳动、勤奋踏实的角度去赞美斯卡利。相反，斯卡利更多地将不宜人居的宾奇茅舍当成了他暂时安全的避风港，他害怕面对现实的挑战，一再通过劳作来逃避现实。

温顿用了很多诸如腐烂、发臭、废弃、霉菌等词汇形容宾奇茅舍，意在暗示斯卡利逃到了历史的废墟中，企图在破败不堪中掩盖自己的懦弱与不坚定。法侬指出："经过一两个世纪的殖民侵略之后，所剩下的民族文化已经衰微，消瘦而憔悴。她变成了一系列固定的习惯，一些传统服饰以及一些散架的机构。这些剩下来的文化已经没有能力再有什么作为了，没有真正的创造力和涌动的生命力……经过一个世纪的殖民之后，我们只能发现极端的死板，文化的残渣。"（2001：191）斯卡利面对的宾奇茅舍无异于死板的文化残渣。法侬进一步指出："文化跟传统是对立的，因为传统往往是文化腐朽的开始。意欲通过回归传统或者使传统的生活方式复活意味着与眼下为敌。"（2001：180）

法侬再三强调："一个民族的真理首先在于当下的现实。"（2001：181）斯卡利的所作所为恰恰是与眼下为敌，他根本不知道他的妻子是因为要甩掉他而故意拖延时间，让其修葺废旧的茅舍，他根本没有弄懂妻子的真实意图，他对现实的评估是错误的。斯卡利逃避现实的特点为他后面所遭遇的伤痛埋下了伏笔。斯卡利费了九牛二虎之力将宾奇茅舍修缮到令爱尔兰当地邮差彼得羡慕的样子，"对于房子的新样子感到眼前一亮。看起来不再是爱尔兰式的了。床边漂亮的书架、手扶椅、地板上新铺的地毯。这是一个懂得不少东西的男人的家，他擅长手工且体贴细心，还会烹煮以及会做很多女人的活计。一个读书的男人、有过巴黎经历的男人、家乡有红色沙漠和令人羡慕的大鱼的男人。还有一个孩子，可谓一样都不缺了。是啊，他羡慕斯卡利"（TR，255）。

温顿借邮差彼得说出的这段话有两层意思。第一，由于斯卡利在文化选择上的逃避，他没有正视现实，因此正如法侬强调的那样："回归殖民前的文化幼稚可笑。因为再绚丽的殖民前文化也拯救不了深陷殖民现状的苦难民众。"（2001：168）。即使斯卡利将茅舍修葺一新，已经变成彼得眼中令人羡慕的样子，但是斯卡利一家的困惑与痛苦并未因此终结，反而更加严重。第二，温顿借彼得对斯卡利的赞美暗示了斯卡利其实并非无路可走，他既然具备在爱尔兰修葺家园的能力，那么他只要回到澳大利亚，即使房产已经被妻子变卖，他依然具备白手起家的能力，因为他在爱尔兰已经将废墟建成了家园。温顿还借邮差彼得的话强调斯卡利什么都不缺，足见温顿对斯卡利在文化选择上的错误决定深表惋惜。

法侬并不是一味地否定传统的价值，他认为："只能在开启未来的基础上利用过去，为了给人们以鼓舞和希望的基础上利用过去。你可以书写太阳底下的一切事物，但是当你谈及人生中的有价值的事情的时候一定是有助于开启未来的，能够给你的祖国带来光明，能够使你和你的人民站立起来的事情。因此，你不得不正视现实。"（2001：187）宾奇茅舍被修葺得再好，再具有澳大利亚风格，虽然如同彼得所说已经不是爱尔兰式的了，但它毕竟不是澳大利亚，它依旧在爱尔兰的土地上。斯蒂芬森明确指出："爱国情感具有唯一性，只能针对一个地方，不可能对地球上很多地方都存有这种情感。一个澳大利亚爱国者首先要将澳大利亚放在首位……爱国主义从定义上看就是本土的。"（1986：145—146）从斯蒂芬森对爱国和文化的观点出发，不难得出热爱澳大利亚文化也具有地域上的唯一性，必须选择澳大利亚文化作为最终的文化归宿。纵然斯卡利父女对澳大利亚文化无比眷恋与热爱，他们最终也没有回到象征澳大利亚文化的故乡，而是留在了爱尔兰。这一选择从本质上来讲是放弃澳大利亚文化的象征，爱尔兰文化在斯卡利的心中取代了澳大利亚文化。也就是说斯卡利最终回归的是澳大利亚白人的殖民前文化，因为他并没有实现文化上的去殖民化。

第三节　澳大利亚本土文化的妥协者

温顿在《骑手们》中塑造了一位勇敢的"战士"形象，即斯卡利与珍妮弗的女儿比莉。虽然比莉并没有经历实际的战争，如法依描述的那种具体的文化去殖民化战斗，但是小说中比莉所面临的苦难与伤痛一点也不比实际战争所造成的少。对比莉来说，她七岁的人生如同战役，生死攸关，她表现得像一名勇敢的战士，直面生活中的挑战：比莉认同澳大利亚本土文化；比莉不逃避现实，她勇敢面对生活中的苦难并数度用智慧化险为夷；比莉是一位积极的战斗者，她在小说中甚至充当了父亲的引路人。温顿描绘的比莉给人无限的希望，比莉代表着澳大利亚文化新生代所具备的令人欣喜的勇气与力量。比莉在欧洲随父亲寻母途中迅速成长，在苦难的现实中不断壮大自己，使得父女俩的境况得到了很大的好转。然而，过于年幼的比莉在最后还是向父亲的决定妥协了，她怕失去父亲，不得不随父亲来到爱尔兰茅舍。比莉所代表的澳大利亚本土文化最终与澳大利亚国土分离，也即澳大利亚本土文化失去了最关键的民族文化土壤。如法依所说，这样的文化注定不会产生持久的影响力与活力。比莉所代表的新生代澳大利亚白人同样没有实现文化去殖民化。

比莉认同澳大利亚文化和历史，这一点可以通过她小小年纪就对流放犯的深刻认识上看出。伍德认为（G. A. Wood）："我们的拓殖祖先们并不是恶贯满盈、堕落下贱的罪犯，他们不过是不列颠残酷的社会等级与法典的牺牲品罢了。"（Robinson，1993：116）斯蒂芬森指出："流放制度的野蛮、鞭刑以及其他酷刑其实是那个年代英国的野蛮堕落，而不是澳大利亚。"（1986：61）在斯卡利父女心中，流放犯也是他们值得敬重的祖先。比莉小的时候，斯卡利经常带着她在家乡斯旺河附近游玩，看到曾经的流放犯遗址就会把历史讲给比莉听。比莉在短暂的回澳期间，在给斯卡利的短信中还提到："今天我和奶奶到了巴斯海滩，现在我想到了流放犯们。他们肯定觉得上帝遗忘了他们。就像他们沦落了一样。我们去伦敦的时候我只有五岁。我那个时候感觉我就是一个小流放犯，对我来说感觉很不同。但是我只是个孩子。"（TR，56）比莉小小年纪就对那些遥远的流放犯祖先有了牵挂和担心，她对澳大利亚流放犯祖先的观点与欧洲殖民者的观点完全不同，这表明她从小就对澳大利亚的文化和历史有积极正面的认知。

相对来说，比莉是一个拥有自主选择能力的人，这一点比莉与斯卡利截然不同。在《骑手们》中，温顿书写了比莉的两次重大选择。第一次，在父亲和母亲之间，比莉坚定地选择了父亲。第二次，在预料到父亲可能被母亲的不辞而别伤害到时，比莉主动选择失语来保护父亲斯卡利。对一个七岁的孩子来说，作出这两个决定并非易事，比莉的自主选择说明她立场坚定、聪慧果敢。珍妮弗利用修缮茅舍的借口甩掉了斯卡利，可是她执意将比莉一起带回澳大利亚处理房产售卖事宜。不难看出，珍妮弗的初衷是卖房之后再带比莉一起返回欧洲，不料遭到了比莉的拒绝，只能将其单独送回爱尔兰。比莉跟珍妮弗回澳大利亚时极不情愿，卖房事宜办妥后比莉与母亲一起乘飞机离开澳大利亚，在航班上她还情绪正常地看漫画，然而在伦敦转机之后就只剩下她一个人。下了飞机后的比莉突然"失语"，面对平日无话不谈的斯卡利，她拒绝说话，拒绝回答任何问题。

比莉年龄虽小，但是极为睿智，她的"失语"实则是保护父亲斯卡利的一种策略。当初珍妮弗决意购买爱尔兰茅舍时，斯卡利被她的兴奋和喜悦感染便答应下来，但是比莉的反应是"始终怀疑"（TR，56）。斯卡利清晰地记得女儿被珍妮弗带走时的景象："比莉在机场百般抵抗，不情愿跟母亲回澳大利亚。在临到登机口还不停哭泣，硬生生地被她那个神情泰然的母亲拽走……比莉就像船的锚一样，被一路拖到机场。"（TR，57）比莉从小是斯卡利带大的，她喜欢斯卡利说给她的关于流放犯的故事，喜欢斯卡利教她的一切，比莉在斯卡利的熏陶和濡染下接受并热爱澳大利亚的一切。在与母亲一起乘坐的返程航班中，比莉一边看漫画一边感叹："她对那些只有平庸爸爸的孩子们感到遗憾。上帝只造就了一个斯卡利。他长得不帅气，但是很特别。他教会她游泳和骑自行车。上学前，他就有教她读书和写字。比莉无法忘记这一切。"（*TR*，83—84）比莉在无限遐想的时候，珍妮弗就在她身旁。可是在伦敦转机到爱尔兰香农机场时就只剩比莉自己了，下了飞机就从本来活跃聪明的孩子骤然变成"失语"自闭的孩子。无论斯卡利怎么哄劝比莉，她就是不言不语。斯卡利面对失踪的妻子和失语的孩子，急得快疯了。可以断定，珍妮弗一定对比莉说了很多话，而不是不辞而别，这些话肯定是要比莉抛弃她最爱的父亲斯卡利和澳大利亚。虽然小说对这一细节没有明说，通过字里行间还是可以获得答案。如小说结尾处比莉回忆时默想："总有一天一切都会真相大白。即使那些她不愿意再看到的事，再听到的话。即使是机场那个部分。"（*TR*，323）毋庸置疑，珍妮弗在机场已经将她抛弃斯卡利的决定明明白白地告诉了比莉，比莉无论如何也不愿意把这些令人伤心的绝情之语转告父亲，她知道斯卡利深爱母亲，斯卡利肯定接受不了这样的晴天霹雳。敏感早熟的比莉选择"失语"来应对这一家庭变故，她想尽可能地保护父亲。比莉坚信，"他长相不好，经常伤心，但是他心地善良……没有人能够像比莉一样爱他，因为她知道他的内心充满美好的事物"（*TR*，84—85）。因此，用受到了恐惧和惊吓来粗略解释比莉的失语并不准确，她拒绝开口的根本原因是保护斯卡利免受冷酷无情的言语的伤害。对比莉来说，"失语"不是生理性的疾病，而是一种应对生活变故的策略。尽管后来比莉随着父亲四处寻找母亲，但她的目的不是找到母亲，而是陪伴和安慰失落绝望的父亲，她一直提醒父亲要回家。

斯卡利能够放弃寻妻，比莉是重要的引导者和督促者。小说中有这样一段关于比莉的描写：

> 7 岁半。她是一个聪明的孩子，她以父亲为骄傲，他知道她与别的孩子不一样。她对事情的感知非常强烈。她不娇气、早熟且忠诚。她从不甘受别人欺侮，她对事情的清晰把握甚至令成人咂舌。当他想到这个问题时，他才发现与女儿待在一起的时间比与妻子多得多。他怀念他们伙伴一样的相处，哪怕默不作声。他和比莉，相互了解。（*TR*，20—21）

　　比莉对父亲的认同实质是对父亲所呈现的澳大利亚本土文化特质的认同。比莉非常喜爱父亲说给她的故事，"比莉听得很入神，你可以看到她求知若渴的表情"（TR，55）。斯卡利长相普通，脸上还有一个疤，非常巧合的是比莉在欧洲被狗咬伤后脸上也留下了一个疤。比莉这样看待自己的长相和脸上的疤，"她为自己长的像斯卡利感到高兴。斯卡利长得也不好看……比莉是对长相不屑一顾的人，她也不想变得漂亮。不管怎样，她现在脸上也留下了疤一看便知"（TR，323）。小说多次提到斯卡利长相不好，而比莉在此处强调的美丑别有深意。小说中的"美"其实是欧洲浮华的象征，比如珍妮弗惊人的美貌便成为其依附欧洲的一个筹码。"丑陋的殖民地人"则象征着宗主国对殖民地的滞定型认知。比莉不在乎长相，充分表明她不再受到帝国审美的左右，比莉已经形成了自己独立的审美，如同法侬所说的她情愿做一个土人。

　　比莉一定程度上体现了法侬所说的"文化斗士"的特征，敢于回到现实并启发旁人。面对苦难斯卡利几乎被彻底击垮，然而比莉却无所畏惧。她也不像父亲斯卡利那样盲目，比莉冷静地分析现实状况，凭借智慧屡次化险为夷。在经历了被疯狗咬伤、高烧、遭遇父亲短暂抛弃的苦难后，比莉不仅没有被击垮，反而迅速成长起来。小说中有一个细节不容忽视，即当珍妮弗将斯卡利身上唯一一张银行卡消费殆尽并申报失窃时，斯卡利父女已经身无分文。在这样的情况下，比莉看到火车上乞讨的吉卜赛女孩，她转头对父亲说："我也可以那样做，如果我们到了山穷水尽的时候，为了回家我可以乞讨。"（TR，296）可见，比莉拥有面对苦难的信念和策略。比莉见证了父亲斯卡利寻找母亲时的盲目荒唐。在寻亲的后期比莉偷偷拿走斯卡利身上所有的钱①，将父女俩的经济大权牢牢掌控在自己手中，以免父亲胡来。"她将手伸进他的口袋，拿出一沓钱。硬币她没有拿，留在斯卡利的口袋里。这比他们之前的钱还要多。她把钱小心翼翼地放入自己的皮夹克兜里。"（TR，324）

---

　　① 斯卡利本来已经身无分文，后来借娥玛熟睡时偷走了她的钱，这就成为斯卡利父女的救命稻草。

在苦难和不幸面前，比莉已经学会了未雨绸缪、防患于未然。比莉显然已经成长为小大人，尤其到小说最后一段寻亲途中，斯卡利已经彻底盲目不知所措，为了让他死心，比莉就帮着他、带领他到各处寻找。斯卡利虽然是个成年人，却脆弱的如同一个孩子，在寻妻未果后失声大哭。比莉却少年老成，独当一面。"他很重，他在大哭，样子很吓人，这一点刺痛到了她，然而比莉明白此时也只有她能够救他。"（TR，321）在阿姆斯特丹，斯卡利再一次为找不到珍妮弗而失态，"斯卡利将头撞在颤抖的玻璃上，他感受到比莉就像一位母亲一样在身后拍着他的肩膀"（TR，324）。为了让彷徨盲目的父亲彻底死心，比莉机智地从警察局的电话簿中留意到了一个叫多米尼克的名字后面的地址。比莉再一次凭借智慧确定位置，而不是像斯卡利那样疯狂地翻找每一个地方。面对孩子的机智与良苦用心，斯卡利承认："比莉，我太丢脸了。"（TR，357）就在比莉带着斯卡利来到最后一个地方寻找珍妮弗时，斯卡利被他在多米尼克船屋里所见到的珍妮弗与多米尼克的合影、珍妮弗的内衣等画面再次击倒。比莉安慰父亲，"有你就足够了"（TR，361）。透过这些寻亲途中的细节，不难看出，比莉已经迅速成长为一个能独当一面的小大人了。比莉是《骑手们》中塑造得非常精彩的一个人物，她虽只有七岁，却表现出超越年龄的理智、勇敢与早熟。比莉坚定地站在父亲身旁，陪伴斯卡利渡过难关。比莉比斯卡利遭遇的创痛更多，但是她从容地超越了一个又一个苦难。少年英雄比莉的形象非常生动。

比莉是澳大利亚文化新生代的隐喻，她没有被珍妮弗带走说明她成功抵抗了帝国文化的侵蚀。在父女俩回家的航程上，比莉是一位勇敢的舵手。但是比莉在父亲欧洲寻母途中所指的"回家"已经不是指回澳大利亚了，这一点小说在多处埋下了伏笔。当珍妮弗卖掉澳大利亚的房产后，她带着比莉从佩斯搭乘去伦敦的航班，在此之前比莉还不知道母亲的决定。在从佩斯到伦敦的飞机上①，比莉还在为自己有一个好爸爸感

---

① 珍妮弗与比莉再次从澳大利亚佩斯离开的航程由两部分组成：航班先从佩斯到伦敦，再由伦敦转机。本来珍妮弗母女是要从伦敦转机到爱尔兰与斯卡利团聚的，但是珍妮弗早就另有打算，在劝说比莉跟随她赴欧未果后将比莉交给乘务人员，让比莉独自一人从伦敦搭乘飞往爱尔兰的航班，珍妮弗自己则搭乘另一个航班飞往欧洲，从此与斯卡利父女各自天涯。

到骄傲，并畅想了一家三口即将生活在爱尔兰的场景："她将生活在一所小的石头房子里，房子有四四方方的窗户和烟囱，她爸爸也会在那里生活，她就没什么可怕的。"（*TR*，85）可见，比莉在心理上早就做好了去爱尔兰生活的准备了，尽管她非常想回到澳大利亚。比莉错误地将父亲斯卡利当成了澳大利亚，以为有父亲就足够了。在欧洲寻母途中的火车上，比莉再度接受了父女俩离开欧洲后要去爱尔兰的事实。可见，澳大利亚生活的点点滴滴都留存在比莉心中，但是她已然接受母亲卖掉房产、父亲为其修葺了新家的事实，所以比莉在失落中还是向父亲的决定妥协了，最终与父亲斯卡利一起将澳大利亚抛在身后，割舍了澳大利亚文化。

温顿通过夫妻关系、父女关系等亲缘关系来表征文化之间的联系，其深层用意非常明显。比莉之所以最终割舍掉她热爱的澳大利亚本土文化，在于她对亲缘关系的妥协。比莉最后模糊了一个关键概念，即她将父亲斯卡利等同于澳大利亚本土文化。事实上，亲缘关系直接导致了比莉在文化上的纠结与矛盾。比莉最终在澳大利亚本土文化上表现出的文化妥协与这种不易彻底斩断的亲缘关系直接相关。这就是比尔·阿什克洛夫特所论述的定居者殖民地为什么在去殖民化问题上面临更大困难的原因。从这个角度来看，温顿通过《骑手们》中斯卡利一家三口的纠缠与矛盾来表征澳大利亚文化去殖民化问题的复杂性既巧妙又深刻。

至此，比莉的形象已经很明确了，虽然比莉表现出法侬所描述的文化战斗者的潜质，也确确实实展现了澳大利亚文化新生代的勇气与力量，但她还不是一名合格的文化战斗者。虽然比莉识破了母亲的迷失、父亲的盲目，她毅然决然拒绝成为母亲那样的欧洲文化附庸，甚至她在一段时间内还充当了父亲斯卡利的引路人，但她最终也没有将自己和父亲带回祖国澳大利亚。也就是说比莉拥有文化觉醒的意识，也在一定程度上促使父亲觉醒，但是她的战斗力太弱了。因为比莉最终还是被迫接受父亲回到爱尔兰的决定，也就是说澳大利亚富有潜质的新一代被迫从其民族文化土壤中连根拔起。因此，这样的文化依然不是真正的民族文化。正如法侬反复强调的："一个没有生存物质基础的文化不可能承载事实，也不可能有影响力。"（2001：197）比莉所象征的具有潜质的澳大利亚本土文化最终失去了物质性的生存土壤。也就是说，在文化前进的道路上比莉比父亲斯卡利向前迈了一步，但是她所代表的澳大利亚白人新生代依然没有实现文化的去殖民化。

第三章　《土乐》中的监视与权力控制：
未践行的政治去殖民化

福柯在《规训与惩罚》一书中描述了英国功利主义思想家、监狱改革的倡导者杰里米·边沁（Jeremy Bentham）曾竭力倡导的全景式监狱（panopticon）：

> 四周是一个环形建筑，中心是一座瞭望塔。瞭望塔有一圈大窗户，对着环形建筑。环形建筑被分成许多小囚室，每个囚室都贯穿建筑物的横切面。各囚室都有两个窗户，一个对着里面，与塔的窗户相对，另一个对着外面，能使光亮从囚室的一端照到另一端。然后，所需要做的就是在中心瞭望塔安排一名监督者，在每一个囚室里关进一个疯人或一个病人、一个罪犯、一个工人、一个学生。通过逆光效果，人们可以从瞭望塔的与光源恰恰相反的角度，观察四周囚室里被囚禁者的小人影。这些囚室就像是许多小笼子、小舞台。每个演员都是茕茕孑立，各具特色并历历在目。敞式建筑机制在安排空间单位时，使之可以随时观看和一眼辨认。（2012：224）

全景式监狱有两个显著特点。一是囚犯的一举一动都尽收眼底，即被囚禁者一直处于被监视的状态，被监视者之间不能交流，处于彻底被隔离的状态。此举削弱了被监视者合力反抗的可能性，让其处于完全被动、孤立无援的境地。二是在这种体制中监视者可以轻而易举地实现监视行为，监视效率极高，中心瞭望塔对周围具有全景式监视的绝对区位优势。福柯在《规训与惩罚》里这样解释中心瞭望塔：

> 中心点应该既是照亮一切的光源，又是一切需要被了解的事物的汇聚点，应该是一只洞察一切的眼睛，又是一个所有的目光都转

向这里的中心……这里发号施令，记录各种活动，察觉和裁决一切过错。在 18 世纪后半期，这种环形建筑声名卓著，在众多原因中，无疑包括一个事实，即它体现了某种政治乌托邦。（2012：197）

全景式监狱重点突出了监视与被监视的关系，高效、全方位的监视成为这个体系运转的核心特征。监视的实现之所以如此重要，用福柯的话说就是"一切权力都将通过严格的监视来实施；任何一个目光都将成为权力整体运作的一部分"（2012：194）。监视与被监视的关系自然是一种权力关系，监视者即为权力拥有者，被监视者则是被剥夺了权力的人。

为了实现权力的最大化，全景式监狱的理念运用广泛，在一个国家内部可以运用在学校、医院、军队等机构中，从而确保当权者统治的政治需要。如福柯在书中所介绍的那样，18 世纪后半期以降，这种建筑声名卓著，因为监视的理念被不断实践、推广，比如欧洲宗主国将其充分运用在对殖民地的统治中。福柯解释了一个规训社会在监视中是如何逐步形成的："这是一个从封闭的规训、某种社会'隔离区'扩展到一种无限普遍化的'全景敞式主义'机制的运动。其原因不在于权力的规训方式取代其他方式，而在于它渗透到其他方式中，有时是破坏了后者，但它成为后者之间的中介，把它们联系起来，扩展了它们，尤其是使权力的效应能够抵达最细小、最偏僻的因素。它确保了权力关系细致入微的散布。"（2012：242）不难看出，有没有监狱的高墙并不是判断权力关系存在与否的标准，关键在于考察监视与被监视的权力关系是否确实存在。最初设计的圆形监狱所呈现的全景敞式主义的理念若被当权者充分利用，那么其权力之网将层层密布于其统治的各个角落。

女权主义理论家凯特·米利特（Kate Millett）在其力作《性政治》（*Sexual Politics*）一书中就"政治"一词给出了一个重要定义："本书对'政治'的定义不是那种狭义的只包括会议、主席和政党的定义，而是指一群人用于支配另一群人的权力结构关系。"（2000：32）米利特一语道出了政治的核心内涵："政治的本质是权力。"（2000：34）政治是一种权力关系，这种权力关系保障和促进了一群人对另一群人进行支配、控制。结合福柯在《规训与惩罚》中的观点，监视是权力拥有者支配无权力者的主要手段和方式，旨在保障和深化既有的权力。米利特对政治给出自己的独到见解是为了讨论性别领域的男权主义，由此认为用"性政治"一词来讨论和研究两性在历史和当代的相对地位是适合且有用的。米利特认为两性的政治关系是一种"最巧妙的'内部殖民'"（2000：33）。相较于米利特揭示的两性关系中隐秘的内部殖民，殖民者与被殖民者之间的关系则是一种明显的政治关系，这种关系就是政治殖民。这种支配关系（政治殖民）也表现出西方帝国一贯的政治思维即福柯所揭示的监视。有了全面高效的监视系统，殖民者立于绝对的控制中心地位，即全景敞式主义中的中心观察点。

澳大利亚后殖民理论家比尔·阿什克洛夫特等学者在《后殖民研究之关键词》（*Post-colonial Studies*：*The Key Concepts*）一书中对帝国在殖民地实施的监视进行了详细的论述，结合福柯在《规训与惩罚》一书中对规训手段之监视的论述，不难看出政治殖民的一个突出特点就是殖民者对被殖民者进行了全面、高效、分层的严密监视，从而采取相应的压迫、控制措施以达到殖民统治的目的。阿什克洛夫特等学者明确指出：

> 殖民统治最有效的策略之一就是监视，或者说观察，因为这意味着能够处理并了解所见之一切，同时能够将被殖民者纳入观察者身份识别体系进行具体化的身份确认。拉康曾强调凝视（gaze）的重要意义，因为一个人最初在镜像阶段对于母亲的凝视关系到自身身份确认……帝国的凝视则对其属民进行了身份定位，在权力关系的身份定位系统里将其属民客体化，从而强化其从属性与无权地位（subalterneity and powerlessness）……对于观察者来说，看见就意味着权力得到确认，被看见就是无权力的表征。显然，通过全景敞式主义渗透的规训以及强行的持久监视就成了所有统治话语实施规训的有力隐喻。（2007：207－208）

与福柯的观点类似，阿什克洛夫特等学者也认为当权者监视的实践方式灵活多样："殖民者相对于被殖民者的权力并不局限于某些'完整的'机构（诸如精神病院，物质实体的建筑并不重要），殖民者相对于

被殖民者的权力表现在多个方面。"（2007：208）

对阿什克洛夫特等学者的论述稍加分析和总结，不难看出政治殖民的基本特征。第一，殖民者与被殖民者之间存在明显而普遍的监视与被监视的关系，监视是殖民统治行之有效的策略。第二，殖民者位于监视系统的中心观察点，从而轻松实现持久的监视，中心观察点即绝对的权力中心。位置上的绝对优势即权力上的绝对优势。第三，殖民者的监视不局限于有形的空间，而是伸展到无限广阔的空间，即权力无处不在，殖民者的目光无处不在，一切都处于殖民者的可视范围之内。"19 世纪的旅行和探险写作采用的母题'目之所及，我为王者'（monarch of all I survey）则充分表明了帝国凝视的全景特征。"（Ashcroft，2007：209）殖民者对看见的一切进行观察、分析、研究，目的非常明确，即"去了解、去命名、通过文本固定他者是为了获得持久的政治控制"（Ashcroft，2007：154）。

如果"看""看见"是殖民者权力与统治的象征，那么被殖民者有没有能力跳出"被看"的权力结构使得殖民者无法看见？或者对于殖民者的"看"无所畏惧，处之泰然，并且给予"回看"（return the gaze）？如果能够让殖民者无法看见或者与其平视，那么殖民者的权力则会相应地被瓦解、被颠覆，殖民者的政治殖民则被去殖民化。对此，阿什克洛夫特等学者提出了殖民地人可能实现的"回看"："对于后殖民文本来说，凝视的概念之所以如此重要，是因为与这样的监视成为一体的殖民权威可能会被颠覆……对于殖民者凝视在隐喻意义上的颠覆或者回看是对殖民策略进行挪用（appropriation）的核心措施……即通过正视殖民者目光来改变既有权力关系的走向。"（2007：209）被殖民者对于殖民者目光大胆而笃定的"回看"或者有意为之使殖民者的监视遭遇"错位"，从而主动否认殖民者强加于被殖民者的身份识别体系，从属性也就随即消失，权力关系的走向也将改写。监视与"看"是政治殖民的体现，那么主动"回看"以及"颠覆"的过程也就是政治去殖民化的过程。

澳大利亚的政治殖民相较于其他国家和地区稍有不同，表现为多个层面：以监狱官对流放犯进行殖民统治为原型的白人统治者对白人底层人民的政治殖民，白人统治者对澳大利亚土著的政治殖民，白人统治者对亚裔移民的政治殖民。三个层面的政治殖民与澳大利亚的国家历史息息相关，主要与流放犯制度（Transportation）、针对澳大利亚土著的种族大屠杀（Genocide）和后续的同化政策（Assimilation）、针对亚裔移民的白澳政策（White Australia Policy）等重大政治事件直接相关。1788 年英国流放犯与监狱官来到与世隔绝的澳大利亚，揭开了澳大利亚历史的新篇章，西方白人拓殖澳大利亚的历史正式开始。澳大利亚如同英国的一个天然大监狱，监狱官与流放犯构成了澳大利亚殖民政治的第一个层面。1855 年英国停止向澳大利亚发配囚犯（convicts）。当初的流放犯逐步被获得"自由"的自由定居者替代，不变的是仍接受来自殖民当局的各种管制，处于白人社会的底层。殖民官员与澳大利亚土著则构成了澳大利亚殖民政治的第二个层面。白人来到澳大利亚之后，对土著来说无疑是灭顶之灾，等待他们的是种族清洗以及一个多世纪之后的种族同化政策。19 世纪中期，澳大利亚的墨尔本等地区发现金矿以后，大批亚裔移民包括华人纷纷涌入，澳大利亚的人口构成从此包括了一部分的亚裔人口，当然也包括来自日本以及其他亚洲国家的人口。澳大利亚白人统治者对亚裔移民的统治构成了其政治殖民的第三个层面。

　　1901 年澳大利亚结束了作为英国殖民地的历史，从此成为一个独立的联邦国家，即在政治形式上实现了去殖民化。事实上呢？1901 年，澳大利亚开始实行针对亚裔移民的"移民限制法"（即白澳政策，White Australia Policy），旨在遏制亚裔进一步移民与入境。澳大利亚从 1910 年开始实行针对土著的同化政策。在从 1910 年到 1970 年这超过半个世纪的时间里，有约十万名土著儿童被政府强行带离他们的家庭，主要被限定在集中营中接受白人的教化，也有一部分散落在白人家庭接受教化。1970 年以后，白澳政策逐渐退出历史舞台，取而代之的是多元文化政策。澳大利亚的亚裔和土著群体终于从法律意义上的政治迫害中解脱出来，但是他们的前景依旧不容乐观。鲍勃·霍奇（Bob Hodge）与维杰伊·米什拉（Vijay Mishra）在《梦的黑暗面》（*Dark Side of the Dream*）中直言不讳："澳大利亚建立在双重的愧疚之上：对土著人的掠夺以及对大量英国与爱尔兰人民的过度惩罚，主要是贫苦的下层人民因触犯统治阶级的财富利益被定经济犯罪而惨遭流放。澳大利亚最后一批流放犯被迫流放澳大利亚距今已逾120年，然而澳大利亚的法律体系仍旧未改缔造犯罪与收监异己者的本性。"（1991：116）至于亚裔，《梦的黑暗面》中指出："联邦成立40年之后，澳大利亚的亚裔基本被从这片土地上清洗掉了（虽然还没有彻底消失），他们被驱逐至文化无意识的状态。"（1991：7）不仅如此，标榜自己是独立联邦国家的澳大利亚"现在仍然受到其曾作为帝国代理机构这一角色的重大影响。不仅表现在澳大利亚转变为太平洋地区小范围内的殖民势力（colonizing power），在这一地区澳大利亚与英国此前的做派如出一辙；更明显地表现在澳大利亚继承了典型的帝国主义思维来对待本国的土著人"（Hodge & Mishra，1991：Xiii）。综上，澳大利亚白人统治者对亚裔移民与土著采取的政治殖民政策可谓明目张胆式的殖民控制，对白人底层人民的控制则相对隐蔽。

考察澳大利亚的政治去殖民化进程不能依据主流白人统治者包装、推销的花哨政治术语或者用来掩人耳目的空头政策，而要考察至少如下三个层面：底层白人是否实现了与居于统治地位的白人平视相对，还是仍旧处于统治阶级白人的监视与控制之下？亚裔移民是否能够真正实现"颠覆""回看"白人当权者，还是仍旧处于监视之下并被迫遭遇各种驱逐？澳大利亚土著是否是在自己的家园里拥有归属感的真正公民，还是依旧处于白人统治者的权杖之下流离失所、四处流浪，如同无根的浮萍？判断澳大利亚政治去殖民化进程必须着重考察作为非统治阶级的白人、土著以及亚裔移民是否真正成为澳大利亚社会享受实质权力的自由公民。澳大利亚的政治去殖民化进程与历史年代没有必然的联系，即使是其政府同意给予土著合法公民身份（1965年）、全面推行多元文化政策，甚至是2008年陆克文（Kevin Rudd）总理公开致歉都不能说明其已经实现了政治去殖民化。只要澳大利亚依旧还是少数白人统治者居于绝对的权力中心窥视一切、拥有绝对控制权、手握对其他群体的生杀大权的话，那么政治去殖民化就远未实现。

蒂姆·温顿在2001年出版的小说《土乐》中集中考察了澳大利亚政治去殖民化问题。《土乐》的出版时间恰恰在约翰·霍华德当政期内。

在霍华德担任澳大利亚联邦总理期间，澳大利亚国内的政治氛围异常保守，这一点可以从后来（2006 年）霍华德演讲中的措辞中清晰感知。霍华德向世人宣称："澳大利亚曾经一味热衷多元文化，如今，这种热度已经褪尽，今日的澳大利亚人更能体会这个国家民族性格中的持久价值观。"（Ommundsen，2010：243）作为澳大利亚当代最重要的作家之一，温顿不可能不对这一时期的澳大利亚政治有所感悟，《土乐》则呈现了温顿对这一问题的思考。这部小说一出版便引起广泛好评，获得了包括迈尔斯·弗兰克林文学奖、西澳大利亚州州长文学奖、澳大利亚图书协会年度图书奖等在内的八项文学大奖。次年《土乐》 （*Dirt Music*）[①] 问鼎澳大利亚最高文学奖迈尔斯·弗兰克林文学奖，这是蒂姆·温顿文学生涯中第三次斩获该奖项。评委会对这部作品的评价如下：

> 《土乐》是一部关于爱、愧疚、痛苦、恐惧以及音乐的巨大感染力的长篇力作。小说以偏远的海边渔镇开篇，继而讲述了偷捕者鲁逃离自我、逃向人迹罕至的澳大利亚北部的故事。凭借对于环境非凡的描述能力和写作上敢于冒险的精神，温顿向我们展示了生存在澳大利亚边缘处令人难忘的边缘人形象以及澳大利亚内陆与海景的原始风貌。当代澳大利亚社会看似一切向钱看，实际上未真正浮出水面的千丝万缕的民族激流深不可测。[②]

评委会对《土乐》的评价切中要害，却只是点到即止，需要读者通过仔细研读去发现这部作品所呈现的"边缘人形象"和未浮出水面的"民族激流"。当今澳大利亚社会的边缘人是谁？未浮出水面的民族激流又是什么？带着这些问题深入研读温顿的这部作品，将收获颇丰。《土乐》展现的边缘人形象可以分为三类：以鲁·福克斯（Luther Fox）为代表的白人社会底层人民，以吉欧（Go）和路易斯（Louis）为代表的

---

① 下文引用该小说的内容只标明英文首字母缩写 *DM* 和页码，不再另注。另，本书中涉及这部小说的翻译均为笔者自译。

② http://www.milesfranklin.com.au/Default.aspx? PageID = 5716000&A = SearchResult& SearchID=45604733&ObjectID=5716000&ObjectType=1.

亚裔移民，以孟席斯（Menzies）与阿科斯尔（Axle）为代表的澳大利亚土著。与边缘人相对的主流社会的当权者正是《土乐》描绘的主人公吉姆·巴克利吉（Jim Buckridge），在小镇怀特湾他拥有王者一般的权力，居于绝对的控制中心地位，他窥视一切、决策一切、调控部署一切。吉姆底下还分布着不同等级的权力爪牙，他们共同构成了严密的自上而下的强大的权力体系。

　　《土乐》以富裕保守、怀旧排外的西澳大利亚州渔镇怀特湾（White Point）①为背景，讲述了当地渔老大吉姆·巴克利吉与第二任妻子乔吉·加特兰德（Georgie Jutland）以及当地偷捕者②（poacher）鲁·福克斯三人之间的矛盾冲突、情感纠葛，由此引出澳大利亚底层白人、亚裔移民和土著的生存境况。小说的主要情节可以概括为鲁偷捕—鲁逃亡—吉姆与乔吉寻鲁这三个部分。每一个部分中都穿插着诸多细节，构成次要情节，如吉欧买鱼、逼走露易丝、吉姆对凶兆的恐惧与反思、鲁的家族故事与遭遇、土著孟席斯与阿科斯尔遇鲁等。主次情节经纬交织，结构严密，共同指向"监视与权力控制"这一主题。吉姆·巴克利吉和乔吉·加特兰德（吉姆的第二任妻子）虽为夫妻，但仅限于搭伙过日子，结婚三年来各自都未向对方袒露过自己的心事。乔吉最早发现拂晓前海岸上的偷捕者，她不但没有将此事告知掌管当地渔业的丈夫，还和偷捕者鲁悄悄产生了恋情。鲁在偷捕被发现后，为躲避渔老大吉姆及其下属的迫害，只身逃亡至澳大利亚内陆，过着与世隔绝的荒野生活。心狠手辣的渔老大吉姆没有立即赶走乔吉并向鲁报复寻仇，而是进行了一定的省思。吉姆长期以来残忍专权、为所欲为，其前妻罹患癌症去世让他心有余悸，难以心安。吉姆提出要和乔吉一起去寻找鲁的下

---

　　① White Point 是《土乐》中的小镇名，基于小说对这个小镇的描述，它是濒临海洋的一个小港湾。若是直译为"白点"则过于僵硬，故笔者将其译为怀特湾。

　　② 《土乐》中鲁·福克斯被怀特湾当地人界定为"偷捕者"，小说原文用词为 poacher 和 shamateur。Poach 一词与澳大利亚早期历史息息相关，被流放至澳大利亚的流犯被很多历史学家界定为恶贯满盈的偷盗者，进而断定他们道德上也低人一等。自 G.A.伍德教授之后，澳大利亚社会开始反思殖民历史，重新研究早期流犯历史，伍德教授认为流放犯是大英帝国"不幸的孩子"，流放犯不是十恶不赦的"偷盗者"（poacher），真正恶贯满盈的掠夺者是英国贵族和殖民体系。《土乐》中描绘的"偷捕者"（poacher）鲁实际上突出了怀特湾小镇以吉姆为首的残酷血腥的霸权掠夺体系。《土乐》中的 poaching 构成了对霸权掠夺体系的颠覆和对抗。

落，通过成全鲁与乔吉的感情来弥补他多年来犯下的各种罪过，以期摆脱命运的报复并获得心安。吉姆和乔吉费尽周折也没找到鲁。就在他们不得不放弃寻找登上返航的飞机时，已经在荒野中生存了大半年的鲁主动走进他们的视线，向搭载着乔吉和吉姆的直升机蹦跳示意。小说以乔吉和吉姆找到伤痕累累的鲁结束。

《土乐》采用了典型的开放式结尾，这是温顿运用得极为精妙娴熟的写作手法。从情节来看，小说看似戛然而止，事实上作家在结尾处画上的句号恰如其分，不赘一言，没有深厚的写作功底断然做不到如此驾轻就熟。温顿表面上没有透露三人关系的最终结局，但是字里行间已经将写作意图清晰深刻地呈现出来。

首先，温顿描绘了作为底层白人的鲁·福克斯凭借自己微弱的力量欲要对抗小镇的权力体系，从偷捕到主动逃向荒野都体现了福克斯对抗强权的意识：在怀特湾偷捕等于公开挑战吉姆的权威；逃向内陆荒野的过程正是主动躲开吉姆"监视"的目光，即使当权者的"监视"遭遇错位。但是，鲁最终主动暴露自己表明他未能真正使权力的"监视"目光错位，而是主动投降，再次落入当权者的权力监视体系，成为被监视的对象。因此，鲁的主动示意表明底层白人与主流白人之间的关系并未扭转，主流白人依旧对底层白人拥有无处不在的监视权、控制权。

其次，怀特湾杂货店老板比弗（Beaver）新娶的亚裔妻子露易丝在怀特湾居民的冷嘲热讽与强势排挤之下无法立足，默默消失在怀特湾人的视线中；来自越南的难民吉欧靠购买"非法偷捕"的鱼类食材惨淡经营一家勉强糊口的小饭馆，随着鲁偷捕行为的败露，吉欧面临的可能是巨额罚款和饭馆倒闭。可见亚裔移民在澳大利亚无法立足，只能在夹缝之中艰难求生，不能自保，根本不能跟白人主流统治者平起平坐，更谈不上对抗，只有被排挤、被边缘化的命运。

最后，鲁逃向澳大利亚内陆荒野的过程其实就是展露土著生存境况的过程。细心的读者可以发现怀特湾根本没有土著的立锥之地，鲁不断地深入内陆，路上偶遇了土著族群以及散落游荡的土著，这表明在澳大利亚土著依旧只能生活在偏僻、荒凉的地区，居无定所。土著虽然渴望有自己的家园，但是他们对抗白人权力体系的力量过于薄弱，面对主流白人社会的监视与控制表现得"手无缚鸡之力"，只能被迫在自己的国家流离失所。透过这些严谨密集的情节与人物设定，可以看出温顿具有明确的写作旨趣，他聚焦权力中心，思考的恰恰是澳大利亚最大的民族问题：在后殖民时代严肃考察澳大利亚社会的政治去殖民化进程。在政治去殖民化这一问题上，澳大利亚已经是政治民主与平等，还是依旧在殖民政治的老路上裹足不前？《土乐》对这个问题的考察相当深入，启人深思。

第一节 被监视的底层白人

澳大利亚的早期历史是从流放殖民地开始的，其又被称为英国的刑事殖民地或者反叛者居留地。被流放至澳大利亚的囚犯中有很大一部分是爱尔兰劳工阶层。恰如爱德华·萨义德所指出的："澳大利亚是一个如爱尔兰那样的白人①殖民地。"（1999：6）澳大利亚社会的早期殖民包括两个部分：一是英国殖民者对澳洲土著的殖民，二是英国殖民者对爱尔兰劳工（流放犯）阶层的殖民。帕特里克·沃尔夫（Patrick Wolfe）认为："在澳大利亚，与非洲黑奴形成结构对应的就是白人流放犯。"（1999：2）流放制度全面结束以后，先前的英帝国殖民者摇身一变，成为澳大利亚的统治阶层，昔日的流放犯则沦为白人社会的底层。由此，澳大利亚的统治阶级白人与底层白人之间的关系不仅仅是一种简单的阶级关系，受到殖民历史的影响，他们之间还存在一种隐性的殖民与被殖民的关系。比如，澳大利亚历史上赫赫有名的丛林好汉内德·凯利（Ned Kelly）就是爱尔兰流放犯的后代。凯利出生于1855年，其父亲是1842年被流放至范迪门地（Van Diemen's Land）②的爱尔兰裔罪犯，母亲也是爱尔兰人。后来的"凯利帮"（Kelly Gang）故事讲述的都是爱尔兰流放犯及其后裔对抗英帝国殖民统治阶层的故事。

---

① 此处的白人指的就是英国人。

② 范迪门地就是如今的塔斯马尼亚（Tasmania），澳大利亚唯一的岛州。该岛在19世纪初至19世纪50年代一直被用作大英帝国的罪犯流放地。

澳大利亚著名作家彼得·凯里（Peter Carey）根据丛林传说再创作的小说《凯利帮真史》（*The True History of the Kelly Gang*）大获成功，对此，评论家格雷厄姆·哈根（Graham Huggan）指出："矛盾的，尤其是其作为民族偶像和反帝国资产的商品化地位。"（2002，146）可见描绘、分析底层白人与统治阶级白人之间的矛盾与对抗是澳大利亚文学作品中一个常见的主题，尤其是在殖民历史背景下考察两者之间的关系。

《土乐》涉及的白人人物形象主要分为两类：以吉姆·巴克利吉为代表的怀特湾小镇权力体系的拥有者和维护者，即权力阶级；以鲁·福克斯为代表的无权阶级，即底层白人。法侬在《地球上不幸的人们》一书中多次提到"殖民世界是一个被分隔成两个区域的世界……这两个区域是对立的，并不构成一个更高层面的统一体"（2001：29-30）。法侬提到的两个世界是相对的，是动态变化的，核心就是殖民者与被殖民者这两个不同的群体所代表的阵营，而不是僵化地指一个社会只有两个层面。殖民者和被殖民者的利益是完全对立的，由此出现了两个对立的阵营。温顿聚焦的是白人权力阶层与底层白人之间的权力互动，勾勒了白人内部的权力关系。

在怀特湾，以吉姆为代表的权力阶层是政策的制定者、合法性的阐释者，一切有违权力中心利益的行为都被界定为"非法"行为，将会受到严厉打击与迫害。以吉姆为首的权力阶层建立了一套完善、周密、自上而下的监视体系，这套权力体系为了保障和维护权力阶层的终极利益密切监视着怀特湾的风吹草动。任何违法违规行为将被第一时间汇报给吉姆，处理违法行为的指令也由吉姆发出。底层白人对权力阶级并不总是低头臣服，而是通过暗中行动进行对抗，表达不满的情绪及其阶级立场。即使被界定为"违法"，底层白人也是一再冒险去践行自己的立场。如果权力监视的目光发现了自己，底层白人则首先选择躲避权力及其爪牙的迫害，逃离权力监视的范围，以期重获自由。

《土乐》中的鲁·福克斯就是底层白人的生动例证。通过小说中鲁对吉姆的不服从、对抗到最终臣服，可以看出底层白人并没有最终跳出主流白人的监视与控制体系，权力关系并没有被改写，底层白人依旧处于被监视与被控制的地位。《土乐》对白人权力关系的挖掘并没有只局限在展现底层白人对政治去殖民化的态度这一单一层面之上，小说还细腻地刻画了作为殖民者的白人主流阶层对政治去殖民化问题的复杂态度。去殖民化不仅涉及被殖民者的福祉，也关系到殖民者的自我救赎。

在捕鱼小镇怀特湾，捕鱼权就是权力的象征，获得捕鱼资格就是通向权力阶层的通行证。权力阶层掌管着捕鱼许可证的颁发与管理，不符合权力阶层利益的异己者无法获得认可，即无法得到捕鱼许可证。能够获得捕鱼许可证的渔民都属于权力体系的一员。在怀特湾，没有捕鱼资格，没有渔民身份，同样的捕鱼行为就被界定为偷捕（poaching），如鲁·福克斯就被称为"偷捕者"（poacher）（DM，16）。偷捕者属于无权阶层，是权力阶层严厉打击防范的对象。渔民身份不是凭空产生的，而是自上而下的代际传承，在一个封闭的圈子里代代相传。温顿暗示了捕鱼权就是殖民者身份的一个能指，殖民权力也只传给殖民者的后代，而不会随意转让给殖民者圈子以外的人，哪怕他是一个白人。小说中的吉姆接过父亲的权杖，执掌小镇渔业，鲁也继续其父亲非法偷捕者的身份在怀特湾边缘处生存。

巴克利吉家族一直掌管着镇上的渔业，吉姆接过父亲比尔·巴克利吉（Bill Buckridge）衣钵的同时也继承了象征绝对权力的渔民身份（fisherman），更准确地说是渔老大。

> 在怀特湾，吉姆就是无冕王子（The Uncrowned Prince）。人们尊重他，仰仗他，奉他为首，对他言听计从……吉姆在小镇的权威和影响力远远大过他常年就任的当地渔民管理委员会负责人一职。吉姆的威严有几分是来自他早已去世的传奇父亲比尔。大比尔（Big Bill）不仅是人中之人，更是魔中之王，他的残酷和狡诈可不仅表现在捕鱼上。巴克利吉家族一直成功显赫，曾是贪婪的农场主，后来在捕鱼上独占鳌头。渔船上的其他渔民对吉姆的成功都心怀敬畏。（DM，37）

巴克利吉家族的显赫与发迹史无疑就是殖民者发迹史的缩影，流放犯时代结束之后，监狱官摇身一变成了拥有大片封地的农场主，流放犯

变成了农场雇工。名称变了，压迫与权力的本质没变，权力仍旧被牢牢
地把握在殖民阶层手里。

　　家族传统和小镇渔民的拥戴使吉姆从年轻时就自然而然地适应并努
力扮演渔民头领的角色。吉姆的渔老大地位培养了他极度自律、不苟言
笑、推崇经验和理性的性格特点。"吉姆·巴克利吉不需要闹钟，不知
怎的他早起时总是精力充沛。他永远是第一个出海，最后一个归来的那
种渔民。他的以身作则总是让他人肃然起敬。每个人都说，这是遗传。"
（DM，6）与其说吉姆是天生的渔民领袖，不如说是渔老大的身份规约
着吉姆，塑造着吉姆。"人没有先天内在的自我和主体，而是通过后天
对特定社会角色或规范的（被迫）不断重复而形成的。"（王建会，
2014：11）吉姆的硬汉形象是对渔老大角色反复操演的结果，主动操演
角色表明吉姆对此身份的确认。吉姆的父亲传给儿子的不仅仅是一个渔
民身份，还有渔民身份背后的价值观念与权力意识，接过父亲衣钵的吉
姆其实对渔民身份心怀敬畏、对父亲终生的渔民首领地位充满敬意，并
高度自律，希望能够继续维护这一传统。对吉姆和比尔来说，充满荣誉
与地位的渔民身份其实是权力控制的殖民者意识。法依提醒到：

　　　　在资本主义社会，无论是世俗教育还是宗教教育体系，道德观
　　念是从父子中传承的，对于一个安分守己、克勤克俭的员工在服役
　　50年后将获得一块荣誉勋章，赞美来自和谐的人际关系与得体的
　　行为。所有这些行为都是表达对于既有秩序的美学意义上的尊重。
　　（2001：29）

　　充满仪式感的父子传承其实是对权力传承的确认与认同。小说着力
描写巴克利吉父子在怀特湾"王"一样的权力与"魔"一样的残酷，王
权与魔性无疑是赤裸裸的白人殖民者一体两面的生动展示。渔老大的
"王"权通过对海洋捕捞权的绝对占有、控制和分配体现出来，渔老大
的"魔"性则表现为对异己的残酷打压、非法化以及个人私欲的无限膨
胀。《土乐》中着力塑造的渔老大形象实则暗指白人殖民者形象。

　　《土乐》巧妙地描写了权力与金钱的关系，揭示了殖民主义的经济
动因，政治殖民是手段、策略，监视与控制的根本原因很大一部分在于

实际利益，即对真金白银的直接占有。法侬在《地球上不幸的人们》一书中说："殖民者靠武力获得合法性，并对此从不遮掩。"（2001：66）一本万利的捕鱼业的准入机制极为苛刻，要想合法海捕，必须获得吉姆的许可，还要花重金购买捕鱼许可证，否则就是违法偷捕。为什么捕鱼许可证如此具有吸引力？因为在怀特湾，捕鱼就意味着捞取财富。"渔民拥有价值百万的渔船和海捕资格证，全新的越野汽车和每年为期六周的巴厘岛度假。渔民家庭经营着市区的酒吧，做着黄金生意，家里的电视有钢琴那么大。即便是收入最低的水手也比每天教六小时课的教师挣得钱多很多。"（DM，18）怀特湾小镇人发家致富的历史无疑就是一部殖民者疯狂掠夺财富、残酷打压异己的侵略史。

　　《土乐》中的鲁对于亦王亦魔的吉姆在怀特湾的权力了然于胸，也清楚触犯怀特湾不成文的律法偷捕意味着将遭遇疯狂报复甚至生命危险。在鲁的记忆中，幼年吉姆"绝对碰不得，他说的话就是王法"（DM，121）。但是，这并没有阻止鲁偷捕，换句话说，权力并没有彻底威慑到鲁。从小说的描写来看，鲁完全可以通过经营自己家的果园与音乐表演谋生，虽不会像渔民那般富裕，但基本的生活是有保障的。然而鲁并没有因为偷捕是怀特湾的权力禁忌就屈从于命运，而是一次又一次小心翼翼地于夜间在怀特湾海域上偷捕。因为鲁从偷捕中获得了一种快感，每当鲁偷偷将自己捕鱼的器具拖至海岸边时，"他就开始感觉非常舒服，这就是活着的意义，为了这种舒服的感觉。他知道这个点他们都还在岸边的房子里安睡，这个时候大海是他一个人的"（DM，60）。偷捕赋予鲁的舒服感觉就是暂时逃离了被监视、被控制的桎梏，短暂地享受自由的感觉。偷捕既是对既有权力体系的对抗，也是对平等自由的向往。由此可见，权力的监视与控制体系并没有密不透风，被监视与控制的阶层在努力寻找各种突破口摆脱监视与控制。《土乐》巧借地吉姆和鲁分别从父辈那里继承了渔民和偷捕者这两种不同的权力身份表明怀特湾的白人社会内部权力关系的对立与抵抗由来已久，具有历史持续性。虽然这股对抗权力体系的力量不够强大，但是一直存在。

　　偷捕，一旦被吉姆或者其属下的渔民发现，后果将十分严重。鲁在一次捕鱼中被发现，等他拖着渔货上岸的时候，他留在岸边的小狗已经被人射杀，留下满地鲜血，他的拖车也无法启动，鲁随即从海上绕过怀特湾逃走。鲁急于逃离的紧张和恐惧表明权力体系对于触碰其设置的禁忌的惩罚是相当严厉的。

温顿通过人物乔吉将偷捕败露后的鲁的遭遇、鲁的恐惧、鲁的应对巧妙呈现出来，从中可以窥见权力惩罚体系的严苛以及鲁对此早有准备的不妥协态度。同为非主流统治阶级的白人，乔吉一定程度上认同鲁的所作所为，并暗中提供协助。乔吉之所以没有举报偷捕者，深层原因是她觉得禁止偷捕无异于法律禁止贫民向百万富翁乞讨一样可笑。《土乐》借乔吉之口拆穿了来自权力官方的完美说辞。乔吉认为限制捕鱼"根本不在于保护环境……渔管会的法规要保护的是出口的巨额收入，保护那些已经富得流油的渔民自身的利益"（DM，82）。巴克利吉父子绝妙地演绎了殖民者的掠夺、占有本性，并且为其残暴行为制造合法性的保障。无论是保护环境的由头也好，还是捍卫渔民利益的借口也罢，不过是为了掩人耳目。在为法侬的著作《地球上不幸的人们》一书所写的序言中，萨特指出："这只是一种谎言的意识形态，对于劫掠的完美辩护；其中的甜言蜜语及爱心都不过是我们侵略的借口。"（2001：21）乔吉与鲁的相恋相爱也可以理解成底层白人之间的惺惺相惜、并肩作战，二人用微薄的力量联合起来共同对抗白人主流权力阶层的监视与控制。拂晓时分，当乔吉发现海岸边鲁的货车时便有了不祥之感，果不其然乔吉走近时看到货车已经损毁、地上有鲜血，这一幕让她不寒而栗。乔吉大概猜测到发生了什么，她随即借车前往鲁位于怀特湾边缘处的家，过了很久才发现了历经劫难归来的鲁。

由于害怕渔民们的极端报复，鲁选择从海上绕道怀特湾逃回家。鲁驾驶他设备简陋的小渔船绕行怀特湾，意味着必须要面临有着不可测的巨大风浪的危险海域，险些葬身大海。从他回到家时的狼狈与极度虚弱可以看出这一次逃生也是极具勇气的对权力惩罚体系的对抗，为了不立刻落在渔民手上遭受致命性的惩罚，他宁愿冒死逃亡。从鲁与乔吉的对话还可以看出鲁的恐惧并没有终止，他心中对于渔老大及其属下可能对他实施的后续迫害非常恐惧。鲁反复问乔吉是否只有她自己一人已经表明了这一点。鲁清楚吉姆的作风，危险随时会降临。值得注意的一个细节就是乔吉发现鲁家中的电话线已经被切断，而且看上去已有一段时间了，这个细节值得玩味。切断电话线表明鲁在偷捕的同时已经做好了随时离开怀特湾的准备，他已经从心理层面提前切断了怀特湾的社交联系，如何逃生、逃离怀特湾权力体系迫害的计划已经在鲁的脑中存在许久。鲁曾经向乔吉坦言："我真的想过要去北部，抛开一切，说走就走。你知道，就是彻底消失。反正我活得也像一个游魂一样。"（DM，98）诸多伏笔表明鲁已经准备好随时离开怀特湾，离开权力中心的监视与控制。

鲁"离开"这个行为本身一定程度上表明了他对抗白人殖民者的权力监控，想要跳出权力管辖的圈子，决心结束他"游魂"一样的生活。但是情况并不乐观，仔细考察小说中关于鲁的荒野之旅的描述，可以发现离开怀特湾的几个月时间，鲁并没有获得所谓的自由，逃离权力监控的决心被荒野生存的困难慢慢瓦解；众多细节表明离开怀特湾之后鲁很快就开始怀念怀特湾的生活；在发现吉姆与乔吉来内陆找寻自己的最后时刻，鲁主动进入他们的视野，这表明鲁向白人主流阶层投降了，虽然这个主动暴露自己的决定是再三犹豫后才作出的，也即挣扎之后鲁依旧未能实现对白人主流统治者的政治去殖民化。

澳大利亚社会的白人精英一方面想深入了解澳大利亚内陆，一方面又极为惧怕内陆陌生的环境，他们前往内陆短暂而象征性的探险旅程仍旧带有明显的猎奇性质，而非真正想要融入这片土地。吉姆与乔吉为内陆寻鲁之旅找了一位向导雷德·霍普（Red Hopper），吉姆花大价钱雇他做一个星期的向导。霍普靠在内陆引领来自澳大利亚大都市的游客为生，他在内陆搭建了简单的屋舍，里面储存了足量的食物与生活用品。霍普是一个连接白人社会与澳大利亚内陆的中间人，他不仅是吉姆与乔吉的向导，还是整个澳大利亚白人社会与广袤的内陆、土著社会的联系人。正如霍普自己总结的那样，"我想我是以个人的身份在为这个国家做点事情"（DM，415）。霍普所做的就是让白人更加了解他们已经生存了200多年的澳大利亚大陆，以及他们的土著同胞。澳大利亚内陆每年吸引着众多的澳大利亚城市游客，霍普的客户可谓澳大利亚主流社会的精英："他们都是挺着啤酒肚的大人物。你知道的，大律师、医生，还有大公司的总裁们。"（DM，414）这些社会精英在面对内陆的时候表现出极大的兴趣与恐惧并存的矛盾情感，"我的客户中至少有一半人是以非常惨烈的代价体验为期一周的疯狂海钓的。你可以想象，他们有六个晚上躺在野外，吓得完全无法入睡。他们大都来自城市，所以会经历一些文化差异。但是我敢保证，就是排除掉所有的蜘蛛、毒蛇、鲨鱼、箱型水母、黄蜂以及鳄鱼，他们仍然吓得无法入眠……人们对广袤的棕红色土地感到与生俱来的恐惧"（DM，414）。霍普的客户虽然感到恐惧，但每年还是忍不住再次返回内陆度过一个令他们心惊肉跳的假期，不难理解他们这样做是想找回完整的作为澳大利亚人的存在感，但是他们对这片独特的大陆的最本质的态度仅限于猎奇。

鲁的内陆"猎奇"经历相较于城里来的一星期客人不过是长一些罢了，本质上依旧带着猎奇的属性。霍普为人正直，富有正义感，虽然是吉姆花钱雇他，但是在听说了鲁的故事之后，他对鲁充满肯定和敬佩。霍普肯定的是鲁放下白人的架子，以谦卑的生存之心走向澳大利亚内陆，并在这里生活了大半年。即便如此，鲁也并没有如同他自己以及霍普所期待的那样能够完全融入这片土地。文中多次出现鲁偷食内陆深处一屋舍①内的罐头、啤酒、水果等食品以及阅读书籍等正常白人生活用品后神情满足的细节描写。鲁偷到啤酒等食品后的狂喜以及享受完后由此引发的倦怠与难受表明他渴望这些食品所代表的都市生活方式，即白人的生活方式。这种生活方式对于他的重要性在他的荒野经历之后凸显，之前他自己认为可以抛弃、离开的生活方式，事实证明是他在荒野中艰难度日时所渴望的。燃烧着的蜡烛、啤酒的酵香让他惊喜不已等细节表明鲁并没有真正"离开"怀特湾，他虽身在荒野，但和其他一星期游历的观光客一样，是猎奇者，而非这片土地的拥抱者。

当鲁发现乔吉与吉姆在寻找自己的时候，他震惊、挣扎、犹豫、躲闪，经过激烈的思想斗争之后，他选择主动进入他们的视野。暴露自己表明鲁在自由的荒野求生与舒服的被监控这两个选择之间选择了后者。

---

① 鲁偶然间发现内陆深处有一处相对"豪华"并储物丰富的屋舍，这间屋舍不是别人的，正是向导霍普的。

值得注意的是，鲁是在吉姆和乔吉已经登上来接他的直升机之后、飞机即将驶入高空飞走时才发出的吼叫，并做出剧烈的动作，这当然引起了飞得并不是很高的直升机的注意。坐在直升机中的吉姆和驾驶员迅速发现了这一情况，鲁"得偿所愿"地进入了吉姆的视野。就在直升机下降的过程中，鲁的内心独白准确地刻画了"被发现"意味着什么："当直升机熄火之后，鲁感到自己的勇气也跟着熄了火。他知道是他自己消灭了勇气，伴随着那些吼叫和老鹰一般的咆哮，他把自己的勇气灭得干干净净。"（*DM*，457）鲁失去的是对抗监视与控制他的权力体系的勇气，勇气熄火的鲁再一次沦为权力的傀儡，他主动缴械投降表明澳大利亚白人内部的政治去殖民化并未获得成功。

澳大利亚白人内部的政治去殖民化裹足不前的表现还在于作为统治阶级的主流白人并没有打算放弃政治殖民转而选择真平等，白人统治阶级尽管稍有反思，但依旧牢牢抓住手中的权力丝毫不放松。萨特在为法侬的《地球上不幸的人们》一书撰写的序言中多次提到从殖民者的角度来说实现去殖民化的重大意义，殖民者和被殖民者一样，都是殖民主义的牺牲者，殖民者也应该积极促进去殖民化进程。萨特认为殖民主义使得"欧洲也处在了鬼门关上"（Fanon，2001：12），语重心长地提醒欧洲人，"如今，我们的手脚被捆绑，我们羞愧难当又忧恐交加，我们不能够再堕落下去了"（Fanon，2001：25）。诚如萨特所言，殖民主义确实给殖民者自身带去了深重的恐惧。吉姆在怀特湾虽位高权重，但是他也经历了内心的波澜起伏，对其过往的"凶残霸道"也表现出一定的内疚与省思。人到中年的吉姆对自己的渔老大身份越来越感到焦虑与困惑。在第一任妻子黛比（Debbie）难产之时，吉姆却肆意与镇上的有夫之妇寻欢作乐，后来黛比得癌症去世。黛比的死使吉姆开始反思自身，开始对自己的无度放纵感到内疚，慢慢地吉姆表现出对他人的一点容忍，甚至自我反思。艾维斯·麦克都格尔发现乔吉与鲁有私情后向吉姆告密，吉姆得知后并没有对妻子乔吉和偷捕者兼情敌鲁下狠手，而是容忍无处可去的乔吉继续待在其家中直到找到住处。乔吉一直认为鲁的狗被射杀、工具车被毁一定是吉姆所为，吉姆辩解到"我没有示意组织任何人去干这个，我根本没有枪，发生这样的事我也感到不幸。你听清楚了吗？你是去是留自己定，我已经表现得够礼貌的了"（DM，187—188）。不难理解，即使在吉姆没有直接吩咐的情况下，麦克都格尔夫妇这样的权力爪牙早已成为训练有素的殖民工具，他们已然发展到了大事汇报、小事自定的程度，在他们看来惩罚偷捕者是理所当然的事情。鲁选择及时逃走，惧怕吉姆接下来的报复，会像以前一样烧毁他的农场。但是吉姆克制住了愤怒，并没有去烧毁鲁的农场，射杀小狗的是保守分子沙福·麦克都格尔所为。可见，在对待鲁偷捕以及偷情这两件事情上，吉姆惩罚异己的凶残程度相较于往日已经明显有所收敛。

吉姆对殖民者统治的困惑还体现在他对两个儿子的教育上。"吉姆喜欢捕鱼，但是他希望儿子们以后干点别的。他不希望儿子们将来遵循怀特湾子承父业的模式，这就意味着 15 岁辍学然后穿上橡胶长靴和绿色捕鱼装。"（DM，38）吉姆不希望渔民身份再被两个儿子继承，不希望儿子们生活在权力带来的焦虑中。吉姆的这些举动容易让读者误以为他已经开始放弃殖民政治，尤其在吉姆向乔吉坦白自己的焦虑时。鲁偷捕外逃大半年之后，也即吉姆在捕鱼季结束时提出要和乔吉一起去澳大利亚内陆寻找鲁，他的提议一开始遭到了乔吉的强烈反对。吉姆不得不解释说："乔吉，我不是在威胁你。他一边说一边把椅子往乔吉这边靠，这个动作使乔吉更警觉。你心里有没有闪过一个念头，就是要为自己的所作所为做一些补偿？就是为你过去做过的事情弥补一些。"（DM，342）吉姆开始有所悔过，并且希望为此做一点补偿。后来，乔吉勉强和吉姆一起开始了寻找鲁的旅程，硬汉吉姆放下一贯的严肃与威严，开始向乔吉敞开心扉，"我一直很孤独，我试图改变自己，我想适应如何不在乎他们怎么看我。这就是我要改变的部分，人们对我刻板的印象，他们看待我的方式"（DM，397）。透过吉姆的自白不难看出政治殖民的受害者也包括处于主流统治阶层的白人，政治殖民的凶残与不人道已经使得殖民者自身感到焦虑重重。法侬在《黑皮肤，白面具》一书中一语中的地指出："白人的不幸和不人道是曾在某处杀害过人。这种不幸和不人道如今依然在使更多的人失去理性。"（2005：183）渔老大吉姆的不幸也在于他自己曾肆意妄为，在经历生活变故之后想找回自己作为一个独立的和自由的人的身份。然而，找回独立"自我"之前的吉姆无异于患上了精神分裂症，他一面是威严的掌权者与统治者，一面又是焦虑不安的忏悔者。

澳大利亚学者米里亚姆·迪克森（Miriam Dixon）在《想象中的澳大利亚人：盎格鲁－凯尔特人与身份，1788 年至今》（*The Imaginary Australian：Anglo-Celts and Identity，1788 to the Present*）一书中提及：

> 在精神分裂（paranoid-schizoid）的情况下，心智（psyche）处于极端分裂的状态，对自身安全充满着原始的恐惧。在人求取生存期间，这些恐惧被不停地驱逐（pushed outside）出个体之外，从而使得个体尽可能强烈地与善意（kindness）紧密联系在一起，从而获得所谓的安全感（safty）。这些恐惧从何而来？恐惧很多是投射自各种各样的他者（Other），尤其是种族他者和性别他者。然而被"逐出"自身的恐惧又会聚集到一起，以另外的形式再回到自身（self），通过个体本身的心理螺旋形环道回到自身，因为人会不断被纠缠。个体自身随即感受到来自他者迫害的恐惧。（125）

白人统治者对自己的政治统治也存有疑惑，甚至有动摇的瞬间，但是很快他们就继续牢牢握住手上的权力不放。吉姆对于他迫害他者的历史感到恐惧，为了获得心理上的安全感，他试图做出各种补偿行为，从而使自己跟"善意"产生强烈的联系。在另一次谈话中他向乔吉坦言："在怀特湾，不管我做了什么，我始终是我父亲的儿子。我有一半时间在考虑一个问题，我需要一个时刻，一些东西来界定我自己。"（*DM*，401）吉姆已经意识到"父亲的儿子"——渔老大身份对自己的束缚与捆绑，他想重新定义自己，他也意识到离开怀特湾才能做到重新定义自己。吉姆带着愧疚补过的心向内陆进发寻找鲁。但是，吉姆的愧疚之心终究不过是浮光掠影，一旦到了真正需要取舍的时候，吉姆立刻就恢复了渔老大的威严与一丝不苟的机械性习惯。吉姆所做出的"善意"之举不过是为了持续的政治统治找到自我安慰的理由，不过是其森严的权力管控的一种缓冲。

吉姆虽对自己的身份焦虑不已，但是他从未想过要真的永远离开怀特湾，彻底放弃他的权威和身份。他起初只是想做一点补偿以逃避厄运的报复，"他需要这么做，乔吉说，为了心安。他为了避免厄运会报复他的孩子们，说出这句话的时候乔吉才意识到是她说出口的。吉姆有一种疑虑，他觉得他的过去正在纠缠他，他怕如果他不做一点补偿厄运会一直报复他以及他的家庭"（DM，429）。《土乐》借乔吉之口大胆提出了白人身份焦虑的出路，乔吉对吉姆语重心长地说：你完全可以离开怀特湾。为什么不重新开始？

乔吉的建议直指问题的核心，也透出《土乐》这部小说强烈的政治批判性。吉姆只有彻底放弃象征殖民者的渔老大身份，才能从根本上摆脱家族模式的牢笼，才能彻底停止这个家族模式的运转，才能找到能够定义自己的东西。吉姆置身"王"权和"魔"性的权力中心，无异于作茧自缚，统治权力的存在只会导致更多的血腥暴力与不公正的惨案，在此过程中白人统治者的自我也会进一步扭曲和畸化。放弃，才能重新开始，才能开启和解与自我救赎。如同法侬所说的："两者①都需要离开他们可敬的祖先们那不人道的声音，以便诞生真正的沟通。"（2005：183）然而，吉姆对于放弃政治殖民坚定地说不。当他与乔吉接近内陆地区时，他已经表现出烦躁，尤其是当他在向导的带领下依旧没能立刻找到鲁时，开始焦躁难耐并迅速作出要离开的决定。所有这些细节都表明吉姆的内陆之旅不是一次虔诚的致歉之旅，仅仅是因自己过于焦虑而"有病乱投医"的草率尝试罢了。吉姆的"善意"与"悔过"都只是停留在让自己好过一点这个目标上，别人的福祉从来都不是他思考问题的缘由。白人殖民者依旧紧紧将权力抓握在自己手中，绝不松手，所以从殖民者这个层面来说澳大利亚的政治去殖民化依旧如初，并没有任何质的改善。鲁的主动投降与吉姆的我行我素表明澳大利亚白人内部的权力关系依旧沿袭着最初的政治殖民统治模式，政治去殖民化进程有向前迈进的萌芽迹象，但这萌芽终究因太稚嫩而偃旗息鼓。

---

① 法侬讲的两者指的是白人与有色人种。他指出有色人种的不幸是曾经被奴化过，白人的不幸和不人道是曾在某处杀害过人。有色人种和白人的很多行为都来自祖先的历史，都是对祖先历史的某种不假思索的传承。有色人种继承了被奴化的心态，白人则继承了奴役别人的心态。

第二节　被排挤的亚裔移民

《土乐》不仅关注了澳大利亚白人社会内部的权力关系，还涉及生存在澳大利亚白人社会边缘的亚裔，他们的生存境况构成了温顿在这部小说中思考的第二个重要方面，即多元文化时代之后亚裔与主流白人社会的权力关系到底如何？历史上亚裔一直是被打压被殖民的他者，那么在倡导民主和多元文化的时代，澳大利亚亚裔真的已经享受到平等的对待还是依旧是被殖民的他者？亚裔的政治权力是否与政策实现了同步还是政策不过是无法兑现的空头支票？《土乐》对这个问题进行了深入的思考并给出了答案。

霍米·巴巴（Homi K. Bhabha）指出："美洲连着非洲，欧洲的民族和亚洲的民族相遇在澳大利亚，民族的边缘代替了中心。"（Ahmad，1992：68）澳大利亚与亚洲是地理意义上的近邻，但是澳大利亚对亚洲的情感并未因地缘关系而变得亲近。对亚洲的恐惧、排斥和诋毁思潮在澳大利亚历史上曾甚嚣尘上。澳大利亚的排亚思潮与 19 世纪末、20 世纪初欧洲人鼓吹的"黄祸论"（Yellow Peril）息息相关。或者说澳大利亚白人很好地承继了来自西方世界的帝国思维，并在广袤的澳大利亚大陆上极力渲染。沃克毫不避讳地指出："对很多人来说，东方似乎不能再被轻易控制，它也不能再被遏制。作为'上涨的浪潮'或者'洪水'，'东方威胁'将涌过边界，打破界限。整个民族和国家或许都要湮灭。这是一幅城市湮没、国家沦陷、败落种族被强大的无法抵御的势力打得七零八落的景象。"（2009：4）地广人稀的澳大利亚大陆对人口稠密的亚洲感到惶恐不安，作为欧洲人后裔的澳大利亚白人认为亚洲人对澳大利亚辽阔的土地和资源虎视眈眈，甚至欲从其手中抢夺澳大利亚。澳大利亚白人的恐惧心理源自其早年对澳大利亚的殖民掠夺。白人通过残忍的手段从土著手中抢夺了澳大利亚，他们害怕有一天历史会重演。

澳大利亚白人对亚洲的敌视完全出于假设和想象，殖民者一贯的做法就是通过不间断的意识形态宣传以将假设与想象捏造成子虚乌有的

"事实"，然后以伪事实为言之凿凿的依据，实现对他者的妖魔化、合法攻击与制裁。萨义德（Edward Said）在《东方学》（*Orientalism*）中指出："无论何时何地，只要一牵涉帝国在海外的利益，其政治社会就会赋予其民众社会一种紧迫感，也可以说是一种直接的政治灌输。"（2007：5）澳大利亚认为亚洲对其殖民成果存在威胁，所以曾大肆渲染亚洲威胁论，向其民众灌输排斥和打压亚裔与亚洲人的政治思想，达到颠倒黑白的目的，接下来推行极为残酷、排亚的白澳政策就成了"顺应民心"，成了"保家卫国"的"壮举"。凭空捏造"事实"的本事不是澳大利亚白人的首创，他们的欧洲殖民祖先早已将这一伎俩练得极为熟练。"东方几乎是被欧洲人凭空创造出来的地方"（Said，2007：1），捏造一个威胁论以惑众对欧洲人及其后裔来说也绝非难事。

《土乐》以简笔速写的方式描绘了两位生活在当代澳大利亚的亚裔移民吉欧（Go）和露易丝（Lois），这两个人物的出场都直接与怀特湾小镇相关。此外，温顿还通过乔吉回忆其在沙特阿拉伯的"医疗支援活动"多次间接塑造了一位亚裔女病人裘拜耳夫人（Mrs Jubail）的形象。裘拜耳夫人的死使乔吉开始质疑其护士职业。裘拜耳夫人生前所患的恶疾使其在临终前痛苦不堪，她的身体逐步腐烂，伴随着难闻的恶臭，作为护士的乔吉在面对这样一位亚裔病人的时候表现出厌烦、轻蔑、赤裸裸的歧视。基于此，乔吉在裘拜耳夫人去世后无法平静，这个病人经常来到乔吉的梦境，对乔吉纠缠不放。乔吉越来越对自己区别对待病人的不公正行为感到焦虑难安，对救死扶伤的职业精神感到从未有过的强烈质疑。最终，她中止了工作，逃离了沙特和护士职业，坠入痛苦和焦虑的深渊。小说特别描写了乔吉初为护士的职业经历，讲述她如何很快克服恐惧心理，以尊重和坦然的心去面对一位澳大利亚老人的尸体，为其做最后的人道护理。这一细节与乔吉面对裘拜耳夫人的临终与死亡有着天壤之别。《土乐》在刻画亚裔形象的时候是由表及里层层深入的，通过白人与亚裔的互动来呈现澳大利亚亚裔的生存困境，以及亚裔在白人世界的他者地位。吉欧和露易丝以及裘拜耳夫人的共同点是他们都是澳大利亚白人社会的他者，他们的境遇是呈现澳大利亚白人社会的亚洲观点的一面镜子。温顿塑造白人世界的亚裔和亚洲人形象，旨在揭示澳大利亚白人社会的政治殖民思想仍旧存在：在澳大利亚社会，亚裔依旧是被严密监视的他者，他们的生存权利无法保障；澳大利亚亚裔是随时可能被驱逐排斥的对象；澳大利亚白人社会对亚洲、亚裔的印象依旧难逃殖民者思维的窠臼。

亚裔移民背井离乡来到澳大利亚谋求生存实属不易，持续半个多世纪的白澳政策使亚裔移民如履薄冰，在夹缝中艰难求生。迫于国际国内的压力，澳大利亚在 20 世纪 70 年代不得不终止白澳政策，放宽亚裔移民政策。《土乐》中描绘的亚裔移民吉欧和露易丝的生存境况表明即使在放宽的移民政策的掩盖下，澳大利亚白人主流社会对亚裔移民仍旧实施严密的监控，持边缘化和排斥的态度。

澳大利亚的亚洲焦虑并没有随着白澳政策一起终结，仍旧有一部分白人抱着排亚"信仰"死守不放。吉欧是小说中离群寡居的怀特湾居民鲁的第一个谈话对象，也是鲁从怀特湾偷捕（poaching）所得鱼货的固定买主。《土乐》开篇不久便刻画了鲁与吉欧的一段长对话。吉欧向鲁坦言："我的日子不好过，这么一大家子人要养活，这里的餐馆又多如牛毛……我经历了一场战争①。然后逃亡到中国南部海域，后来流落到马来西亚设立的难民营，再辗转到达尔文。一家老小十五口都指着我吃饭。"（DM，28－29）吉欧对鲁的坦言可以看作亚裔移民就其生存现状向澳大利亚白人社会进行的一次言简意赅的陈述。吉欧从鲁手中购得最新鲜的鱼货，且价格只有市场价的一半，这样吉欧的餐馆才稍微有一点竞争力，才有养活家小的可能性。吉欧总是就鱼类和价格与鲁讨价还价，总是试图以最低的价格获得最好的鱼货。与其指责吉欧的贪婪，不如承认吉欧在澳大利亚的生存之难。鲁看到吉欧家的后院是"油腻腻地散发着臭味，闻着有油烧焦了的气味和烂蔬菜的味道"（DM，27）；鲁注意到吉欧从来都是神情紧张，直奔主题，没心情寒暄说笑，"他的举止从未变过，这个越南人总是目的性极强地专注鱼货"（DM，27）。移民吉欧来到澳大利亚是澳大利亚终结白澳政策、放宽移民政策的一个例

---

① 吉欧所指的战争是越南战争（The Vietnam War），因此吉欧是以难民的身份来到澳大利亚的，成为澳大利亚亚裔族群中的一员。

证。以吉欧为代表的亚洲移民虽然在法律上获得了在澳大利亚生活的许可，但是他们的生存状态无论是物质层面还是精神层面仍然处于极端边缘的位置，缺乏基本的安全感和生活保障。蒂姆·温顿给这位新移民选的名字也别有深意。Go，这个英文词汇有"走、走开、滚开"的意思，Go 隐喻了澳大利亚白人社会仍然有一部分人希望亚裔移民最好滚开。正如 Go 这个词短促有力的发音一样，澳大利亚白人社会的顽固分子对亚裔的粗暴驱逐大有毫无商量可言的坚决姿态。

亚裔移民露易丝的遭遇表明澳大利亚白人社会的排亚情绪在一定范围内仍旧激烈、粗暴。小镇杂货店老板比弗（Beaver）新娶的亚裔妻子露易丝基本不通英文，二人是通过类似于中介机构的介绍而结婚的。露易丝被怀特湾小镇人当面侮辱，"对于比弗如何得到现在的新娘的当地知情人都毫不留情地当面戏谑她为邮购订单（Mail Order）"（DM，213）。比弗因为有犯罪前科，不敢轻易冒犯小镇渔民。弱小无助的露易丝并没有因自己安分守己而换得在怀特湾的安定生活。露易丝由于其亚洲背景，最终在一系列软硬兼施的欺辱中被迫离开了比弗，离开了容不下她的怀特湾。作为女性与亚裔的露易丝无异于澳大利亚白人主流社会的双重他者，她连在边缘处求得生存的机会都没有。对露易丝的驱逐表明澳大利亚白人社会对与其他种族通婚（miscegenation）仍然是足以引起白人社会保守分子怒不可遏的禁忌。

怀特湾的白人麦克都格尔夫妇是排斥亚洲人的典型代表。麦克都格尔夫妇就是怀特湾渔老大吉姆的心腹与爪牙，他们就是整个白人主流阶层排斥与监控亚洲的缩影。艾维斯（Avis McDougall）在翻车事故后，面临奄奄一息的险境时还不忘恶狠狠地向乔吉控诉："想想我们失业的孩子们，然而这个国家却在一天天地亚洲化，乔吉，这是令人羞耻的事情。现在是大不如前了。"（DM，283）在一部分白人眼中，亚裔移民的存在是一切社会疾瘤的罪魁祸首，亚裔移民仍旧被妖魔化和他者化。一部分当代澳大利亚白人所持的观点与其祖先的"黄祸论"和白澳思维如出一辙，可以说他们成了殖民者思维最忠实的继承者与捍卫者。举报鲁的偷捕行为、跟踪乔吉、抗议露易丝的到来等暴力保守的行为都是麦克都格尔夫妇所为。这对夫妇如同怀特湾的巡逻警察一样，乐此不疲地监视着小镇的任何异常，并第一时间对异常状况采取严厉措施。

怀特湾的排亚现状与自上而下严密的权力控制体系密切相关，吉姆象征着这一体系的权力中心，而麦克都格尔夫妇就是权力的爪牙与警察。小说点出了一个细节："镇上的男男女女每周都去几次他（吉姆·巴克利吉）家中密不透风的小房间改制的办公室秘密商谈事情。"（DM，37）麦克都格尔夫妇是吉姆家中秘密办公室的常客，他们向吉姆汇报小镇动态、异常情况并请示应对举措。可以说，麦克都格尔夫妇的行为一定程度上获得了主流社会的默许，在怀特湾他们的行为是被"授权和认可"的一种"合法、监督"的行为。吉姆密不透风的房间暗示了权力的隐蔽性。吉姆、麦克都格尔夫妇、小镇的愤怒少年构成了怀特湾小镇的权力分层。福柯在《规训与惩罚》中指出："监督要依赖人实现，但是它是一种自上而下的关系网络的作用。这个网络在某种程度上也是自下而上的与横向的。这个网络控制着整体，完全覆盖着整体，并从监督者和被不断监督者之间获得权力效应。"（2012：200）怀特湾被权力体系层层包围，乔吉来此定居三年，她仍然是此地的局外人。因为她本身也是被权力监督的对象，比如艾维斯就曾跟踪过乔吉，第一时间窥探了乔吉与鲁的恋情。排斥和敌视亚裔的思想在怀特湾实现了隐形的代际传承，连青少年一代都已经习得了白澳思维。

麦克都格尔夫妇不仅充当权力的监督警察，他们还会根据权力阶层的利益需求为权力系统清除障碍，手段残忍毒辣。福克斯家族（The Foxes）在怀特湾因音乐天赋而家喻户晓，也因他们家族世代与当地主流白人背道而驰而臭名昭著，也由此成为权力阶层的眼中钉、肉中刺。他们不是靠财源滚滚的捕鱼业为生，而是靠演奏极具地域特色的土乐为生，即使不去分权力阶层的财富羹汤，福克斯家族也很难立足怀特湾。鲁的母亲在其童年时就离世了，父亲在其少年时病逝，可以说鲁与哥哥小黑（Darkie是鲁的哥哥William Fox的小名）一家相依为命。在赶往一场派对的途中，不幸的翻车事故使鲁的哥哥一家四口全部遇难。小说后来隐晦地指出福克斯一家的车祸可能并非天灾，而是人为，怀特湾小镇居民迈克都格尔夫妇对这起车祸仿佛非常清楚并闪烁其词，而这对夫妇就是坏事做尽的权力的爪牙。这起车祸差点就使得福克斯一家灭门，只有三十五岁的鲁一人幸免于难。

《土乐》中极不明显的一个重要人物就是亚洲女性裘拜耳夫人（Mrs Jubail）。温顿描绘亚洲人裘拜耳夫人这一形象有两层用意：第一，展现澳大利亚白人社会对亚洲人想象的思维定式；第二，借乔吉的困惑和焦虑展现澳大利亚白人即使是非主流阶层的白人对亚洲人也是持有偏见、歧视甚至敌对的态度。这些来自传统的对亚裔的偏见和歧视与今日怀特湾亚裔居民在夹缝中艰难求生的状况密不可分。女主人公乔吉在小说中一直被一种难解的恐惧与悔恨折磨着，裘拜耳夫人的死以及裘拜耳夫人频繁进入她的梦境让乔吉的精神几近崩溃。裘拜耳夫人是沙特阿拉伯的港口城市吉达（Jeddah）的一位女病人，她在乔吉提供医护支援的医院就医，乔吉担任她的护士。"裘拜耳夫人所患的癌症恶化很快，来势异常凶猛……从病房外的走廊就能闻到她散发出来的恶心的堆肥一样的味道。她脸颊的表面就像烂掉的花椰菜一样。脸部肿得只剩下一只眼眯成一道缝。当你准备给她进行医疗护理时，她就是用这只眼睛盯着你看。"（DM，195－196）"堆肥"与"烂花椰菜"等描述裘拜耳夫人的词语充满厌恶与轻蔑。乔吉不仅用恶毒的词语在心里这样界定病人，对裘拜耳夫人在态度上也相当恶劣。

在乔吉离开吉达之后，裘拜耳夫人经常成为她噩梦的背景，裘拜耳夫人生前的种种惨状始终萦绕在乔吉的心头。"焦虑感使乔吉想起了在吉达的数个不眠之夜，那时她晚上不敢睡觉，害怕再做裘拜耳夫人将其狠狠拖下医院走廊的噩梦。噩梦使乔吉离开了沙特阿拉伯前往美国，之后由美国又到了印度尼西亚，然后回到家乡澳大利亚，噩梦一路追赶。在怀特湾待了很长一段时间以后，乔吉以为已经摆脱了噩梦的纠缠，谁知噩梦还是阴魂不散。"（DM，123）西格蒙德·弗洛伊德（Sigmund Freud）认为："梦是那些被扼杀在萌芽状态的思想的流露……梦能够保护心理解构免受过度压力，或者我们打个比方，它是心灵的清理工。"（2014：47）乔吉遭受噩梦的频繁袭击，无疑是她的内心深处对裘拜耳夫人愧疚与悔恨的表现。通过乔吉自己的回忆也可以看出，面对这位亚洲病患，澳大利亚白人女性乔吉表现的不是职业道德与信仰，而是对亚洲他者的鄙视与嘲讽。

　　小说中有三次描绘了乔吉面对死亡的场景：澳大利亚白人男性特德·贝森（Ted Benson）的死亡、亚洲的裘拜耳夫人的死亡以及乔吉自己的母亲的死亡。乔吉在这三次死亡场景中的反应判若两人。乔吉初为护士的时候就被分配了一项任务，为一位叫特德·贝森的老人做进太平间前最后的人道护理。乔吉当时虽然害怕，但很快就镇定下来。乔吉为自己母亲的遗体也做了人道亲情护理："帮母亲清洗遗体，用柔软的海绵拂去母亲一生化妆残留下来的化妆品痕迹。洗掉厚厚的粉底和腮红、眼线与眼影。用轻柔的动作，带着敬畏之心……以一个女儿的身份。"（DM，175）乔吉用敬畏与关爱跟母亲做最后的告别。乔吉甚至通过清洗母亲厚重的妆容试图让母亲从为别人而活的重负之中解放出来。她的母亲一生钟爱妆容，拼命使自己成为男性观赏的对象，后来却遭到乔吉父亲的抛弃。相比之下，裘拜耳夫人临终前乔吉的缺席是一个隐喻，隐喻了整个医护过程中护士乔吉的关爱与尊重的缺席。相反，乔吉甚至表现出不应该有的烦躁、厌恶和嘲讽。当面对异域他者的时候，乔吉显然失去了对生命最基本的谦卑、敬畏与爱护。裘拜耳夫人的恶疾仿佛与欧洲白人对亚洲他者糟糕的状况的想象发生了重叠，想象与"现实"的吻合催化了欧洲白人本能的排他反应。温顿在《土乐》中细细描绘了这三个死亡场景，意在凸显普通澳大利亚白人对亚洲及亚洲人存在的各种"他者化"（othering）的想象与假设，澳大利亚民众的亚洲心理带有强烈的政治殖民主义色彩。

　　与怀特湾小镇的其他白人居民相比，乔吉已经算是对亚裔友好的人了。温顿突出裘拜耳夫人这个情节意在揭露在澳大利亚白人社会，从主流统治阶级到普通白人，对亚裔、亚洲都存在敌视、轻蔑和他者化的态度，只是程度不同罢了，本质都一样。乔吉的沙特医疗援助之行是她亚洲猎奇的一段旅程，她对吉达炎热干燥的气候非常不满。在沙特期间，黎明前站在医院大楼前的草坪上，吹着清凉的风是乔吉最喜欢的事情。因为短暂的凉爽时刻让她想到的是澳大利亚以及那里的海风与沙滩。"情感上对地理的区分有时让她感到烦躁……不可否认，有明显的想家的成分。她不停嗅着空气为的是找寻添加了苏打水的威士忌的味道，那是记忆里童年时在佩斯①（Perth）时常发生的情景。从斯旺河②（The Swan River）吹过来的凉风非常宜人。在吉达，她所能得到的就是滨海道路的尾气、凯迪拉克的尾气，以及多达五十万台空调释放的氟利昂气体。"（DM，6）乔吉对吉达的描绘是建立在澳大利亚家乡的对立面上的。阿什克洛夫特曾说："以吉卜林（Rudyard Kipling）的著名诗歌《印度的圣诞》（'Christmas in India'）为例，在诗中，对印度炎热的圣诞日的富有感染力的描绘，是通过援引不在场的英式圣诞节来完成场景化的。显然，只有通过缺席和被赋予意义的象征物，印度的日常生活现实才能获得作为文学话语主体性的合法性。"（2014：5）乔吉在描述吉达的时候完全以澳大利亚为参照，在吉达的经历强化了澳大利亚的优越地位。对乔吉来说，澳大利亚的海风、沙滩、海水是意义的象征，相比之下，吉达则是令人难以忍受的糟糕状况。阿什克洛夫特认为："尽管这些文本详细描述了景观，记载了民俗及语言，但仍免不了帝国中心的优越感，强调'故乡'而非'土著'，强调'都市的'而非'乡村的'或'殖民地的'，等等。他们所声称的客观性，在更深层面上，只不过是用来掩饰其帝国话语，而他们正是在帝国话语中被创造的。"（2014：4）相对于乔吉的故乡澳大利亚，沙特阿拉伯的吉达就是让她产生疏离感（estrangement）的"移置地"（replacement）。吉达代表了次等、自然条件严苛以及让人难以适应的异域，这里虽然不是"土著"和"殖民地"，但是在澳大利亚人的想象当中吉达也与土著和殖民地无异。乔吉在面对裘拜耳夫人和吉达这座城市的时候，是用帝国的眼光凝视其眼中的他者，用不平等的眼光俯视他者。因此，不难解释为什么裘拜耳夫人接受的护理服务与乔吉在澳大利亚国内提供的护理服务完全不同。与其说是裘拜耳夫人罹患的恶疾使乔吉渎职，不如说是乔吉内心的偏见与歧

---

① 佩斯是西澳大利亚州首府，也是西澳大利亚州最大的城市。

② 斯旺河又称天鹅河，是流经佩斯市中心的一条河，素有西澳大利亚州母亲河的美誉。1697年荷兰探险家弗拉明在这条河上看到一群美丽、罕见的黑羽毛红嘴天鹅，于是就把这条河命名为"天鹅河"。1829年，英国海军上校詹姆斯·斯特林（1791—1865）率领一批自由民来到河畔，他看到这个地方具有通向印度洋的战略意义，也看到河岸两边的沃土，决定在这里建立殖民地。河中常年有珍稀的黑天鹅在水中嬉戏，是佩斯市民以及澳大利亚人经常前往的休闲娱乐之地。详见《澳大利亚地图册》，中国地图出版社，2008年版，第34页。

视使她丧失了职业的神圣感和信仰。乔吉对护士职业意义的质疑还有深层的隐喻意义，殖民者所标榜和鼓吹的"仁爱救助""自由平等""文明发展"等普适性的概念不过是虚伪的幌子。对于现实中的异域和想象中的异域，这些不过是殖民者挺进他者的故乡的借口。在《地球上不幸的人们》一书的序言中，萨特指出法国、欧洲乃至北美都在倡导各种言行不一的伪道义：

> 欧洲的情况又有何不同呢？那超级欧洲式的残暴（super-European monstrosity）就是明证。北美也差不多，都在喋喋不休地鼓吹自由、平等、博爱、仁爱、荣誉、爱国主义等等。所有这些理念并没有妨碍我们发表各种反种族的言论，声讨所谓下流的黑人、卑鄙的犹太人以及肮脏的阿拉伯人。一些品性高洁的自由派人士或者说是心肠较软的人就站出来谴责这种言行不一致的做派（inconsistency）。但是这些人要么是误会了，要么就是不诚实，因为对我们来讲从来就没有做过与种族主义的人性（racist humanism）背道而驰的事情。因为欧洲人的人性从来就是靠不断制造奴隶与怪物体现出来的。（Fanon，2001：22）

透过《土乐》中的吉欧、露易丝以及裘拜耳夫人可以看出白澳思想被一部分澳大利亚白人奉为圭臬，是他们怀旧和想象的对象。白人主流社会对亚洲移民政策的解禁一定程度上甚至引起了激进白人群体的对抗，从而造成白澳思想的隐秘回潮。艾维斯口中呼喊的"大不如前"，以及沙福所信奉的"黄金时代"实际暗指对亚洲的排斥、诋毁、边缘化甚至妖魔化的白澳时代。《土乐》中塑造的亚裔移民吉欧和露易丝极具代表性地展示了澳大利亚移民政策解禁之后亚裔移民在澳大利亚社会的生存状态：他们要么在边缘处讨生活勉强苟活，缺乏安全感和归属感；要么根本不被主流社会接纳，过着居无定所的游民生活。即使不在澳大利亚境内的亚洲居民，也同样存在于澳大利亚人的殖民想象之中，比如吉达的裘拜耳夫人。

怀特湾由昔日破败的窝棚渔村变成了今日繁荣富庶的商贸重镇，其背后最大的推动力量就是亚洲。蕾切尔所言一点都不虚，没有亚洲，怀特湾的繁华景象将迅速消失。澳大利亚著名史学家艾瑞克·罗斯（Eric Rolls）在其长篇巨著《澳大利亚华人史：1888—1995》的绪论中指出："没有华人，澳大利亚的土地会比目前的规模要小……华裔菜农使淘金地免遭坏血病之灾，后来，在19世纪的后30年中，他们又生产出占全澳3/4产量的蔬菜，也许他们拯救了整个澳大利亚……然而他们在做这些事情的时候并没有得到感谢，也从未获得过承认。"（2009：1）亚裔移民以勤奋刻苦闻名，无论是华裔、越南裔还是日裔等亚洲移民，他们都兢兢业业地为澳大利亚社会做出了重要贡献，但是澳大利亚白人主流社会对亚裔始终未能真正敞开怀抱。

《土乐》这部小说的时间背景纵然已是世纪之交，小镇怀特湾依旧将亚裔移民视作政治他者加以排挤。澳大利亚白人与亚裔移民之间的权力关系依旧带着浓重的政治殖民色彩，政治去殖民化还是一个需要不懈努力的目标。从亚裔移民的角度来说，他们的力量还非常薄弱，不具备反抗主流白人政治殖民统治的能力，只能要么离开，要么在边缘处苟且求生。从主流白人社会这个角度来看，他们丝毫没有要平等对待亚裔移民的真实意图，依旧在政治殖民的过时思想里裹足不前。

1996年，约翰·霍华德（John Howard）当选澳大利亚联邦总理，霍华德的当选是理解澳大利亚政治生态的一个关键点。"约翰·霍华德将以多元文化主义终结者角色为后世铭记，从他当选到他卸任的10多年时间里，一种极端右翼的保守主义成了主导澳大利亚的主流社会和文化力量，实行了近20年的多元文化主义受到了严厉遏制，澳大利亚历史学界关于殖民历史的反思被叫停。"（王腊宝，2013：128）以霍华德为代表的澳大利亚极端右翼保守势力认为多元文化主义构成了澳大利亚主流社会的"敌对文化"（adversary culture），认为其对传统的澳大利亚主流文化构成了威胁，因此要不惜一切代价与之斗争，以获得这种"文化战争"的胜利（Windschuttle，2005：21－28）。这种文化战争的结果就是"前者（右翼）再一次显示了自己的强大，后者不得不从历史舞台上再一次地黯然退场"（王腊宝，2013：127）。澳大利亚极端保守的右翼势力的获胜自然意味着像非西欧移民与土著这样的"政治异端"（Ommundsen，2014：244）将面临更加严酷的生存境况。

第三节 被边缘化的土著

《土乐》乍一看并没有讨论土著问题，然而字里行间却渗透着对澳大利亚土著问题的思考。《土乐》的背景设置在怀特湾，一个白人聚居的捕鱼小镇，细心的读者会发现在怀特湾没有任何澳大利亚土著，整部小说中出现的土著屈指可数：吉姆到内陆搜索鲁的下落时聘请的向导雷德·霍普（Red Hopper），鲁在荒野行走过程中遇到的土著阿科斯尔（Axle）与孟席斯（Menzies），其中孟席斯还是澳大利亚土著与亚裔移民的混血后代，剩下的就是从怀特湾一路向北的过程中零星散落在荒野中生存的少数不具名的土著。《土乐》触及的澳大利亚民族激流包括在世纪之交澳大利亚的土著到底面临怎样的生存境况、是已经当家作主还是依旧不得不沦为澳大利亚白人殖民统治下的他者。温顿通过多处细节隐蔽又巧妙地点出了澳大利亚土著依旧生活在白人殖民者的统治下，和他们的祖辈一样凄惨，成为飘零在自己的家园里的流浪汉。他们被清除出白人的生活区，被赶到荒无人烟的地方过着游荡不定的凄惨生活。怀特湾没有一位土著暗示了在白人的核心聚居区土著是被彻底排除在外的。不仅如此，《土乐》中的土著连荒野这块最后的流浪地都有可能随时失守，因为澳大利亚白人对任何可能蕴藏着矿产和贵重金属的土地都虎视眈眈，迫不及待地加以开发，土著对此丝毫没有话语权，只能被迫离开去更加贫瘠荒凉的地区找寻栖息地。

《土乐》非常隐晦地指出了即使在多元文化时代，澳大利亚土著依旧处于白人的政治殖民之下，丝毫没有平等可言，即使在 1965 年澳大利亚以法律形式赋予了土著公民身份。温顿从三个方面剖析了澳大利亚白人与土著的权力关系：揭露澳大利亚白人与土著互动的血腥的残酷历史，提醒读者注意历史上遭受残酷殖民统治的土著；当前主流白人统治阶层对待土著的强硬的政治态度与历史上的殖民政策相比并无本质的区别；普通底层白人对待土著的矛盾的态度表明整个白人社会对土著的态度都是敌对与防范的，白人中心主义思想展露无遗。原本最有希望突破政治殖民窠臼的底层白人在关键时刻仍旧表现出对土著的不信任与疏远，可见澳大利亚白人社会对土著群体的政治去殖民化最有希望的力量也令人失望。从这三个方面不难看出政治去殖民化在白人对土著的权力关系这个层面并未实现。

福柯在《规训与惩罚》一书中将书写历史与关注当下之间的关系说得颇为透彻："我要撰写的就是这种监狱的历史，包括它在封闭的建筑物中所汇集的各种对肉体的政治干预。我为什么愿意写这样一部历史呢？只是因为我对过去感兴趣吗？如果这意味着从现在的角度来写一部关于过去的历史，那不是我的兴趣所在。如果这意味着写一部关于现在的历史，那才是我的兴趣所在。"（2012：33）温顿在《土乐》中也花费了相当的笔墨书写了历史上土著被迫害的惨痛历史，温顿提及历史的用意与福柯一致，即提醒读者注意对比昔日的殖民他者所遭遇的一切不公正对待与今日未改善之境况。

澳大利亚白人曾对土著犯下不可饶恕的罪行，土著在数量上骤减，被迫沦为自己家园里的边缘群体，法律直到1965年才不得不迫于国际人权舆论以及国内土著民权运动的多重压力赋予土著合法的公民身份。澳大利亚土著作家萨利·摩根[1]（Sally Morgan）指出："在达成和解之前，这个国家必须知道全部的故事。目前还没有做到。有多少澳大利亚人知道在英国入侵的最初十年里，90％的土著死于被剥夺土地后的饥饿，被人在水洞中下毒毒死，在大屠杀中被杀死？我们这些人就是那10％幸存者的后代……我不认为大多数人知道真相。"（Barrowclough，1996）[2] 对澳大利亚社会来说，"今天土著人的命运与当时殖民主义桎梏下的澳大利亚人有着相似之处，类似的政治氛围、类似的遭遇（土著人更惨）、类似的人权要求"（黄源深，2006：310）。澳大利亚白人殖民者对土著施加的那一套政治殖民手段极为残酷，包括种族屠杀。《土乐》以隐晦的笔调书写了惨绝人寰的"被偷走的一代"（the stolen generation）的血泪史和土著当下的边缘现状。"被偷走的一代"是澳大

---

① 澳大利亚著名土著作家。

② Nikki, Barrowclough, "For all of Us", Sydney Morning Herald, October 12, 1996.

利亚土著同化政策的恶果，也是澳大利亚白人屠杀土著的历史明证。《土乐》通过鲁的家族故事勾勒了澳大利亚白人社会对土著的政治迫害。

澳大利亚学者伊曼纽尔·奈尔森（Emmnauel S. Nelson）认为将土著被迫害的历史在历史书写中涂抹掉是一种比明目张胆的种族主义更加危险的行为，为此他引述了澳大利亚历史学家史蒂芬森（P. R. Stephenson）的话语："澳大利亚是一块完整的大陆，有着独特的自然风貌，以及种族和语言连续一致的独特现实。我们（澳大利亚）是地球上唯一一块居住着一个种族，由一个政府管理，说一种语言并且分享一种文化的大陆。"（qtd. in Nelson，1997：30）奈尔森针对史蒂芬森的话指出："一个重要的澳大利亚学者能够如此轻易地、愉快地将几十万澳大利亚土著人的存在忘记，至少可以说是令人震惊的。"（1997：30）澳大利亚白人主流社会对于涉及土著侵害的历史频频表现出"健忘"的症状，他们试图通过一切手段将残酷侵略的历史涂抹得一干二净，好让下一代生活在历史的真空之中。法侬说："殖民者创造历史，并且意识到这一创造过程。因为他始终指向的是他祖国的历史，他很清楚地表明他自身就是他祖国的延伸。因此，他书写的历史不是他所抢劫的国家的历史，而是他自己国家的。"（2001：40）在殖民者的大历史中，澳大利亚土著被置于沉默的境地。越来越多的土著意识到历史对他们的重要性，澳大利亚土著剧作家杰克·戴维斯（Jack Davis）强调："与白人作家相比，历史对土著更重要、更不可分割……因为白人的历史是被安全地握在手中，在白人的手中……而土著人却被从白人的历史书页中排除出去了。"（1985：5）蒂姆·温顿作为一个白人主流作家，他将土著历史、土著现状巧妙地编织进文本，字里行间透露出对澳大利亚土著问题的深入思考，意在让土著问题获得聚焦与重视，充分体现了一位白人主流作家的良知与社会责任意识。如果土著没有得到平等的权利、没有平等的话语权、没有适宜的生存空间与物质资料，那么澳大利亚就不能称为一个真正的现代民主国家。

温顿通过小说中小女孩伯德留下的字条传达了白人社会内部存在着一种对土著实施野蛮迫害后的歉意与焦虑。这一焦虑积压在几代白人的心头，最后汇聚成一个沉重的词汇 SORRY。《土乐》里出现的大写的

SORRY 比 2008 年陆克文总理代表澳大利亚白人社会正式向土著道歉早了 7 个年头，由此可见，主流作家温顿对澳大利亚时代脉搏与民族激流的把握相当精准，他作品里丰富的内涵值得深入挖掘。

温顿借伯德之口连续提出三个问题，不妨将这些问句理解成肯定句：一个六岁的孩子要向一个人（一类人）道歉，她的字条是写给一个人（一类人）的，她知道了真相。伯德因为从叔叔和父亲那里知道了真相，她要为那些土著儿童遭受的不幸致歉。伯德无所不在的"对不起"字条是潜藏在白人社会的对迫害土著的历史产生的普遍焦虑的外化。焦虑通过白人后裔对历史的困惑不解呈现出来，通过白人社会具有良知的一部分人对土著群体的同情但无力扭转局面的失落传递出来。温顿借小女孩表示歉意，暗示白人社会的下一代必须认识到事实的真相并表明立场，只有这样才能克服心理焦虑的折磨。

《土乐》巧妙地通过鲁的家庭对话披露了同化土著的残酷历史，正如小女孩伯德的叔叔和父亲那样，温顿执意通过小说创作探寻并讲述历史的真相。直面土著被殖民入侵的历史不仅需要勇气，还表明蒂姆·温顿作为作家的开明与人道主义思想。同时，温顿讲述历史是为了更好地挖掘当下澳大利亚土著生存现状的殖民根源，《土乐》中穿插了足够分量的土著历史书写的用意正在于关联当下土著在澳大利亚政治生态中的生存状况。当下澳大利亚土著窘迫无依的生存境况，白人殖民者对此负有无法推卸的责任。"澳大利亚白人与土著初次接触之后的阶段紧随而来的就是白人对土著的种族大屠杀。白人长期的种族主义统治在罗利（Rowley）及许多学者的作品中都有详细记述。白人的种族主义至今仍然强势。"（Hodge & Mishra，1991：50）

土著的生存现状则在鲁的内陆之行中清晰地展露出来。孟席斯和阿科斯尔是鲁在深入内陆过程中最早碰到的两位土著，鲁与他们一起短暂地过了一夜，之后鲁毅然离开，独自深入内陆。鲁的这个决定也值得细细品评，鲁追求的内陆好像是一个概念，这个概念并不包括土著在内，尽管阿科斯尔与孟席斯就是土著荒野生存技能最好的范本，他们代表着最懂这块土地的人。在鲁的内陆旅行这一段叙事中，孟席斯和阿科斯尔是温顿精心着墨的两个土著形象，极度边缘、文化失根、精神受创、居无定所是他们的共同特征。孟席斯告诉鲁遇到阿科斯尔时的情形："那时他（阿科斯尔）极度失落，一心想着他的祖上，那些羞怯的老人们还在那里。和过去一样，你知道吗？就是躲藏起来，不让白人发现他们。阿科斯尔始终觉得他们都在等他。"（DM，304）不难看出，阿科斯尔心中对白澳时代的恐惧还在，他一直活在受迫害的阴影里，难以自拔。面对迫害，年幼的阿科斯尔表现出愤怒和控诉，虽然他对鲁很友好，但是当鲁掏出地图准备选择路线的时候，他忍无可忍地坚持烧毁鲁身上携带的所有地图。

周思·罗巴沙（Jose Rabasa）指出："地图的存在不仅是描述，更重要的意义在于控制。"（qtd. In Ashcroft：2010：7）白人宣布占有这些地域的时候也就意味着土著家园的沦丧。在白人看来，地图是指引他们走进澳大利亚最可靠的向导，然而对土著来说地图是他们家破人亡的罪魁祸首。阿科斯尔烧掉象征白人占领统治澳大利亚的地图无疑是对殖民掠夺的强烈控诉，熊熊的火焰隐喻了土著族群的愤怒之火。孟席斯的无声支持强化了土著族群对欧洲侵略这一事实的普遍愤怒。后殖民理论家比尔·阿什克洛夫特（Bill Ashcroft）认为："地图是一系列名称的重写本，这些名称意味着占有。"（2010：7）阿科斯尔所指的用双脚去感受这个国家，意在提醒鲁不要以观光客和殖民者的姿态去了解澳大利亚地域。在《解读这片土地》（"Reading the Country"）一文中，克里姆·本特兰克（Krim Bentterak）等学者认为："我们的罗巴克平原之旅的经历告诉我们开汽车穿越这片土地可以相当愉悦，除了前方遇到篱笆的时候。这个时候，只能选择步行了。以步行的速度行走时，万物突然变得清晰可辨。还有，停下来驻足这片土地会带来全新的感悟，个体会从眼前的景象中找到归属感。"（1993：203）即使如此，鲁在没有地图的指引下依旧感到惶恐与不安，虽然他也认同孟席斯与阿科斯尔用双脚丈量土地的观点。从这个细节也不难看出，即使鲁在此前无数次憧憬澳大利亚内陆荒野，渴望接近这片神奇土地的神圣与庄严，然而其内心对这片陌生土地的恐惧感依旧远大于身临其境的喜悦与激动。澳大利亚白人社会宣称的融入这片土地更多地停留在口头上以及想象层面。这一点还可以从吉姆初次接触内陆时表现出的焦躁不安与迫不及待想要返回怀特湾的心情中看出来。常年做白人内陆向导的霍普一语中的："人们对这片广袤、棕红色的土地感到恐惧。"（*DM*，414）澳大利亚白人在身体层面是远离内陆的，但是对这片土地的监视与控制仍旧是全方位的，这一点可以从吉姆通过几个简单的电话就基本确立了鲁的内陆行进路线图以及迅速找到想要的内陆信息看出来，可见内陆的一切尽在白人的掌控之中。

孟席斯告诉鲁阿科斯尔不是一个真正的土著，不会被土著社群接受，其实也暗示了自己的身份和阿科斯尔无异。澳大利亚白人甚至参与了制造非正宗土著的险恶勾当，白人否认部分土著的土著身份，实则出于对合法性的恐惧。对土著身份的承认正是对澳大利亚白人身份合法性的威胁。"欧洲血统的存在不可能允许土著人被视为'正宗土著'，他们的土著性对于白人存在的合法性构成威胁。土著人也不可能被白人社会接纳……实际上，他们常常被贬低成'混种'或者'混血'。"（Hodge & Mishra，1991：52）可见，关于土著内部的分层划分也是白人殖民策略的一个重要部分。

关于孟席斯，有一个细节不能跳过，"没有人会跟一个看上去有些亚洲的、没长肚脐眼的土著打斗。当然也包括阿科斯尔，他遇到我的时候就像个丧家犬似的"（*DM*，304）。在土著文化中，亲属关系"包括人与人之间的关系，以及人与土地之间的关系"（Kleinert & Margo，2000：60）。虽然欧洲人的到来破坏了土著族群本来的亲属关系，土著却以广博的友爱捍卫了带有强烈土著文化特点的亲属关系。孟席斯与阿科斯尔的友谊以及他们对土地的热爱都说明了这一点。新建立的亲属关系无疑是对欧洲殖民破坏的有力对抗。没有肚脐的孟席斯看似是个怪人，实则是对白人掠夺的巨大批判，土著在被白人掠夺后被迫与文化母体斩断联系，甚至不留一丝痕迹，最终成为文化妖怪。像孟席斯和阿科斯尔这样的非正宗土著不仅被排除在白人主流社会之外，也被排除在土著族群之外，他们不属于任何一个部落。"当前的联邦政府已经承认这样一个事实：一个土著人是指一个有土著血统并认同自己的土著身份的人。"（Hodge & Mishra，1991：52）因此，只要有部分土著血统并且认同自身的土著身份就是一个法律意义上的土著。像孟席斯和阿科斯尔这样的土著后裔当之无愧地拥有他们的土著身份。孟席斯和阿科斯尔的流浪无根隐喻了整个澳大利亚社会土著的生存现状，尤其是孟席斯的身份，他其实是亚裔与土著的混血后代，代表着在澳大利亚亚裔族群与土著族群很早就开始了一定程度的联合，成为可以并肩生存的难兄难弟。鲁独自一人行走荒野而不愿与这两位土著结伴也暗示了亚裔与澳大利亚土著可以成为联合在一起的生存力量，而底层白人还没能做到在争取自由的路上与亚裔和土著结伴而行。

《土乐》中主流白人社会对待土著的态度是强硬无情的，土著直接被排除在白人社会之外。向导雷德·霍普的总结基本代表了白人主流社会对土著的强势排斥态度："他（霍普）苦笑地说到，怀特湾恨透了囚徒，这个我是知道的。我 19 岁时到过那里，在酒馆里差点被人把脑袋打个窟窿。那个小镇根本容不下囚徒。整个温带宜居的地区都是这样的，不是吗？"（DM，408）确实，主流社会的白人恨透了囚徒，囚徒可以泛指一切被殖民的阶层，包括土著、亚裔与底层白人异己分子。霍普所言不差，不仅怀特湾如此，澳大利亚宜居的地方都没有土著的立足之地，这些地方都是白人的直接领地，土著生存的地方实质上都是不适宜人居的地方。

与主流白人强势排挤的态度稍有区别的是底层白人对土著暧昧、矛盾的态度。底层白人对土著看似有一定程度的理解、同情，这份理解与同情在小说的很多地方被细腻刻画，被寄予厚望，然而这份理解、同情终究敌不过现实的残酷：底层白人对土著族群的同情理解仅仅停留在初级阶段的想象层面或者浅尝辄止的接触层面，并没有发展成深厚的友谊；底层白人并没有要真正做土著族群的支持者或者与土著并肩战斗，未能促进白人对土著的政治去殖民化；就土著问题而言，底层白人与主流统治阶级的白人仍旧是共谋关系，仍旧是利益共同体。底层白人即使对土著有一丝怜悯与同情，也仅限于表面的同情，从内心深处来讲他们不可能与土著成为真正的朋友，不可能设身处地地为土著谋福利。他们首先关注的是自己的权益，土著不会被他们接纳为盟友。他们对待土著的态度仍旧是疏离的，不愿意深入接近，更谈不上深切的理解与并肩作战。比如《浅滩》中的克里夫·库克森、《土乐》中的鲁都属于这一类。

温顿对底层白人对待土著的心理把握得非常准确，他们对待土著的态度表面上不同于统治阶层白人的强势高压，本质上与主流阶层白人的态度如出一辙。

底层白人对土著族群的暧昧矛盾态度可以从鲁及其家人的言行中看出来。《土乐》中的鲁以及福克斯家族代表着澳大利亚白人社会中这样一股力量：乍一看他们同情土著、尊重土著，并一定程度上给土著提供力所能及的帮助。比如鲁的父亲就曾帮助过被关押在集中营的"被偷走的一代"土著儿童逃亡，鲁的侄女伯德在听到土著儿童的不幸故事后深表歉意，鲁在荒野之行中与两位土著促膝交谈并为他们演奏吉他，表现出一定程度的友谊。小说中还有一处细节就是关于鲁的哥哥的名字"Darkie"①。"他极有表演天赋，小黑。你哥哥吗？小黑就是他的名字？不，他的名字叫威廉。那小黑这个名字是怎么来的呢？不知道，反正我们都这么叫他。除了妈妈。"（DM，95）Darkie 是一个对黑人的轻蔑称呼，鲁的父亲将自己的亲生儿子唤作小黑无疑可以理解为他内心的一种正义诉求：希望被关押在集中营中的土著儿童能够获得白人孩子一样的待遇，对土著儿童的伤害和轻蔑其实就是对白人儿童的伤害，土著儿童也是澳大利亚社会的后代，他们应该获得和白人小孩一样的公正待遇。在土著儿童的命运没得到改变之前，鲁的父亲仍然执意坚持平等地看待自己的孩子和所有土著孩子。通过给自己的孩子取这个被歧视的名号来暗示不公，呼吁平等。但是在强大的政治殖民思想的渗透下，这股力量显得非常微弱，不过是停留在表层的对土著的怜悯。当底层白人真正面对土著的时候，戒备之心、白人中心主义依旧占据主导地位，底层白人并没有要跟土著发展深入的友谊，更谈不上成为并肩作战的政治力量联盟。这一点可以从鲁对待他的两位土著朋友孟席斯与阿科斯尔的态度看出来。鲁初次在内陆碰到孟席斯和阿科斯尔的时候，这两位土著为鲁的荒野生存提供了很多切实可行的经验和帮助，阿科斯尔连夜为鲁做了一个独木舟并偷偷放在鲁即将到达的地方，这个独木舟后来成为鲁荒野生

---

① Darkie 是鲁的哥哥 William Fox 的小名，是鲁的父亲取的。Darkie 也是一种对黑人的轻蔑称呼，指"黑子""黑鬼"。

存的大功臣，帮助他克服了很多困难，让鲁得以生存。鲁与这两位土著朋友仅仅在一起待了一夜，即使孟席斯挽留鲁，阿科斯尔非常想跟鲁学习弹奏吉他，但鲁还是婉言拒绝了，第二天一早便毅然决然地独自上路了。经历了一个人长时间的孤独寂寞之后，鲁在旅程当中总是想起孟席斯与阿科斯尔，期待与他们再次团聚，甚至在梦中已经与他们团聚。"鲁开始计划再一次向海湾下游探索的旅程。他需要鱼竿与鱼线，他储备的有食物，工具也有。当他实行这个计划的时候，他想着要特意向平原深处去，徒步去看孟席斯和阿科斯尔。前些日子做的梦催促着他要尽快践行这个计划，他还在脑中盘算着要给阿科斯尔弹奏那把小吉他①。嗯，就这么定了。等腿好了，等腿能走路了就立刻去。"（DM，383）鲁与他的土著朋友相聚的闪念并不坚定，随时就被抛弃。小说之所以将鲁期待与土著朋友再次相会的场景细腻地刻画出来，意在凸显这种友谊虽然有可能发生，但可能性极其微弱，根本敌不过白人自身的切身利益，鲁对荒野仍旧是恐惧的，他还是渴望回归白人的生活方式。这一点表明他不可能长期扎根荒野，与土著成为真正的朋友，他脑中短暂地需要土著朋友的根本理由是排遣自己荒野生活中的孤独。《土乐》中刻画的对土著看似友好的底层白人依然是主流白人统治者的共谋。萨特指出："简单来说，融合发展到极致的时候就是殖民主义的终结。人们怎么可能从殖民主义自身期待完全融合呢？殖民者除了苦难什么也不会留给被殖民者，因为他们总是与被殖民者保持距离，他们是无法融合的一个阵营，被殖民者应该知晓殖民者这一极端否定的态度。"（2006：53）尽管鲁畅想的与土著朋友见面的画面非常美好，非常开明，但是这个画面终究未能实现。

2008年澳大利亚总理陆克文代表政府郑重地向土著发表致歉演讲。陆克文的演讲意义深远，土著第一次听到了殖民者后裔对其前辈犯下的

---

　　① 鲁第一次遇到孟席斯与阿科斯尔时，阿科斯尔拿出了一把捡来的小吉他。阿科斯尔非常热爱音乐，可是他不会弹奏。当时鲁勉强为其弹奏了一曲，孟席斯和阿科斯尔都很高兴。可是听到一半的时候，阿科斯尔突然愤怒地离开。孟席斯告诉鲁，阿科斯尔是愤怒他自己不会音乐，于是鲁就当作阿科斯尔在身旁，教起了吉他弹奏的初步知识。鲁第二天一早就离开了他们，继续赶路，所以阿科斯尔始终没有机会学习弹奏吉他。故鲁想再次与他们团聚，顺便教会阿科斯尔弹奏吉他。

不可饶恕的罪行的致歉，也是澳大利亚白人社会对于殖民掠夺和迫害产生的心理焦虑的一次空前释放。澳大利亚学者汉娜·雷切尔·贝尔（Hannah Rachel Bell）注意到陆克文致歉演讲后的澳大利亚"群情激动，整个国家充满着愉悦、放松与希望"（2009：1）。而早在七年前的2001年，《土乐》已经在思考白人社会的殖民焦虑问题，通过象征澳大利亚白人新一代的孩子伯德表达了对土著深深的歉意。《土乐》的思考具有前瞻性、时代性和启示性。从今天的角度来看，《土乐》的重要意义在于白人社会不能仅仅通过致歉疏解自己的焦虑，还应该实实在在地采取行动，使生活在澳大利亚社会边缘的土著及其文化获得应有的位置，否则，白人对土著的政治殖民就远未结束，政治去殖民化对澳大利亚来说就是意义重大的民族事业。

第四章 《呼吸》中的平庸恐惧与冒险：
未完全的心理去殖民化

    法国哲学家让－保罗·萨特（Jean-Paul Sartre）在《反犹太主义者和犹太人》（*Anti-Semite and Jew*）一书中从存在主义心理学角度描述了本然性存在（authenticity）这一重要概念：

> 如果存在这样一种共识即将人定义为在有限环境下的自由的存在的话，那么根据环境因素而做出的选择以行使这种自由的行为就有本然性的（authentic）与非本然性的（inauthentic）的区别。无须赘言，本然性存在（authenticity）表现为对于环境有真实且清晰的认知，承担必要的责任与风险，无论毁誉、恐惧还是厌恶都坦然接受。（1995：64—65）

    萨特列举了众多生活在法国的非本然存在的犹太人的行为，比如他们刻意表现出慷慨大方①的样子、逃避自己的犹太同胞、掩藏自己的犹太身份、弃用犹太名字转而选择非犹太笔名发表作品、嫌弃自己的犹太配偶生怕自己被犹太化等。萨特强调"'非本然性的'一词没有任何道德意义上的谴责"，非本然性存在"是行为上的冒险，而不是天生的品性"（1995：67）。萨特揭示了犹太人的非本然性存在仅仅是对其生存环境作出的行为选择，这些行为选择的本质是"逃离的渠道（avenue of flight）"（1995：67），而绝非像反犹太主义者所宣称的犹太人有与生俱来的、低劣的犹太性。犹太人之所以要选择非本然性的存在方式，恰恰是反犹太主义者制造了他们生存中的各种困境。萨特揭示，"是我们在

---

① 雅利安人将吝啬鬼、守财奴的负面形象强加给犹太人，并通过文学作品使得这一认知广为流传，导致犹太人时时刻刻反观自己，从行为上刻意规避这些滞定型犹太特征。

迫使犹太人逃离"（1995：68）。

萨特指出："对于犹太人的厌恶……这种反感的情绪不是从身体层面引发的……这是一种与心理有关的活动，同时还延伸至心理层面的根深蒂固的、绝对的观念。这种情绪并不以经验为基础。"（1995：7）反犹太主义已经成为雅利安人集体无意识中的一部分，所以一代又一代的雅利安人对犹太人的厌恶完全是不以实际经验为基础的，而是对其前辈的观念与想象的继承。"他①对于犹太人的看法远不是从经验的基础上得出的结论，相反是用后者去解释他的经验。如果犹太人不存在，反犹太主义者也会将其创造出来。"（Sartre，1995：8）萨特反复强调了这一观点："反犹太主义者制造了犹太人"，并将反犹太主义斥为"一种反社会的力量和一种来自前逻辑世界的观念"（1995：103）。

面对充满敌意甚至杀戮的反犹太生存环境，面对雅利安人编造的犹太滞定型特征和犹太缺点，犹太人感到极度恐惧，他们逐渐无意地将这些反犹太主义者恶意炮制的污蔑和毁誉当成事实，于是开始对跟犹太有关的一切感到恐惧、自卑。萨特借用多位心理分析师用到的概念"犹太情结"（Jewish Complex）（1995：68）来概括犹太人的非本然性存在状态。

米歇尔·沃尔泽（Michael Walzer）在为《反犹太主义者和犹太人》一书的英译本 1995 年再版时写的序言中指出："萨特的马克思主义/存在主义心理学让人受益良多……个体对于个体和群体的认知非常强烈地受到'他人'观点（通常是充满敌意的）的影响。萨特非常擅长促使我们意识到人际关系建构对于个人身份的重要性——这个过程在当今比他写作时更加明显。"（Sartre，1995：XXiii）作为萨特的学生，法

---

① 根据上下文语境，这里的"他"指的是反犹太主义者。

依（Frantz Fanon）①深受其思想的启发，尤其是萨特剖析反犹太主义、反犹太主义者与犹太人之间的关系的心理学分析与阐释直接影响了法侬在殖民主义心理学方面的开创性研究。作为生活在法国的前殖民地马提尼克岛人，法侬深切体会到他自己在法国遭遇的各种特殊体验以及他所观察到的殖民地人的特殊行为反应，这一切促使法侬从殖民主义的角度研究殖民地人行为的心理形成机制，也即殖民主义在心理上对被殖民者产生的侵害。法侬试图通过分析殖民主义的心理形成机制来帮助殖民地人认识心理去殖民化的重要性以及心理去殖民化的途径。

《黑皮肤，白面具》（*Black Skin，White Masks*）是法侬从精神分析学的角度考察被殖民者心理病症的一部理论著作。法侬从大量的临床病例以及自身的黑人体验出发认为自卑症不是某一个个体的病症，而是被殖民群体的普遍心理病症。长期的殖民统治已经使自卑症内化为被殖民者的集体无意识（collective unconsciousness），从而支配着被殖民者的日常行为。法侬将被殖民群体表现出来的普遍自卑的无意识称为自卑情结。自卑情结不是天生的，法侬认为："被殖民者的自卑感（inferiority）与欧洲人的优越感（superiority）直接相关，让我们勇敢说出事实：正是种族主义者创造了相对于他的自卑者。"（2008：69）黑人的形象出现在欧洲的各种文化载体上，他们被塑造成食人族、野蛮人、惯偷、强奸者、恶魔、骗子和暴力分子等。这些滞定形象印刻在白人心中，还有学习白人文化的黑人心中。白人杜撰、捏造的负面黑人形象一诞生就被白人社群看成无可争辩的事实，成为谈黑色变的"黑人恐惧症（negrophobia）"（Fanon，2008：124），由此在白人社群形成并构成白人集体无意识的一部分。

自卑情结使黑人的心理不断扭曲，精神也严重畸形，进而表现为行

---

① 法侬1925年出生在法属殖民地马提尼克，后来他来到宗主国法国，第二次世界大战中参加了保卫法国对抗纳粹德国的战斗，冒着生命危险在战场上为法国浴血奋战。但是他发现，在部队里黑人士兵一直深受种族歧视的侵害，法国民众对他们这些黑人士兵的奉献并不感激。法侬由此受到心理伤害，战争结束后，他获得了奖学金，留在法国学习医学和心理学。后来受到非洲反殖民主义战士精神的鼓舞，毅然决然投入到反抗殖民主义的战斗当中，奔赴阿尔及利亚战场，成为阿尔及利亚反法斗争的精神领袖。法侬立足自己的黑人身份和心理学专业背景，从病理学角度研究殖民主义对被殖民者心理的伤害。

为上的非本然存在。黑人掩盖、遮蔽、否认自己的黑人性。黑人在对待白人、黑人同胞和自我的时候均表现出严重的心理扭曲。法侬指出："当黑人与白人世界发生联系的时候，某种敏感体验就产生了。如果他的心理结构是脆弱的，自我（ego）就随之崩塌。黑人就不再是一个有行为能力的人。他的行为目标就是变成他（Other，此处指白人），因为仅有他（The Other）能够赋予黑人价值。"（2008：119）黑人在成长过程中无意识地习得了自卑情结，直接导致了其行为上的自我否定与逃离。法侬注意到不顾一切地向白人靠近、主动选择白人的语言、与白人通婚成了黑人实现白化的快速通道。通过语言，黑人迫不及待地拉近自己同白人文化和价值观的距离，实现文化上的白化。黑人男性最大的梦想就是与白人女子结婚，黑人女性则视与白人男性结婚为自身的救赎，从而实现血统上的逐步白化。黑人在向白人靠近的同时刻意疏远甚至诋毁其他黑人和有色人种，与一切"黑"划清界限，生怕再次跌入"黑"色世界的万丈深渊。黑人在面对自我的时候笃信"肤色不算什么，我甚至根本都不注意这个，我只知道一件事，就是我心灵的纯洁和灵魂的洁白。我洁白如雪（Me white like snow）"（Fanon，2008：149）。由此可见，黑人的心理已被扭曲。

法侬从殖民者和被殖民者两个方面阐释了黑人心理自卑症的致病因素。法侬首先从心理投射机制（the mechanism of projection）揭露了白人为何诬陷黑人。白人将自己无意识中的一切卑鄙低俗的欲望和冲动借由强大的帝国殖民网络不由分说地强加给被殖民者，并用黑人这个替罪羊进一步巩固自身高不可攀的白色文明，进而确立白色优越感。弗兰肯贝格（Frankenberg）如此评价种族层面的白色："白色是一个承载结构优势和种族特权的位置；白色是一个'立足点'，一个白人可以审视自己、他人和社会的立足点；白色是一套未被标记、未被命名的文化行为。"（1993：1）而黑人是被殖民者的一个代名词，《黑皮肤，白面具》谈到了犹太人同样被迫害的境遇强化了这一点。犹太人出众的智力水平使欧洲白人隐隐感到了威胁，他们恐惧有一天犹太人会统治他们，于是不惜一切代价、穷尽一切手段制造借口和谣言迫害犹太人。欧洲白人将对付黑人和犹太人的思维与手段应用到奴役、侵占世界其他地区和民族人民的殖民压迫当中。此外，法侬以安提列斯群岛①人为例阐释了黑人心理扭曲的第二层原因，"被白人奴役之后，黑人开始了自我奴役"（2008：148）。被殖民者的自卑心理不是单一原因导致的，也不是短时间内形成的，而是在殖民主义体制中殖民者和被殖民者长时间共同作用的结果。殖民主义导致了被殖民者的自卑情结，被殖民者的自卑情结反过来强化了殖民主义的影响力。

法侬在前言中开宗明义地指出："我相信将黑人与白人种族上的并置会形成广泛的心理存在情结（psychoexistential complex）。我希望通过分析它进而将其摧毁。"（2008：5）法侬要终结的是白人不断奴役黑人、黑人不断自我奴役的一个"恶性循环"（2008：3），试图建立一种自由、平等、共存的"新人性主义"（2008：1）。要实现这一人类共同的理想，法侬认为需要黑人和白人的共同努力。对黑人来说应该终止一切试图自我白化的欲望，因为根本不存在所谓的白色世界、白色智力、白色伦理。黑人应该从心理上重新认识自我价值，应该从逃离自我转变为回归自我、立足自我。黑人应该以自我和人性的尊严为出发点和立足点，开启人性自由的良性循环，也即黑人需要实现心理上的去殖民化，才能破除自卑情结。自卑情结的破除才是治愈被殖民者心理病症、非本然性行为的根本。曾经被殖民的黑人无须自卑，而是应该心平气和地做自己，在心理上实现真正的独立。法侬特别强调无论是黑人还是白人都应该心平气和地以自由平等的人性主义思维开启共同的未来。无论是自卑心理、负罪心理、复仇心理还是自大狂傲的心理，都是对自我和他人的囚禁与桎梏，都是在重复奴役与被奴役的恶性循环，都没有实现真正的心理去殖民化。

法侬在殖民主义心理学方面的突出研究不仅仅适用于被殖民压迫的黑人群体，如萨达尔所述："'白'是欧洲文明及其代表的泛指，'黑'则是所有非西方（non-west）的统称。"（2008：XV）关于"非西方"的阐释，霍米·巴巴在1986年版的《黑皮肤，白面具》序言中的论点

---

① 安提列斯群岛自从被欧洲人发现之后，就成了欧洲人的殖民地，土著基本死于欧洲人带来的疾病和瘟疫。安提列斯群岛先后被西班牙、英国、荷兰以及法国殖民。现在生活在安提列斯群岛的人绝大部分是欧洲人的后裔以及一些奴隶的后裔。

可视作一个生动的注脚，巴巴认为"《黑皮肤，白面具》的言说对象是所有那些被边缘化、异化的人，所有那些自身差异性被否定、被迫生活在单一身份与奇想（fantasy）的符号系统管控下的人们"（Fanon，2008：XXXV）。巴巴与萨达尔撰写的序言间隔20余年，《黑皮肤，白面具》的首次出版时间则更早（1957年），但是法侬就殖民主义产生的心理病理学的研究仍具有重要的参考价值。

澳大利亚白人身份特殊，当其被从欧洲故国连根拔起移到澳大利亚大陆后，就不再是真正意义上的欧洲白人，而只能永远是澳大利亚人。关于白人定居者的境遇，阿什克洛夫特等学者指出："定居者从原乡被连根拔起，在新环境里他们对于身份确认存在困难。通常，他们在一个差异和次等（difference and inferiority）的环境中建构自身，因此作为殖民主体的定居者同样遭受歧视。"（2007：194）欧洲白人视其为殖民地人、流放犯，澳大利亚白人因此深感自卑。在宗主国英国和欧洲面前，澳大利亚白人在心理上感到矮人一截。英国人总是喋喋不休地谈论流放历史，澳大利亚人则因为这口历史"黑锅"抬不起头。这也是为什么在第一次世界大战中澳大利亚人要去战场为英国流血牺牲的原因，这个举动在澳大利亚被称为换血，将流放犯的血换成卫国英雄的血。澳大利亚人为英国流血牺牲跟塞内加尔[①]的黑人在战场上为保卫法国视死如归在本质上并无差别，他们都在试图洗刷外界强加给他们的"污点"。无论是澳大利亚白人竭力向大英帝国显示自己的赤胆忠心，还是塞内加尔的黑人意欲通过英勇无畏来进一步靠近法国人的做法，昭示的都是心理自卑情结，他们都在通过行为企图成为他者，其自卑情结的根源就是长期的殖民主义。

无论是澳大利亚白人还是黑人以及别的被殖民群体，其自卑感都是相通的，但是不同群体在行为表现上存在明显不同。比如作为被殖民者

---

① 塞内加尔在1864年沦为法国殖民地，1909年划入法属西非洲，而在1946年全部的塞内加尔居民都成为法国公民，塞内加尔则成为法国海外的一个领地，直到1960年法国签署权力移交协定，塞内加尔才回到非洲人自己的手里。长期的殖民统治使塞内加尔人白化程度相当严重，他们在战场上为法国浴血奋战以求功名，但是打了胜仗的法属塞内加尔士兵却在暗地里被议论，法国人虚伪地指责他们是凶残的黑人，由此也可以看出殖民者的嘴脸是何其丑陋。

的黑人，他们在行为上首先表现为对殖民者语言、肤色的向往，因为黑人自身拥有的语言和肤色与殖民者有着天然的不同，殖民者恰恰利用这些文化差异和生物差异将被殖民者定位为次等与野蛮。但是，对澳大利亚白人来说，他们的语言和肤色与殖民者几乎一样，因此殖民者将注意力转移到道德、品质与天赋层面去诋毁澳大利亚白人，殖民者借流放历史大做文章，将澳大利亚白人称为道德渣滓、平庸之辈。殖民者所到之处对被殖民者实行的统治策略在本质上是一样的，即将被殖民者他者化、野蛮化、平庸化，从而使自卑感深深地根植于被殖民地区人们的心中。菲利普斯（Phillips）指出："那些文化上的自卑者常常这样鹦鹉学舌，他们宣称澳大利亚人十分嫉妒杰出才能者，他们就需要并适应死水一潭般的平庸（mediocrity）。"（1959：92）

澳大利亚的自卑者在被欧洲白人贬低之后学会了自我贬低。他们自觉内化欧洲白人是才华卓越、智力超群的一类人，而澳大利亚白人不过是没有任何拿得出手的才艺、成就、勇气的平庸之辈。久而久之，澳大利亚社会对"平庸"极度敏感，平庸如同魔咒一般让澳大利亚白人寝食难安，某种程度上可以说澳大利亚白人患上了平庸恐惧症。惧怕平庸昭示的恰恰是澳大利亚人在经历殖民主义之后心理上产生的自卑情结。这一自卑情结与法侬所揭示的被殖民群体的自卑情结如出一辙，法侬描述的被殖民的黑人患有"黑人恐惧症"（他们默认黑就意味着所有不好的方面），澳大利亚白人则患上了"平庸恐惧症"（认为自己是相对于英国乃至欧洲的平庸者），他们都活在恐惧之中，都被自卑感绑架与囚禁。

比尔·阿什克洛夫特提到"像澳大利亚和加拿大这样的昔日定居者殖民地（settler colonies）倒是发展出特别的殖民特征，比如身体层面的英勇、体育的超凡能力等，而不是别的诸如文化和社会层面的成熟老练"，紧接着谈到定居者殖民地人与占领殖民地（colonies of occupation）人在建构自我身份时所选择的策略：

> 通过幼稚、文化与社会方面的乡野气质以及原始污点（比如，爱尔兰性就是从英国维多利亚时代内部的歧视过渡到其殖民地美国和澳洲的建构之中）等能指来刻画殖民地人的做法常见于英国的教科书，甚至到 20 世纪初期还保留着这些特征。美国人亦是如此，

即使在 19 世纪末期的工业革命之后，美国已经独立并且总体上来说在国际上的地位已经发生根本性改变（瞧，比如，在 19 世纪末期和 20 世纪初期文本中对于美国人的塑造，柯南·道尔的史洛特·福尔摩斯故事集，或者是肖的《人与超人》）。因此，从反面来建构自我成了自我建构的一个重要特征，在这一点上定居者殖民地与占领殖民地一样，尽管占领殖民地的殖民统治是以种族和腐朽的、异类的文化为主要特征。（2007：42）

透过阿什克洛夫特的分析可以看出他也认为在殖民主义产生被殖民群体的自卑感方面，定居者殖民地和占领殖民地并没有区别，差别仅仅是他们感到自卑的具体方面不一样。阿什克洛夫特所指的身体层面的英勇和体育方面的超凡能力都侧重于行为，他们刻意将自己建构成英勇的形象，实则是对英勇形象的对立面的害怕与恐惧。阿什克洛夫特特别提到了美国，尤其是在其国际地位发生质的改变之后依然在心理上难逃殖民历史的影响，这就从另一个方面表明民族的政治独立与心理上的真正独立不完全同步。相反，心理上的去殖民化则可能滞后很长一段时间。纵然美国后来以超级大国的形象屹立在世界上，人们几乎不再把它同殖民地联系到一起，然而正如阿什克洛夫特所指出的，殖民印记依旧残存在美国人的心理当中。澳大利亚在国际社会上的地位无法与美国比肩，虽然澳大利亚很早就在形式上脱离了英国的统治获得了政治独立。对此，蒂姆·温顿指出："殖民污点不会瞬间消失，尤其是当我们还在不断寻找新的方式去制造它，或许存在于我们民族心理中的殖民印记比我想象的要深得多。"（2015：139）

蒂姆·温顿出版于 2008 年的小说作品《呼吸》（Breath）集中考察了残存在澳大利亚白人心头的自卑情结以及他们极力追求心理独立的愿望。《呼吸》一举斩获了 2008 年澳大利亚年度小说奖（Age Book of the Year Fiction），此外还获得了 2009 年度的迈尔斯·弗兰克林文学奖，至此温顿已经是第四次问鼎该奖，成为澳大利亚有史以来获奖次数最多的作家之一。《苏格兰星期日报》对《呼吸》的评价也相当高，认为

"《呼吸》的情感与影响力可与史诗媲美"①。

《呼吸》以西澳大利亚州伐木小镇索亚（Sawyer）为背景，围绕少年派克（Bruce Pike）和鲁尼（Ivan Loon）为了摆脱平庸而疯狂冒险的不寻常经历展开。派克（11 岁）和鲁尼（12 岁）因为厌倦单调乏味的小镇生活，沉迷于游泳、潜水与冲浪，相互比拼在水底屏息的时间以显示超越周围人的胆识与勇气。派克与鲁尼用越来越危险的冒险方式对抗平常的生活，从挑战中感受超越平常人的非理性刺激。一年多以后，他们在海滩边认识了冲浪高手比尔·桑德森（Bill Sanderson）。桑德森的冲浪表演瞬间俘获了两个冒险少年的心。桑德森随后带着派克和鲁尼一个接一个地挑战人迹罕至甚至从未被人发现的各种险滩进行冲浪。鲁尼一如既往地沉溺在冒险的刺激中，派克则逐渐意识到桑德森引领他们冒险是不负责任的举动，他们的生命随时可能被死神夺走。派克最终退出冲浪三人团，远离桑德森和少年玩伴鲁尼。就在桑德森（36 岁）带着鲁尼（16 岁）继续挑战极限冲浪的时候，孤寂落寞的派克（15 岁）与同样被撇下的桑德森之妻伊娃②（Eva Sanderson）发生了越界的不伦之恋。当派克与这一切疯狂的冒险经历彻底告别之后，他发现他的内心深处仍旧无法平静，即使他完成学业，结婚成家，但是青少年时期的冒险经历给他留下的阴影总也挥之不去。小说结束时派克已经人到中年，他始终无法停止冒险的欲望，为了不惊吓到身边的人，他偷偷掩盖自己的冒险行为，隔三岔五就要以身试险，只有冒险能够带给他生命的价值与快感。

《呼吸》讲述了一个因惧怕平庸而疯狂冒险的故事。小说中的人物将平稳寻常的生活视为平庸，他们否定平常、仇视平庸，惧怕自己沦为一个庸人；平庸恐惧症表现为主人公对冒险活动的痴迷和挑战，小说中的人物投身于各种骇人听闻的冒险活动，他们挥霍生命、戏弄生命，想借此成为不寻常的人；他们要以不寻常感来消灭自卑感。澳大利亚白人极力使自己去平庸化的心理与法侬所论及的黑人白化自我的心理如出一

① 引自《呼吸》的封底。下文所引该小说的内容仅标注英文首字母 B 和页码，不再另注。
② 小说中的伊娃 26 岁，那时派克 15 岁。

辙，本质都是否定自我、成为大写的他者（The Other），即殖民者。因此，只有将《呼吸》中主人公惧怕平庸的心理、极端冒险的行为，以及最后受困于冒险欲和平常心无法调和的两难生存状态放到澳大利亚白人心理与殖民历史之间的复杂关系中去，才能读出《呼吸》的写作旨趣。当《呼吸》的叙述者派克意识到他不是在消灭平庸而是在消灭生命的时候，他清醒地领悟到冒险欲望的幼稚与愚蠢，他努力尝试各种方法试图停止冒险，然而最终受困于冒险欲与平常心的矛盾冲突，无法自拔。

《呼吸》一方面回顾与记录了自卑心理在近半个世纪对澳大利亚白人的影响，另一方面可将之视为温顿对澳大利亚白人社会心理去殖民化进程的一次深入考察。透过《呼吸》的描述，不难看出温顿认为澳大利亚白人的心理仍旧未能真正独立，即使白人通过种种努力欲要实现心理去殖民化，但他们的去殖民化路径理性不足，表现得过于极端和幼稚，甚至愚蠢到危及生命。一部分警觉的澳大利亚白人显然意识到用以身犯险的方式证明自己继而获得心理独立是可笑的，但却无法从冒险欲过渡到平常心。派克心头挥之不去的焦虑与矛盾表明澳大利亚白人还远未实现心理上的真正独立。

第一节　自卑情结与平庸恐惧

在蒂姆·温顿的小说中，偏安一隅的澳大利亚海滨小镇是常见的地理背景，如《浅滩》（*Shallows*）中的安吉勒斯（Angelus）、《土乐》（*Dirt Music*）中的怀特湾（White Point）、《呼吸》中的索亚（Sawyer）。温顿擅长通过描绘小镇生活来展现澳大利亚的社会图景，《呼吸》中的小镇索亚正是 20 世纪 60 年代末至 21 世纪初澳大利亚社会的缩影。派克 11 岁至 50 岁的心理变迁无疑是澳大利亚民族心理嬗变的缩略。小说中派克与鲁尼惧怕平庸的心理病症喻示了那一代澳大利亚白人仍旧表现出心理自卑的特征。蒂姆·温顿出生于 20 世纪 60 年代，《呼吸》聚焦的是温顿本人最熟悉的时代，也就是说温顿试图在《呼吸》中展现他这一代澳大利亚白人的心理状况。

　　布鲁斯·派克是《呼吸》中的主要人物，小说中的其他三位重要人物分别是派克童年时代的伙伴鲁尼、派克的冲浪导师桑多（比尔·桑德森）以及桑多的美国妻子伊娃。这四个人物有一个共同点就是惧怕平庸。派克和鲁尼对于其出生、成长的小镇索亚充满厌倦，派克对父母四平八稳的生活嗤之以鼻。派克和鲁尼对索亚小镇及其周边的一切如此厌倦、反感的真正原因是他们认为这一切都极度平庸，他们惧怕自己也变成平庸的一部分，他们因身处平庸的环境而感到自卑。除了这两个小镇少年，桑多和妻子伊娃也同样惧怕平庸，这一点在小说中有非常隐晦的表现。桑多惧怕平庸表现在他对年龄的遮遮掩掩和恐惧，伊娃惧怕平庸则主要表现为对自己身体的怨恨与对丈夫离开自己独自到各地冲浪的数落。对平庸的恐惧使小说中的人物总是无法安定下来，无法心平气和地面对自己的内心与生活，始终处于紧张与焦虑之中。

　　法侬在《黑皮肤，白面具》中引用了海斯纳德（Hesnard）对恐惧的定义："恐惧症是一种神经疾病，它的特征就是对任何个体以外的事物或者一种环境感到焦虑和恐惧……一般情况下这个外在客体一定包含几个方面，一定会同时引起主体的恐惧和厌恶。"（2008：119）在《呼吸》中，少年派克、鲁尼对他们出生、成长的小镇索亚怀有明显的恐惧心理，主要表现为他们厌恶索亚环境的局限性和索亚人的胆小怯懦。索亚的平庸好像是一种病毒，派克恐惧自己也染上了这一病毒并从此沦为一个庸人，派克的伙伴鲁尼与他的感受一样。派克与鲁尼的自卑感跟黑人接触白人世界、澳大利亚白人面对欧洲人（或者英国人和美国人）产生的自卑情结在本质上是一致的。

　　少年派克对索亚小镇的评价至少体现在如下方面：索亚是劳工阶层聚集的小镇（磨坊工、伐木工和挤奶工），他们胆小甚微，过着按部就班的生活；索亚的生活缺乏艺术和美（男人一样的女面包师，砖头一样的面包）；索亚若即若离地包括边缘的澳大利亚土著及其边缘化的艺术（羞赧甚至被认为疯癫的土著亚瑞·奥拉乌和他的土著艺术）。索亚是劳动的，而非艺术的，还带有不被认可的原住民文化印记，这些恰恰是20世纪六七十年代澳大利亚社会的典型特征。随着时间的推移，少年派克对小镇以及小镇人的轻蔑与厌烦更加明显，"我周围的一切看起来

159

是如此无意义和微不足道。大街上的当地人胆小、柔弱又普通。不管我到哪里，总感觉自己像是一群梦游者中唯一清醒的人"（*B*，135）。小镇人、小镇生活的普通平常在派克看来毫无意义。

彼得·凯利（Peter Kelly）在《〈呼吸〉与青少年深陷危机的事实：寓言和社会科学想象》（"Breath and the Truths of Youth at-risk: Allegory and the Social Scientific Imagination"）一文中对索亚的生活作了如下评价："对于派克和鲁尼来讲，他们被体制化了的平常生活所包围，家庭生活、学校生活以及周围人的工作，全部局限在一个相对偏僻的、以劳工为主的西澳大利亚州南部农村小镇上。因此他们渴望呼吸能量、兴奋、意义与人生目的的新元素。"（2011：433）派克对小镇的无趣深感厌倦，当他接触到凯利所说的"新元素的兴奋和能量"时，他更确信索亚等同于平庸，或者说放大了索亚的平庸。当他在海边看到来自安吉勒斯①（Angelus）城的冲浪者所做出的各种优美的且不受限制的海上起舞似的冲浪动作时为之陶醉，"当你看到这些人面带微笑，整个人飘荡在洒满阳光的大海里自由起舞的时候……看见人们做着如此美妙的动作感觉很奇妙，这些动作不带有目的，却优雅无比"（*B*，23）。安吉勒斯人不仅会在海上起舞，他们丰富多彩的休闲生活模式与广博的见识让少年派克为之震惊。

派克的心理落差在索亚和安吉勒斯的对比中不断升级扩大。在派克眼中，安吉勒斯人的生活代表着自由、优美和丰富，这些特征凸显了索亚的局限、粗糙与单调，派克为此感受到了明显的自卑。派克提到"在索亚这个地方，人们很安定，事实上就是腐朽。他们安于普普通通的状态。他们对于雄心壮志感到不适，避免任何冒险和不可预测的东西"（*B*，157）。安吉勒斯使索亚黯然失色，换句话说索亚小镇在城市安吉勒斯面前显得平庸。

尼古拉斯·彭斯（Nicholas Birns）就温顿作品中的都市/乡村这一二元对立作了深入的解读。彭斯认为温顿作品中的这个两级对立一直处

---

① 安吉勒斯在《呼吸》中是西澳大利亚州的一座城市，离索亚很近，经常有来自安吉勒斯的冲浪者到索亚附近的海域冲浪。而安吉勒斯这个地名频繁出现在温顿的小说作品中，在《浅滩》中安吉勒斯则是一个捕鲸小镇。

于动态的变化中，是相对的比较而不是绝对的固定概念：

> 安吉勒斯在小说中的修辞意思是老练世故的地方（a place of sophistication），是小说二元对立中的"世界的（global）"那一极，与带有本土（local）特色且安稳的索亚形成对立的两级。索亚让人想起的手工劳作与安吉勒斯所代表的高尚庄严大不相同。温顿的命名技巧的结果之一可能就意在表明成熟老练是主观的，可转移的：一个青少年从佩斯①到伦敦，或者从阿尔巴尼②到佩斯，可能感受到的错位感（dislocation）是一样的……换句话说，温顿是在鼓励他的读者以相对而非绝对的观念看都市与乡村。（2014：266－267）

从彭斯的论述中不难看出，没有固定不变的偏僻乡村，也没有固定不变的繁华都市，都市和乡村只是两个一直处于变化中的相对概念。同一个地方在不同的对比情境中就可能有不同的隐喻意义。相对于大都会伦敦和巴黎，安吉勒斯自然就是偏僻的乡村；然而相对于索亚，安吉勒斯就是都市（带有都市特有的世故、傲慢、庄严）。索亚的了无生趣让派克觉得它庸俗不堪，面对安吉勒斯人的丰富精彩的生活，派克体验到的是隐隐的自卑。值得注意的是派克的心理变化，在与别人的对比中他体会到的是别人的优越感，由此自己的自卑感迅速产生。这一点不容忽视，以派克为代表的澳大利亚白人为何"自我"会如此脆弱，为何对比较如此敏感？温顿意在透过派克的心理反应暗示澳大利亚人的"自我"同样脆弱，在与别人的对比中通常体会到的是自己的自卑感。

法侬在《黑皮肤，白面具》一书中强调"简单的接触足以引起不安"（2008：120），因为接触的时刻正是对比的开始，也是从他人的眼光里看见自己的时刻。法侬提出："一个正常的黑人孩子，曾经在一个正常的家庭里长大，稍微和白人世界接触就会非正常化。"（2008：111），对此，法侬解释说："除非运用荣格的集体无意识作为论据——它如此使我们精神失常，在被殖民的国家中每天上演悲剧。"（2008：112）不难看出，在澳大利亚人的集体无意识中存在着自卑感，这才是

---

① 佩斯（Perth）是西澳大利亚州首府，素有花园之城的称号。
② 阿尔巴尼（Albany）是西澳大利亚州的一个滨海小镇。

派克面对安吉勒斯人时一触即发的自卑感的来源。《呼吸》的故事画面里虽只出现了索亚和安吉勒斯，画面之外多种可能性的指涉才是理解小说的关键。相对于欧洲（或者英国，或者美国）的优雅绚丽与不受限制（小说中用 elegant 和 unlimited 来形容安吉勒斯人的冲浪），澳大利亚（索亚）则相形见绌，使澳大利亚人（派克）觉得抬不起头。

小说中少年派克对父亲权威的否定与超越仍然是惧怕平庸的表现。派克回忆道："我的父亲对大海感到恐惧，我的母亲对大海则漠不关心，他们对海洋的态度在当地很典型。在我的少年时期，当地人还以同样焦虑和模棱两可的心情面对周围的森林。在索亚，人们老老实实地待在磨坊厂里，小镇上，还有小河边。"（B，9－10）少年派克对父母安于小镇生活圈子的态度感到厌倦和轻蔑，因为他看到了"有限"生活之外的"无限"，小镇的"有限"令他窒息，而对无所限制的自由优雅的生活充满向往。派克有意疏远父亲，并且默默挑战父亲的权威，因为派克认为父亲不过是另一个怯懦的庸人，他惧怕怯懦的基因，父母"实实在在，平平常常"（Knox，2008：60）的家庭生活让派克产生了羞耻感。

派克决意冲破父权的导火索是白胡子缪尔之死的故事。派克要冲破的不是简单的父权，而是要证明他具备超越胆怯的父亲的勇气，他要证明给鲁尼看，他勇敢而不怯懦。

汉娜·斯库霍尔兹（Hannah Schürholz）指出："海滩是混合地带（hybrid space）的象征，是一个居间的位置，一边是有限的陆地（land-as-finite），一边是无限的大海（ocean-as-infinite）。"（2014：110－111）在《呼吸》中，索亚小镇就是"有限"的陆地，派克拼命要背离的正是象征局限性的陆地，他怀着迫切的心情要不顾一切地奔向大海。弗洛伊德在《文明及其问题》（*Civilization and Its Discontents*）中记录了他的好友罗曼·罗兰（Romain Rolland）对永恒的一种阐释："他说他愿意把这种感觉称之为永恒的感觉，是一种没有限制、没有边界的感觉，好像大海。"（2000：2）派克和鲁尼要做的就是向"无限"靠近，把"有限"甩在身后，从而与小镇及平庸决裂。

桑多是《呼吸》这部小说很关键的一个人物，他出生在澳大利亚，是澳大利亚人，但是早年就投身冲浪冒险，长期居住在美国，后来娶了美国极限运动高空滑雪运动员伊娃为妻。一方面，《呼吸》借派克与鲁尼的叙述刻画了冲浪明星桑多的形象，在冲浪技艺方面桑多毋庸置疑地拥有许多光环；另一方面，小说又巧借桑多之妻伊娃的评价暗示即使表面享有各种光环的桑多内心依旧充满着对平庸的恐惧，具体表现在桑多时时表现出故意在克制什么且情绪多变，最为关键的是桑多惧怕年纪逐渐变大，一直不停地进行冲浪冒险。桑多的行为表明他依然患有严重的平庸恐惧症，他惧怕平庸。

　　桑多出现在海边的时候是令众人仰慕的冲浪明星，大家都将崇敬的目光投向他，在鲁尼与派克以及小镇人眼里，他就是超越平庸的典型。桑多最初给海边的冲浪者包括派克与鲁尼留下的印象就是"有一位冲浪者只在浪头最大的时候才会出现……他的冲浪技艺绝对是超越平常的"（B，29）。很快，派克与鲁尼对桑多崇拜至极并尊其为师，小说中的桑多与两个少年有着明显的师徒关系。后来，在安吉勒斯海域一带，他们三个被称为冲浪"三人团（the trio）"（B，115），在海滩边是叱咤风云的人物。桑多甚至完全不需要借助冲浪板就可以自由如飞地挑战惊涛骇浪，这一点征服了安吉勒斯海边的所有人。在追随桑多的派克和鲁尼看来，"他的身体如同一幅他所到之处的地图……对我们来说他是一个绚烂的迷，他的行为从来都超出我们的预期，在索亚和安吉勒斯，无人能够与他媲美"（B，66）。少年派克和鲁尼无意中在桑多家中的美国冲浪杂志上发现了桑多的身影，桑多作为冲浪超人的形象从此在两个少年心中更加稳固。

　　按理说，功成名就的桑多应该非常自信，可是小说中有多处细节透露出桑多情绪多变、惧怕年老，他的举动时不时地透出一股浓重的焦虑意味。由于存在一定的师徒关系，派克和鲁尼与桑多相处的机会逐渐多了起来，细心的派克发现桑多"经常非常冷漠，而且情绪变化无常"（B，65）。一方面，桑多诱引派克与鲁尼来到他家，给他们讲述跟冲浪有关的各种知识，让两个少年紧随其后；另一方面又随时疏远他们，表现得心事重重。后来，派克从伊娃那里得知了更多的桑多的消息："他讨厌变老。他多大了？桑多吗？36。天哪！你很惊讶吗？嗯，是的。我的意思是他看起来很健壮。健壮，她说，他很幸运。"（B，193－194）

伊娃这番话值得细细揣摩。同为极限运动挑战者的伊娃则不够幸运，她来到澳大利亚前从高空跌落，双腿严重受伤，在说出这番话的时候她的身体正遭受着病痛的折磨。所以，她说桑多很幸运，因为桑多也长期从事极限冒险，他随时可能与死神面对面。伊娃一针见血地点出桑多最在意的事情是年纪。极限运动最大的敌人可能就是年纪，随着年龄的增长和体能的下降，在极限运动领域一个人必然要走下坡路。极限冒险与挑战赋予了桑多人生的意义与价值，给予了他极大的自信与自尊，他害怕年老的时候这一切将化为乌有，他将什么都不是。小说中还有一个细节，即桑多频繁抛下因手术和腿伤病痛导致悲伤低落的妻子伊娃去境外冲浪，桑多之所以忽视家庭、不顾妻子的原因也在于他要不顾一切地通过不间断的练习来保证他的冲浪技能，让他觉得自己一直都是超越平庸的不凡之辈。对桑多来说，生命中只有一件恒久且有意义的事情就是挑战极限冲浪。桑多惧怕变老、情绪多变、对妻子和家庭不管不顾等行为的背后仍然是惧怕平庸的心理。

《呼吸》中的一个重要女性人物伊娃·桑德森也表现出强烈的惧怕平庸的特征。伊娃是美国人，在双腿严重受伤前是一名高空滑雪极限挑战者，腿伤意味着伊娃的高空滑雪冒险生涯就此戛然而止。为了避免再看到雪触景生情，伊娃随丈夫桑多躲到没有滑雪场的澳大利亚索亚小镇，然而伊娃并未因此而心情平复。小说中的伊娃性格阴郁，始终闷闷不乐，甚至时常无端大哭。伊娃的这些反常行为的背后恰恰是她惧怕平庸的心理外化。伊娃认为美国人是超越平庸的，"她说美国人是被雄心壮志驱使的民族，这一点澳大利亚人根本无法理解。美国人总是追求全新的角度、更优质的服务和完美的移动性"（B，156）。可见，伊娃始终是以"超越平庸"的标准看待自己。而双腿严重受伤后的她根本无力再进行昔日的冒险，这引起了她深深的自卑，无法冒险在她看来无异于平庸。派克和鲁尼曾亲耳听到伊娃与桑多的一次争吵，这次争吵的内容充分显示了伊娃不能继续冒险后的悲伤、嫉妒、挫败感和绝望。

伊娃郁郁寡欢的原因也正是她惧怕平庸，自认为无法挑战极限就是平庸，无法追求雄心壮志就是平庸。伊娃的悲伤和对桑多的妒忌在桑多丢下她独自去境外寻找凶险海域冲浪冒险时达到顶点，"经常，她一哭就是一个小时"（B，198）。受伤以后，伊娃无比眷恋昔日的冒险岁月，尤其是跟桑多因此惺惺相惜的岁月，认为那样才是有意义的生活。言外之意，伊娃认为没有冒险的日子就是没有意义的平庸，她终日以泪洗面表明她对平常的生活厌恶至极又惊恐万分。伊娃实际只有 25 岁，应该是风华正茂的时候，然而由于她孤注一掷地认为人生最好的日子、全部的意义就在于超越平庸，这一扭曲的心理导致她一直处于精神低迷的状态，并越陷越深。

《呼吸》中的"美国"元素值得关注，它与澳大利亚人的平庸恐惧症有一定的联系。冲浪是最先从美国流行开来的一项极限运动项目，体现了冒险精神和极限挑战的理念。美国和澳大利亚都曾经是英国的殖民地，这两个国家后来都非常风行极限体育运动与民族心理上的自卑感有关，而自卑感的源头恰恰是殖民主义。如前文所述，比尔·阿什克洛夫特指出定居者殖民地的特殊殖民特点表现为追求身体层面的英勇和体育方面的超凡能力，这一点也包括有过殖民历史的美国。敢于冒险、挑战极限的行为背后体现的是对英勇、超凡的渴望，殖民地人总是试图通过反面来建构自我形象，也就是说他们追求的东西就是心理上认为最缺乏的东西。对平庸的恐惧让他们格外重视英勇、超凡等形象的塑造。比尔·阿什克洛夫特等学者强调："尽管美国当今的强权地位以及它扮演的新殖民角色，使美国文学的后殖民特征一般得不到公认。但它在过去两个世纪以来与帝国中心的关系，却可作为各地后殖民文学的范例……宣称自我的方式都是突出与帝国强权的紧张关系，并且强调与帝国中心假想的不同。"（1991：1）。小说中反复提到了美国以及桑多在美国学冲浪、练习冲浪等细节，表明在追求身体层面的英勇、超凡方面，美国和澳大利亚具有相似性。伊娃所从事的高空滑雪冒险也属于极限运动的一种，在美国极限冒险相当盛行。虽然美国早已政治独立，也已经成为世界级强国，但是在心理上仍旧未能完全摆脱殖民印记。冲浪运动起源于美国，后来又在澳大利亚勃兴，这两个看似属于体育和运动层面的社会现象其实反映了一定的民族心理，即因殖民历史而产生的心理自卑感。

第二节　超越平庸与极限冒险

派克和鲁尼由于惧怕平庸，继而疯狂投身于各种冒险活动。对两个少年来讲，投身冒险的根本目的在于消灭平庸，冒险过程实际是去平庸化的过程，也是摆脱自卑心理的过程。乌利希·贝克（Ulrich Bech）在《世界冒险团体》（*World Risk Society*）一书中指出："冒险的恐惧使现代社会由传统社会的阶级等级重组至新的冒险等级。"（qtd. in Birns，2014：263）对冒险者来说，只要克服了自身的恐惧感就有可能获得社会等级的提升，摆脱原有的等级限制。《呼吸》中的派克与鲁尼迷恋冒险正是由于冒险具备重塑社会身份的功能，他们对自己是索亚人感到极度自卑，竭尽全力要摆脱这一身份。与此同时，两个少年参与的极限运动在冒险等级上呈递增趋势，其意图正在于为了获得更高的社会等级。显然，派克与鲁尼在拒绝沦为庸人的同时，还要成为勇者。以冲浪为代表的极限冒险运动，对少年派克和鲁尼来讲就是逃离平庸的一个途径。

在众多冒险活动中，冲浪是《呼吸》着墨最多的一种。《呼吸》中关于冲浪挑战的形容词最多的就是"beautiful"（*B*，23）、"超越平常（extraordinary）"（*B*，116）。布龙·泰勒（Bron Taylor）指出："个体冲浪者和冲浪文化通常反映广泛意义上的社会问题。"（2007：925）就《呼吸》中冲浪所隐含的社会问题，彭斯指出："冲浪在《呼吸》中不是普通的男性消遣性的娱乐活动；它是逃离常规束缚的隐喻……对于派克来讲冲浪就是进入超常境地的一个通道，是一个他可以超越他父母狭窄视线的一个开阔地带。"（2014：266）泰勒和彭斯对冲浪的分析都有一定的道理，但是泰勒并未指出所反映的社会问题是什么，彭斯则只谈到了逃离，并未挖掘逃离的根源在哪里。相比之下，澳大利亚文学评论家布里吉德·鲁尼（Brigid Rooney）对小说中冲浪运动的分析更为全面，她认为《呼吸》中冲浪的优美与极限挑战的特点分别代表着"庄严与神秘"（sublimity and uncanny），"庄严是寻求主体性的一个渠道……无论是庄严还是神秘都将自我引向了极限，一方面能够促使自我突破各种限制；另一方面也说明对自我存在不安的焦虑，意识到自我不够重要、不够权威、不够自立，担心自我的消失"（2014：244）。派克与鲁尼挑战冲浪的冒险欲望确实如布里吉德·鲁尼所说，他们对自身存在的价值与意义深感不安并为此焦虑。《呼吸》中的冲浪运动使得主人公派克及其小伙伴鲁尼逃离了平常的生活，他们认为索亚小镇的生活平庸至极，对此感到极度恐惧。小说人物表现出来的普遍的恐惧平庸的心理恰恰反映了澳大利亚的社会心理仍旧未能摆脱殖民历史的影响，他们遭受自卑的侵扰，无法心平气和地生活。

法侬指出："所有形式的殖民掠夺都相差无几，因为它们共同的对象都是人。"（2008：65）黑人的白化与派克和鲁尼的去平庸化同样都是心理自卑的表征，然而无论是白化还是极端的去平庸化都将注定失败，因为自我在这个过程中遭遇扭曲。少年派克投身冒险主要分为如下三个阶段：与鲁尼在索亚小镇附近制造惊恐小游戏初尝冒险滋味，与鲁尼和桑德森一起挑战险滩冲浪饱尝极限冒险的极端刺激，与伊娃发生越界的不伦之恋在性游戏当中继续冒险。这些冒险游戏的另一个名字叫夺命游戏，生命随时可能会在游戏中消灭。派克与鲁尼对抗平庸的代价是以生命做赌注，他们所参与的冒险游戏的等级和范围不断提升和扩大。《呼吸》颇费笔墨地描绘了少年派克与鲁尼骇人听闻的冒险经历，意在凸显他们惧怕平庸的心理，冒险行为是他们心理自卑的外化。

《呼吸》中的绝大部分篇幅都在描绘两个少年追随桑德森进行冲浪冒险的经历，在冲浪之前，两个少年已经沉浸在自己发明的冒险小游戏之中。除了冲浪，派克还涉足性窒息、电击等冒险行为。虽然桑德森夫妇极力向两位少年灌输冒险刺激的超常体验，他们却不是派克与鲁尼走上冒险之路的根源，仅仅是他们冒险征途上的催化剂。在开始冲浪冒险之前，两个少年已经在索亚周边频繁涉险，以使自己超越平庸的索亚小镇人。派克与鲁尼初次相识就在鲁尼的冒险现场。一日，当派克骑车到河边准备玩跳水的时候，发现河岸边的四个女孩与一位女士正在焦急地大声呼救，她们说眼见一个男孩跳入河里却不见上来，惊恐地认为"他就在她们眼皮底下溺水了"（*B*，12）。然而就当派克准备跳下河救人时却发现鲁尼急速蹿出水面，"他在离河岸很近的地方露出脸来，还发出阴郁的尖叫，吓得那位女士倒在了泥地上"（B，13）。面对惊吓过度的女士，鲁尼还得意地大笑，觉得耍了别人似的，对女士此前为他担心呼救丝毫没有谢意。后来，这位女士气呼呼地驱车离开。面对这一幕，少年派克却用了同情和蔑视两个词形容她们，"我顿时觉得既同情她们又蔑视她们"（B，14）。可见派克是欣赏鲁尼的冒险游戏的，派克与鲁尼一样觉得这些女人是胆小怯懦的，因此同情又蔑视她们，跟他同情又蔑视父母的生活方式与胆量一样。派克由此和鲁尼成为彼此欣赏的冒险知己。"伊凡·鲁尼那时 12 岁，整整大我一岁。他是镇上酒馆老板的儿子，尽管我们有一半时间是在同一所学校的，但是我们却完全不同。但是现在却发现我们至少有一点是完全相同的，即各自都在精进制造河边惊恐的艺术（causing river-side panic）。"（B，12）派克和鲁尼之所以耽溺于制造吓唬别人的惊恐游戏，是因为他们要通过常人不敢做的冒险行为证明自己不平庸。

起初，少年派克与鲁尼痴迷冒险小游戏并以此来证明自己。随着派克对鲁尼的深入了解，他发现"任何锋利（with an edge）的东西鲁尼都喜欢……任何游戏他都愿意玩，只要足够危险。任何危险的行为，他都愿意自己先尝试……我终于明白鲁尼愿意先来是出于一种需要，他对冒险有一种贪婪的欲望。他绝对喜欢挑战"（B，33）。少年派克与鲁尼的疯狂冒险种类繁多，除了刀走指缝游戏外，还挑战长时间且频繁的水下屏息。在小镇周边，鲁尼总是能随时随地找到冒险的事做，当他和派克在路上骑车的时候，他会不自觉地与卡车进行触目惊心的飙车比赛，即使最终车毁人伤，"鲁尼看起来还是疯狂地兴奋"（B，22）。冒险，成为少年派克与鲁尼确立自己主体性的新方式，这个方式在他们之间形成了默契。逃离索亚人日复一日的生活成了两个少年的生命追求，付出再大的代价也不足惜。派克与鲁尼强烈的反平庸心理在少年期间的冒险游戏中已经初露端倪。尖锐的利器、飙车中闪电般的速度和屏息的快感刺激（尤其喜欢在极端的天气情况下，如炎热的夏季或者严寒的冬季）与小镇索亚平稳、常规、按部就班的节奏完全对立。派克与鲁尼的冒险活动经常伴随着看客的存在，如河边上的女士与女孩、卡车司机，还有好几次鲁尼的父亲卡尔·鲁目睹并责骂了正在冒险的两个少年。但是两个少年根本不避讳看客，甚至欢迎看客、主动寻找看客（挑战卡车司机，用自行车与卡车比速度）来见证他们的冒险精神与过人的胆识，被见证的快感使冒险的刺激翻倍。换句话说，他们冒险就是为了被看见，从而引起别人的敬畏，两个少年认为只有这样才能证明自己的存在。

派克回忆时单指鲁尼对冒险具有贪婪的欲望，其实他自己同样如此。斯库霍尔兹认为《呼吸》是通过"带有偏见和过滤性质的自白式叙述"（Schürholz，2014：114）给读者讲故事的。派克过滤掉的可能就是自己少年时同样强烈的冒险倾向。派克与鲁尼追求以尖锐的利器刺穿索亚的迟钝生活以求逃离；通过飞快的速度将索亚缓慢的生活节奏远远地甩在身后；通过极端的冒险刺激使谨慎的生活为之震颤，借此传达对小镇生活模式的嘲讽与不屑。

随着派克与鲁尼的不断成长，他们的冒险活动也越来越猛烈，险滩冲浪较于之前"小打小闹"的冒险游戏完全是另一种全新的刺激体验，两个少年迅速迷上了冲浪。在桑多的指引下，派克与鲁尼的冒险指数逐步升级，刺激程度与危险程度也随之攀升。《呼吸》对三人团的三次冲浪进行了详细的刻画，参与者只有师徒三人，地点都是人迹罕至的陌生海域，且一个比一个危险。通过险滩冲浪，派克与鲁尼不仅远远地将小镇索亚人甩在了身后，就连此前的安吉勒斯冲浪者也要对他们刮目相看。冒险使他们收获了强烈的超越平庸的快感。三次冲浪将冒险挑战推向高潮，派克内心的冲突也达到了顶点。在这三次冲浪经历中，平庸与超越平庸（ordinary and extraordinary）、冒险与刺激（risk and excitement）、冒险与恐惧（risk and fear）之间的激烈对抗随着师徒三人的对话以及派克的心理活动生动地呈现出来。派克在回忆中对这三个海域进行了详细的描述，意在强调其危险，派克亲临冲浪现场的恐惧心理也从另一个方面突出了海域的凶险。派克为了冒险带来的超越平庸感不惜两次以身犯险，命悬一线。他在第三个海域的挑战中抽身而退，放弃了那次极有可能丧命的极端冒险，但是内心仍被没有参与冒险挑战的失败感占据着。三次险滩冲浪一次次逼近生命的极限，第三个冲浪海域已经达到了生与死的边缘。三人团的冒险毫不夸张地说是在玩命，用生命做赌注以求超越平庸。

巴尼（Barney）是桑多跟两个少年熟识后介绍给他们的第一个"非一般"（B，81）的冲浪海域。派克形容冲浪巴尼的那一天是"具有里程碑式意义的一天"（B，84）。巴尼当然是凶险的，"海滩上没有任何人类的痕迹，只有盘旋在海面上的鸟儿，还有浪涛的轰鸣声与白色浪花的汹涌之声"（B，80）。巴尼不是地图上的名字，实际上这个危险的海域在地图上还未被标记。当鲁尼问桑多为何要带他们俩来此地时，桑多的回答极具诱惑性："让你们成为真正的男人（make men of you），相信你们有这份胆量……有什么可怕的呢？不过就是沙上的水（此处指大海）。"（B，82）鲁尼面对冒险不假思索，这一点从他后续的挑战中可以清晰地看出来，他存在的所有意义就在于做别人不敢做的事情，证明自己是胆大无畏的人。派克的情况稍有不同："过了好一会儿，一边自认倒霉，一边带着惊恐，我也跟随鲁尼一起冲浪。"（B，83）派克的犹豫其实是恐惧与冒险的矛盾，冒险活动实施之前，内心的恐惧与冒险的冲动之间的斗争最为激烈。然而派克的犹豫很快被挑战的刺激取代，派克内心的冒险欲还是压倒了理智。巴尼冲浪成功后着实让两个少年精神振奋，小说对派克当时的心理进行了刻画，"我们感觉自己更强大了，更老练了……我们已想象着完全不同的另外一种人生，一种状态，其他任何普通男孩子无法用语言更别说用经历来形容和描述的生活"（B，83，86－87）。冒险结束之后，超越平庸的感觉又促使他们进一步鄙视平常生活和平常人。

桑多紧接着将更加危险刺激的海域老斯默基（Old Smoky）介绍给派克与鲁尼。在老斯默基的冲浪叙事部分，派克的恐惧矛盾心理更加强烈，桑多的煽动诱导更加密集，鲁尼嗜险逞强的心理更加张狂。巴尼此前让派克心怀畏惧，老斯默基已经让派克感到毛骨悚然了。没冲浪之前，派克就开始打退堂鼓，他向桑多坦白，"我是胆小鬼"（B，100）。桑多鼓励他说每个人都有胆小的时候，那才是挑战的意义所在。派克极为勉强地跟着桑多来到海滩，此时的派克"右腿在发抖，好像它与身体的其他部位不是一个整体一样。浪头的大小，冲浪板的长度，悬崖的暗影，所有这一切都超出想象"（B，103－104）。派克显然是极度惊恐的，他的情绪被老练世故的桑多看在眼里，桑多不失时机地再次使用激将法："我今天倒要看看等闲之辈（ordinary）到底会怎样。"（B，104）桑多率先跳入大海冲浪，游戏海中的冲浪者桑多进一步怂恿派克，"桑多站起身在那里等待着我……当海面稍微平静一点的时候只听到桑多在吼我下海，然后我稍微调整了一下心理就跳下去了"（B，104）。派克即使下水以后仍想逃离，"我要是知道哪怕任何一个地方我可以逃脱，我都会迅即上岸去。可是我身后根本看不到陆地的影子"（B，105）。老斯默基让派克更加了解桑多，"后来我明白桑多是何等警觉，他明知我的恐惧却不说破"（B，107）。桑多软硬兼施的方法终于奏效，派克在其带动下居然能够克服恐惧心理自觉追逐浪头，"慢慢地，急迫地需要呼吸，我重拾自信。我知道我在做什么，我有了控制力。我看见桑多朝我做着跷起大拇指的姿势。于是我们一起兴奋地、轻松地舞动在浪头和漂浮的冲浪板之上。我知道我可以的"（B，109－110）。从死神手里侥幸逃脱的派克带着新的自豪凯旋，他再一次被超越平庸的感觉湮没。派克对危险的恐惧属于正常人的理智，然而派克的理智再一次输给了冒险的疯狂欲望。

第三个冲浪海域纳提勒斯对任何有理智的人来说都是一个禁忌，"纳提勒斯向外延伸三英里，是一个鲨鱼出没地，还是海狼的领地……在地图上这个地方被标为航海险地，还有多项警示标识"（B，130－131）。桑多宣布纳提勒斯就是"下一个挑战目标"（B，131）。在去纳提勒斯的路上，派克"默不作声，比较担心"（B，162）。到了之后，派克发现这个地方与此前的巴尼与老斯默基都没有可比性，是超乎他想象的一处险滩。"桑多还保持他一贯的激励方式，拍拍我的肩膀。但是我已经非常害怕。每当他试图跟我眼神交流的时候我都回避他，总向别处看。"（B，164－165）在巴尼和老斯默基，派克也有恐惧，也有犹豫，但最终派克都没能战胜冒险的欲望。然而在纳提勒斯，派克对可能带来无法弥补的灾难的冒险说了"不"。

派克在纳提勒斯见证了那里的海域环境和鲁尼冲浪之后的遍体鳞伤，他开始思考冒险的意义何在。超越平庸的意义何在？思考之后，派克得出一个自己只是普通人的结论。他第一次对平常有了一丝肯定，有了不那么厌倦的感觉，甚至将自己归于平常。纳提勒斯让派克暂时打破了"超越平庸"的神话（myth），开始面对平常。派克回忆"那一天在纳提勒斯，我被惊吓到了。我心里一个小小的、冷静的部分告诉我在这么不可能、危险和反常的环境下冲浪简直就是愚蠢。在那里冲浪成功又能意味着什么呢？……我知道任何有理智的人在那一天都会和我一样拒绝冒险。这个触及了问题的核心：我毕竟是一个普通人（ordinary）"（B，168-169）。派克在守住内心理智的那一小部分的同时，意识到"我和他们（桑多与鲁尼）之间的距离越拉越大"（B，168）。

冲浪三人团实质上就此解散。纳提勒斯之后派克感受到了来自师父和伙伴的鄙夷，他再一次为自己的平庸感到羞耻和焦虑。派克即使停止了纳提勒斯的冲浪，他的内心仍因没有参与冒险而焦躁不安、自卑，其冒险欲仍旧十分强烈，对平庸的惧怕从未中断。

被桑多和鲁尼抛下之后，派克很快又投身新的冒险。布里吉德·鲁尼指出派克在"冲浪挑战告一段落之后，性冒险的疯狂更加肆无忌惮"（Rooney，2014：242）。当桑多带着鲁尼远走他乡冲浪时，被留在索亚的不只是派克，还有桑多的妻子伊娃。如伊娃所言："派克，我们俩都被抛弃了。"（B，149）终于在伊娃的暗示下，15岁的派克与26岁的伊娃发生了越界的性行为，派克甚至被卷入伊娃的性窒息（erotic asphyxiation）游戏。被桑多和鲁尼抛下的派克被"一种持久的失败感"（B，146）折磨，此时伊娃的主动勾引让派克再一次毫不犹豫地踏上了冒险的征程。在越界行为中，派克仍然带着一丝恐惧，如伊娃所言："你害怕了，她（伊娃）说。/不。/废话。/只是有点冷而已，我（派克）说。/好的，害怕也是刺激的一部分，这一点你应该是知道的。"（B，192）性行为对派克来说是冒险行为的继续和延伸。伊娃也没有因为腿伤而终止冒险，滑雪生涯被迫结束之后她找到了一项新的冒险项目，即自体性窒息冒险。伊娃的冒险在派克看来就是一种"你玩上吊啊？/对，有时候"（B，208）。伊娃玩的性窒息游戏极度危险，她看重的正是窒息瞬间的虚幻的感觉。性冒险是派克继冲浪之后的新的冒险领域，他不仅要从性游戏中收获刺激，还暗藏着征服和超越的动机。当伊娃与派克多次发生性行为后，派克甚至向伊娃表白："我爱你，我小声地说。"

（B，210）派克的表白意味深长，当他被冲浪导师桑多抛弃的时候，想要做的是取代甚至报复桑多的冷酷无情。派克在与伊娃越界的性游戏之中找到了取代、报复桑多的刺激与超越平庸感。

三人团是一个十足的男性冒险团体，派克则通过性冒险突破了女性空间的壁垒，由男性空间拓展到女性空间。退出冲浪团体的派克，不仅没有终止冒险活动，反而进入了更加宽广的领域，成为游走在男性空间和女性空间的自由穿行者。从这个意义上来讲，性冒险是在原来冒险挑战基础上的一个新突破。

通过冒险，派克才能感受到自己是一个强者，强者赋予派克的优越感变成了他生命的重要意义。个体心理学之父阿尔弗雷德·阿德勒（Alfred Adler）认为："自高自大的人心里，其实都有一种隐藏的自卑感。"（2012：34）派克与鲁尼的鲁莽冒险表明他们的内心极度自卑。《呼吸》非常巧妙地暗示了桑多和伊娃也是如此，他们也一直在寻求冒险行为，借此实现他们所笃信的人生意义。伊娃在被迫中断高空滑雪冒险之后，偷偷进行自体性窒息冒险，后来与派克一起在性游戏中冒险。由此可见，伊娃也一直在进行冒险行为，冒险同样是她活下去的精神支撑。桑多看似在引领两个少年冒险，其实在这个过程中他也体会到了作为教练和极限冲浪运动员所带来的双重刺激。桑多对陌生地形的勘测、了解表明他自己已经多次尝试，也从未中断。《呼吸》中的人物都表现出强烈的惧怕平庸的心理，也都在通过极端冒险逃离他们认为平庸的生活。

第三节　反思冒险与心理分裂

在那提勒斯海域，派克拒绝了桑多让他下海冲浪的诱惑标志着冲浪三人团实质性地解体，这是派克冒险人生的分水岭。此后，被桑多和鲁尼撇下的派克跟随伊娃一起进行了短暂的性冒险，很快桑多带着怀有身孕的伊娃回到美国，鲁尼则常年在境外冲浪。派克自此告别了昔日的冒险团体，如同平常人一样读书、就业、结婚、生子、工作，过着普通人的正常生活。《呼吸》描绘的四个主要人物中，只有派克一人后来逐渐意识到极限冒险是极度可笑且不负责任的，其他主要人物均因惧怕平庸而在冒险的漩涡中越陷越深。

极限冒险无异于夺命游戏，终于在伊娃和鲁尼的命运中应验。纵然派克及时从冒险团体中抽身而退，并较为及时地反思了极限冒险的荒唐与危险，但他仍深陷矛盾之中。一方面，他清楚明白地知晓极端冒险的荒唐、非理智与不负责任；另一方面，他在心理上又无法彻底摆脱冒险欲望的纠缠，始终处于偷偷冒险之中并靠冒险的刺激生活着，最终也没能克服惧怕平庸的心理。小说中的人物希望借极端冒险行为逃离平庸的生活，他们不但没有过上超越常人的美好生活，反而要么被死神早早地召唤回去，要么生活在支离破碎之中身心困顿。

罗斯·吉布森（Ross Gibson）认为"回忆可以重建已经逝去的过去"（2013：250），《呼吸》可以说是中年布鲁斯·派克回忆的产物。《呼吸》属于典型意义上的自白体小说，第一人称形式的自白与回忆占据了小说的主要篇幅。派克的内心活动不是通过与某一位小说人物的对话传达给读者的，也不是借由他人之口转述，而是他的自白，向读者直接告白。福柯认为自白具有"治疗作用"（1990，62）。斯库霍尔兹对派克的回忆与自白持这样的观点："坦白自己的故事是为了寻求救赎。"（2014：98）福柯所指的自白的治疗功能与斯库霍尔兹所讲的救赎功能颇为类似。斯库霍尔兹进一步总结说："温顿小说中有不少人物属于这样一个类型，即通过自白式的故事叙述重新将'深陷危机的男人'置于中心。"（2014：105）如上所言，派克虽已人到中年，他在心理上仍然表现出焦虑不安的特征，并没能自在平和地面对自己的普通人生活。

2009年迈尔斯·弗兰克林文学奖评委会对《呼吸》的评价再一次聚焦了主人公派克是否回归的问题：

> 《呼吸》提出令人困惑的关于欲望和创伤的问题。成长的路上哪些界限被逾越了？不同代际间男男女女关系的伦理约束在哪里？在小说中，我们听到了风暴的呼声，以及遥远的危险水域传来的海妖一般的召唤声，冲浪正在大海深处进行。在"太多创伤，太多遗

憾"之后，主人公是否仍可以全身而退？[①]

这个评价从主题到写作风格都对《呼吸》作了较为准确的把握。评奖词最后提出了一个触及这部作品核心的关键问题，即主人公是否能够超越创伤和遗憾最终全身而退？《呼吸》保持了温顿一贯的开放式结尾，没有明确的答案。然而答案却寓于小说之中，众多细节表明派克没能全身而退，中年派克在心理上依旧焦虑难安，无法真正回归平常生活。

派克的回忆伴随着对昔日冒险团体成员的一一批判，从中可以窥见派克显然认识到了冒险行为的极大危害、非理性、不负责任与无意义，同时表明他开始肯定平常生活的价值。冒险是在毁灭生命，而不是像桑多和伊娃笃信的所谓体验生命的极致与不凡。派克对自己青少年时期的玩伴鲁尼的否定主要集中在对他动物式的疯狂嗜险的批判，为了争夺勇敢的虚名，鲁尼可以对生命安全浑然不顾。"很多次，我都觉得他只是一味盲目地逞匹夫之勇。这个鲜明的性格特征最终葬送了他。"（B，102）派克总结鲁尼的冒险行为是毫不讲求动作优美与否的"动物性能量"（B，151）。派克对伊娃的批判也是谴责与哀怜参半的复杂情感，"尽管我也为她感到悲哀。我将成年以后所有的道德困顿都归咎于她"（B，194－195）。在对鲁尼与伊娃的批判中可以看出派克的追悔与省思，而派克对桑多的批判是最直接、最猛烈的。派克在三次极度危险的海域巴尼、老斯默基以及纳提勒斯冲浪时已经对桑多进行了委婉的批判，小说结尾当派克提到鲁尼之死的时候他所有的愤怒和谴责都指向了桑多和冒险运动。"我在想鲁尼拜桑多为师的事情，该有多少冲浪以外的事情都是经桑多引诱和指点鲁尼才落得这么个下场。所有那些与桑多同行去泰国的行程，无数次不辞而别的长时间消失，来往于世界各地的冲浪板。谁也不知道桑多家里不断累积的财富是不是昧着良心赚的黑心钱。"（B，240）派克进一步抨击了极限冒险行为："走失的单个航海者根本不值得浪费资源去搜救；从直升机上跳下的滑雪冒险者不过是自杀

---

① 引文译自澳大利亚迈尔斯·弗兰克林文学奖的官方网站，详见 http://www. milesfranklin. com. au/Default. aspx？PageID＝5720452＆A＝SearchResult＆SearchID＝53346760＆ObjectID＝5720452＆ObjectType＝1。

式的作秀；战地记者本身就让人毛骨悚然；有一些冒险，其实根本不值得人们尊重。"（B，244）派克的批判和反思不可谓不深刻，尤其是结尾处向桑多和冒险活动发起的总攻。派克对冒险行为的严厉批判表明他已从年少时期的自我逃离转变为自我省思。派克对冒险的本质有了深入的了解，认为有些冒险根本不值得尊重，言下之意生命本身才是值得尊重的，平常的生活才是值得尊重的。

派克和鲁尼早在开始冒险的初期就无意识地表现出对平常生活的安宁美好的自然适应与需要，只是那时他们惧怕平庸、逃离平庸的心理处于压倒性的强势地位，他们刻意忽视了心理上对平常生活的需求。派克在与鲁尼一起追随桑多冲浪的初期虽体会到了冒险的刺激与成就感，但是他坦言："事实上我喜欢在学校上学，教室里的课程虽无趣但是叫人感到安宁，我内心宁静的那个部分就会复苏。可能是我在一个稳定有序的家庭里长大的缘故吧，因为安全感意味着你知道接下来会是什么。"（B，59）透过这个细节可以看出派克内心对安静、平稳、安全感的日常有一种基本的需求，由此可以看出即使是主人公在最惧怕平庸、逃离平庸的时候仍然需要平常生活。派克和鲁尼的内心渴望真实温暖的日常生活，他们却要通过极端冒险的行为去逃离和否定日常生活，这一点更加表明他们因自卑感而造成的心理扭曲。

主动脱离冒险团体后的派克努力地要回归平常生活，这种努力也贯穿着派克近35年的生命历程。派克试图全身心地回归平常生活，并且为此付出了切切实实的努力，从心理上做足了回归平常的各种准备。首先派克努力经营与母亲之间的亲情，勇敢承担起一个儿子的责任，"我们试图找到亲密感，母亲和我。我从城里每周都写信给她，隔三岔五就打电话给她。有的周末或者学校放假我都会驱车回去看望她。我试图表现出我深爱母亲，但是我们之间总是礼貌大过亲密——我后来的婚姻中这种状态重新上演"（B，232）。派克通过努力拿到学位以后在大学做实验员，与大学教员格雷斯结婚，派克认为那段日子"极为愉快，那是一生中最好的日子"（B，233）。在平常生活中，派克努力做一个尽职尽责的儿子、贴心周到的丈夫和负责任的父亲，但是在这些角色上派克不免是失败的：派克跟母亲之间没有亲密只有礼貌，派克跟妻子离婚之后，二人分道扬镳，派克失去了两个女儿的抚养权。

《呼吸》中的派克一方面极力地追求平常生活，另一方面又无法真正割舍内心的冒险欲望。在反思冒险的同时，派克虽认识到冒险的荒唐与危险，但他却未能真正安稳地过平常的日子。而是在平常心和冒险欲之间徘徊，内心发生过无数次激烈的斗争，最终这两个方面都未能战胜对方，而是共存于派克内心之中。派克在心理上处于分裂的状态，冒险欲和平常心纠缠不清，也就是说派克最终未能获得内心的平定宁静，而是波涛汹涌。因此，不能仅仅通过派克脱离冒险团体、在表面上想方设法融入平常生活、反思冒险、批判冒险就判断派克已经克服了自卑心理和心理上的独立。

虽然派克脱离了冲浪三人团，但是桑多和鲁尼对他的影响却无处不在，派克暗暗跟自己较劲，偷偷通过一个人的冒险要证明自己并不比鲁尼与桑多胆小。布里吉德·鲁尼认为"《呼吸》透露出令人困惑的含混……小说似乎营造了一种悬而未决的不安与焦虑"（2014：242）。成年派克的心理一直处于焦虑状态，自始至终，他对冒险的态度都极为矛盾、含混，既严词批判又难以割舍。这种分裂心理在纳提勒斯事件之后表现得尤为明显。被疏远的派克深陷矛盾的境地，用他自己的话说就是"我如困兽一般"（B，220），"本应该觉得轻松，然而却被阵阵惊恐替代"（B，228）。让派克感到莫名难解的困顿与惊恐的其实是冒险所象征的权力与超越平庸感的消失。在索亚一带，桑多在冲浪圈子里享有至高无上的领导权和威信，是不寻常的化身。紧随其后的鲁尼与派克也分享了师父的荣耀与光环，将平庸感狠狠甩在身后。这也是此前派克一再克服心理恐惧追随师父与鲁尼冒险的原因。桑多与鲁尼对派克的疏远立刻引发了派克心理体系的崩塌，他突然意识到自己的生命意义与价值存在危机。不再冒险的派克似乎毫无生命价值可言。经历过巴尼和老斯默基狂风大浪的历练，派克已经把自己当成一个不寻常的人物，这种感觉让他在学校生活和家庭生活中随意蔑视权威，我行我素，因为他笃信自己所做的事非常人能及。

我属于一个绝无仅有的特殊团体，常年驰骋四方，身边有一个成年男人与一个令人惊悚的伙伴。即使是在冲浪者中间，我们也具

有神话一样的地位。当我们偶尔屈尊在伯恩特海滩（the point）①
随便玩玩冲浪的时候，每个人都对我们敬畏三分……桑多自成一
派，对此我们都心照不宣。桑多浑身散发着庄严。而我已经习惯了
与强者为伍带来的优越感。（B，170）

桑多凭冲浪绝技立威于人群，派克则依靠追随桑多而分得一杯荣耀
之羹。参与三人团的冒险让派克暂时摆脱了平庸感，且收获了梦寐以求
的优越感。桑多的有意疏远让派克立刻感受了前所未有的存在危机，派
克为害怕再次陷入平庸而惊恐万分，从中可以看出派克的"自我"不堪
一击。派克对桑多的崇拜和羡慕出于优越感情结，与桑多在一起的时
候，派克仿佛拥有了桑多的优越感。派克如同法侬所论述的自卑的黑人
一样：黑人羡慕和崇拜白人，被白人接受就是一种荣耀，因此拼命靠近
白人；而不被白人世界接受，仿佛就证明了自己是一个万劫不复的黑
鬼。显然，派克是一个无法界定自身的自卑他者。派克的他者性与自卑
感在桑多只带着鲁尼去境外的一些岛屿冲浪的时候表现得淋漓尽致。

当桑多带着鲁尼而撇下我去印尼群岛的时候，我被丢下的意思
就不再只是一次缺席。我对于自己所处的位置和价值失去信心。我
觉得自己被降级的想法或许只是一厢情愿或者处于后悔，但是我确
信桑多不再器重我，鲁尼也不再把我当作平起平坐的伙伴了。那种
我能够主宰自己的浓烈感受一下子烟消云散了。我人生第一次感受
到极度孤独。（B，170）

为了重新找回桑多和鲁尼式的生命价值与自信，派克开始了一个人
的冒险。就在桑多带着鲁尼去境外冲浪的时候，派克拖着他在纳提勒斯
海域拒绝踏上的那块冲浪板来到老斯默基。此前派克还称赞自己在纳提
勒斯拒绝桑多是理智清醒的举动，被丢下的派克现在却反讥自己，他把
那块冲浪板称为"令自己蒙羞"（B，171）的冲浪板。这里同样可以看
出派克的精神分裂症。派克在老斯默基一浪高过一浪的海面上不断跟自

---

① The point 在小说中指一般人冲浪的地方，基本没什么风浪，冲浪初学者多在此玩耍。相对于
巴尼、老斯默基来说，伯恩特海滩毫无挑战性。

己较劲，穷尽所有力气和技能在大海里冒险。针对此次独自冲浪，派克如是自白："我不知道我为什么要独自去那里冲浪。我很受伤，很愤怒。我可能觉得我有必要证明自己。我知道有人曾经单独在老斯默基冲浪，但是不是 15 岁。现在看来，这是一种绝望之下的行为，一种针对被遗忘的反扑。"（B，172）派克曾经批判鲁尼疯狂追求冒险中的第一，当桑多第一个冲浪老斯默基、派克又是冲浪老斯默基最小的挑战者的时候，鲁尼一定要做那个最狠的挑战者来证明自己。而此时的派克追求的也正是鲁尼式的疯狂。派克这一次挑战老斯默基获得了另一个第一：第一位最小的独身冲浪者（solo surfer）。不仅如此，这一次派克也猛烈地进行了超长时间的挑战，这一切过后他这样形容自己的感受："我感觉好极了，完全主宰了自己。我不是一个懦夫，不是傻子。我知道我在做什么，这绝对不是一个平庸者能够做到的。"（B，173）派克的自我心理解剖表明不冒险就意味着令人绝望的平庸，而冒险则是为了证明自己不是怯懦的庸人。由于惧怕平庸，派克选择了继续冒险。派克虽然从少年时期就退出了象征公开冒险的三人团，但他从未停止个人的冒险活动。

自卑不是心理病症的终点，而是更加严重的精神病症的开始，如精神分裂症。黑人偏执地自我白化最终深陷黑白两个世界的裂缝，精神上也处于黑与白的分裂之中。在欧洲白人的凝视之下，澳大利亚白人浑身不适，各种对自己妄自菲薄的贬低、自我怀疑如洪水般泛滥。澳大利亚文学评论家鲍勃·霍奇（Bob Hodge）和维杰伊·米什拉（Vijay Mishra）在《梦的黑暗面》（*Dark Side of the Dream*）中毫不避讳地指出"澳大利亚的民族心理存在诸多矛盾、不一致"（1991：ix）的地方，还特别提到殖民主义带给澳大利亚人的心理影响：

> 殖民主义在澳大利亚不是压倒一切的单一力量，但在每一个文本背后都潜藏着普适性的元意义（metameaning）。像澳大利亚这样的后殖民社会有三个特征是打破一切阶层贯穿于社会生活中的。第一，语言与文化的多种形态的表达，这些表达形式与其对立面一直进行着周旋即反语言和反文化；第二，家庭生活中典型的双重形式、双重语言与双重思维；第三，一种极具特色的建构和阐释意义

的意识即偏执心理（paranoiac mind）。（1991：204）

霍奇和米什拉将澳大利亚文化定位为"偏执的文化"（1991：216），文化偏执的背后是澳大利亚民族心理的偏执。"偏执症患者往往在阅读他者的文本中会读出深入且充满敌意的信息，会自行建构无法治愈的信息。"（Hodge & Mishra，1991：217）偏执症是精神分裂症的一种典型类型。法侬的《黑皮肤，白面具》中描写的黑人在拼命白化的过程中多数以精神分裂症告终，黑人追求的白化根本无法照亮其所处的黑暗世界，白化的黑人生活在黑与白的极端分裂状态之中。霍奇和米什拉所指的澳大利亚民族心理的矛盾和不一致也是民族心理精神分裂症的一种表现。

小说结尾处派克发出了饶有意味的自白："我并没能完全使自己恢复。我有过许多念头。但是我确实找回了一部分自我，就好像苍蝇、记忆以及亚原子粒子都有自己存在的理由。渐渐地我好像慢慢聚合了起来，像你说的那样，不知怎的我找到了连贯性。我继续向前并拥有了另一种生活。或者也可以说是我继续向前，最大程度地利用过去的经历来生活。"（B，241）平常生活对派克来讲是永远抵达不了的彼岸。他后来的生活其实是在平常中用隐蔽的方式冒险，就像他所说的那样，"最大程度地利用过去的经历来生活"。派克的自白中所指的连贯性就是冒险，戴上面具进行伪装成了派克实现自己冒险连贯性的重要策略，有时甚至戴上层层面具。中年派克生活在面具之下，在他平静的外表之下是内心的暗流涌动。派克烦乱的内心、无边无际的忧伤与刻意掩盖的情绪都表明他没能摆脱冒险欲的影响，他的平庸恐惧症还没有治愈，或者说还存在严重的后遗症。

派克的焦虑喻示着澳大利亚白人在心理上并没有摆脱殖民主义的影响，仍旧戴着重重面具在焦虑中茫然前行，摆脱不了平庸的符咒。派克虽明白超越平庸的非理性、平常生活的价值，但他一直未能做到安于平常的生活，一直未能真正放弃冒险。他在生活中更是难称轻松自如，在急救工作之外除了"把玩自己的忧伤"（B，244）别无他事。派克依然无法原谅自己因冒险而对许多亲人造成的无法弥补的后果，但他无法坦白自己的"羞愧"（B，247）。可见派克是精神分裂的，始终处于痛苦自责和冒险心切的精神两难的困境：急救现场的派克生龙活虎，对冒险表现出痴迷的狂热；急救之外的他又为此郁郁寡欢。派克对冒险始终存在双重思维：迷恋与批判并存。他从未想过完全铲除心里的冒险欲望，又试图努力重建自己的平常生活。派克之所以一直缄默不语，是因为"我没有一个人可以倾诉……我不能毫无顾忌地一股脑儿把内心各种纠结缠绕的烦乱随随便便倾倒出来。于是我把一切咽在肚里。为此我付出了代价"（B，236）。派克在生活中仍然需要伪装，为此他"谨慎小心"（B，247），他不敢袒露自己仍旧令人害怕的冒险心理，害怕女儿们失望，那是他仅存的一点珍贵的平常生活。温顿借小说人物派克的冒险人生对澳大利亚白人的心理去殖民化问题进行了深刻的剖析，透过派克几十年的冒险经历及其心理自白，不难看出温顿认为澳大利亚白人在心理上并未实现真正的独立。

结　语

在当代澳大利亚文坛，蒂姆·温顿是一位令人瞩目的重要作家。澳大利亚著名女权主义作家海伦·加纳（Helen Garner）公开表示："我羡慕蒂姆自由无边又灵动的想象力。"（1995）澳大利亚知名文学评论家安德鲁·泰勒（Andrew Taylor）认为："温顿是我们最好的小说家之一。"（1998：111）林恩·默克克莱顿指出："蒂姆·温顿的作品既是广泛流行的，又是严肃文学的，他是澳大利亚文化的晴雨表。他的作品充满方言韵味又美如田园诗，既乐观又阴暗，他的作品从一个巧妙的角度发出疑问：生活在当今澳大利亚到底意味着什么。"（2014：3）《波士顿邮报》（*The Boston Globe*）对温顿及其作品的评价如下："坦率来说，这种写作太精彩了。每一个故事都美到极致。温顿给我们展示了平凡生活的非凡魅力。"[①] 温顿是当代澳大利亚文学界一位当之无愧的国宝级作家，他的作品频繁地被评论家们拿来与帕特里克·怀特（Patrick White）、伊丽莎白·乔丽（Elizabeth Jolley）、彼得·凯里（Peter Carey）、大卫·马洛夫（David Malouf）等澳大利亚历代优秀的作家作品进行比较，因为温顿与这些作家一样拥有非凡的天赋与才华，属于澳大利亚最优秀的作家行列。温顿不仅蜚声澳大利亚文坛，在国际文坛亦享有一席之地。

本书立足后殖民理论，结合殖民、殖民主义、去殖民化考察了温顿在不同时期创作的四部小说，从中不难发现温顿对澳大利亚是否真正实现了去殖民化这一问题的思考从未间断。这四部小说的出版时间分别是1984年、1994年、2001年和2008年，时间总跨度将近30年。此外，

---

① 引自 *The Turning*（Scribner，2004）封面。

透过这四部作品还可以清楚地看到温顿就殖民主义产生的影响的思考在不断深入：《浅滩》关注浮现在日常生活中的经济掠夺问题，《骑手们》聚焦于澳大利亚白人在文化上对欧洲的依附和对自己民族文化的不确定，《土乐》深入到社会政治结构中殖民统治思维的延续，《呼吸》展现了弥漫在澳大利亚白人心头的心理自卑感。四部小说从四个方面呈现了作家温顿对去殖民化这一重大问题的持续的、深入的思考。

温顿认为澳大利亚的去殖民化并未实现，澳大利亚依然相当突出地存在经济、文化、政治和心理层面的殖民问题，尽管澳大利亚早已实现了名义上的民族独立。温顿在 2015 年出版的自传体散文集中强烈地批判了仍旧残留在澳大利亚白人社会中的殖民思维（colonial mindset），并明确地批驳了这种殖民思维："它伤害人民、毁坏土地，即使对于那些既得利益者也仍然是一种生命和想象力的束缚。很长一段时间以来，它阻碍了澳大利亚的社会进步和精神文明的发展。时至今日，仍旧有许多商界和政界的具有影响力的人还被殖民思维牢牢捆住手脚。"（2015：223）温顿之所以如此关注去殖民化实现与否的问题，是因为它是关系到澳大利亚社会发展与精神文明的关键。

《浅滩》描绘的经济掠夺问题在温顿 2013 年出版的小说《雏鸟》[①]（Eyrie）中依旧显著存在。对澳大利亚来说，经济去殖民化不仅在 1984 年《浅滩》出版时未能实现，即使是 30 年之后的 2013 年，澳大利亚的经济发展依旧表现出浓烈的殖民掠夺色彩。《雏鸟》揭示的 21 世纪澳大利亚经济发展的驱动力和基础这一细节可以看作对《浅滩》中所思考的经济去殖民化问题的继续。《雏鸟》的多处细节暗示了澳大利亚在 21 世纪前十年的经济发展模式依旧是殖民掠夺性质的。《雏鸟》塑造了一位陷入绝望的前环保领袖汤姆·基利（Tom Keely）的形象，他冷眼旁观弗雷曼特尔城[②]（Fremantle）"工业热情空前高涨。石油、天然

---

①　《雏鸟》（Eyrie）讲述了汤姆·基利帮助幼童凯走出创伤、建立自信的故事，在此过程中汤姆也重获人生的尊严和价值。表面上看，澳大利亚在全球金融危机中毫发无伤，人们沉浸在工业急速发展的狂喜之中，然而繁荣的背后却暗藏黑洞，人际关爱的荒漠化成为最严重的社会危机。以下所引《雏鸟》文字皆为笔者自译，仅标明小说名的英文首字母 E 和页码，不再另注。

②　弗雷曼特尔系西澳大利亚州港口城市。

气、铁矿、金矿、铝矿和镍矿等产业的兴盛是一切繁荣的根本……整座城市沉浸在圣灵降临节般的极度亢奋之中，抗拒这种兴奋的人就被视为异类"（E，6）。汤姆力主保护环境反被妖魔化，"媒体中的汤姆是一个繁荣社会的异己者，文明进步的叛徒"（E，117）。被孤立和打击的汤姆如同 30 年前《浅滩》中的人物昆尼。弗雷曼特尔的财富来源是矿产和不可再生的自然资源如石油和天然气，由此可见象征着殖民掠夺的"捕鲸"业在澳大利亚根本没有终结。

澳大利亚白人为了获取财富大肆侵占土著的土地，将土著从他们祖祖辈辈生活的家园之中驱逐出去，导致他们在边缘处流浪。土地底下的矿产资源如同大海里的鲸鱼一样成了白人猎取的对象。而"捕鲸工"摇身一变成了新时期的矿主和地产商，他们的掠夺牟利行为在本质上毫无区别。"矿主们聘请越来越多的生态学家、海洋知识专家以及地质专业毕业生，招聘的数量远超澳大利亚六个州政府招聘的此类专业人员的数目总和。为了给矿主们的开发大业铺平道路，在青山绿水被糟蹋殆尽之前，这些'智囊'为矿主们提供冠冕堂皇的权威数据，为其破坏行为制造遮羞布。一切操作可谓天衣无缝。"（E，191）矿业集团通过各种方式吸纳环境专业的人才，甚至不惜为环境科学专业的在读大学生支付学费以达到拉拢并将其收编的目的。小说对贿赂行为也进行了披露，"肉眼能看到的地皮被剥光，无处栖身的鸟儿们，一个个黑点在天空无着落地盘旋。对于推土机来说轻而易举"（E，193）。

温顿在《百花之地》（"Land of Flowers"）一文中强调了"固有价值"（intrinsic value）这一概念，固有价值指的是人、物、土地作为存在物本来的价值，是不以人的意志为转移的价值。温顿认为应该用固有价值的观念去取代市场价值，由此才有可能用欣赏、守护、感恩的意识取代殖民掠夺的意识。

> 自殖民定居的两个世纪以来，这种根深蒂固的殖民本性（deep-rooted colonizing instinct）依旧存在于那些将地域景观（landscape）视为财产、领土和房屋的人心里。除此之外，地域就被视为空地，一种完全空白的所在，也就是另一种未被触及的、等待被发现和掠夺的形式。这种思维背后隐含的意思就是我们脚下的

土地不存在固有的价值（intrinsic value）。（2015：198－199）

在这段话里，温顿反复使用了跟经济殖民有关的词汇：殖民时期、拓殖者、猎取、殖民定居、殖民本性、财产、领土、房屋、发现和掠夺、商人、市场价格。这些词汇可以概括为一句话：殖民伴随着掠夺。经济殖民意味着根据市场的需求在殖民地不断地搜寻市场上需要的商品进而售卖获取利润，经济殖民只在意物的市场价格这一单一层面，即除了利润一概不管。在这段话里，温顿还言辞犀利地戳破了当代澳大利亚人短视浅薄的土地观，他们并没有跳出两个世纪之前其殖民祖先的经济掠夺思维框架，持续以简单粗暴的态度对待澳大利亚的土地。

在澳大利亚白人看来，土地只有两种：有市场价值的土地和荒野。根据市场的浮动，被界定为"荒野"的无用之地也可能随时被再次征服、掠夺，只要新的商机出现。但凡是没有市场价值的土地就被弃之不用，即使那片土地上草木丛生、花鸟兼备，也被视作空无一物。可见，被经济掠夺思维控制和引导的澳大利亚人只认可商业价值与利润。对澳大利亚早期的殖民者以及承袭其经济掠夺思维的后来者背后的意义来说，利润驱使他们掠夺，掠夺为他们带来利润，任何能够产生利润的物与人都会成为他们掠夺的对象。温顿借土地来说明殖民掠夺的思维方式是朝生暮死式的、任意的、不确定的，因为市场是处于不停地变动之中的。这种思维方式背后的意义不仅是掉价的，也是非常危险的，土地因为滥用被毒害，以鲸鱼为代表的动物被杀害甚至濒临灭绝。除了利润，殖民者眼中空无一物。

欧洲中心主义思想还使得澳大利亚白人自以为是地认为土著是低人一等的傻瓜。对此，温顿不无警示意味地提醒："无知与冷漠使得我们在自己的国家里成了陌生人。"（2015：203）温顿不是在危言耸听，因为当鲸鱼被掠夺至灭绝的时候，在澳大利亚白人还没有了解这个奇特的物种之前，它们已经不存在了，这将是无法弥补的损失；当土地的丰富多样性还没被发现之前，土地已经被毒害得满目疮痍了；当这些澳大利亚最早的原住民愿意与白人分享对这片大陆的宝贵知识与经验的时候，白人傲慢血腥地对他们进行持续掠夺。长此以往，澳大利亚白人终将失去家园。由此温顿认为必须根除殖民掠夺思维，而以固有价值为思维导向，"如果不重视固有价值，土地的值钱不过是转瞬即逝的且充满毁灭性。短暂掀起的要将蛮荒改造成良田的热潮最后真的带来了一文不值的荒废之地。试想在我们这片大陆上，那些大到城市一般的矿坑，那些堆积如山的矿渣，那些被倾倒了含砒霜废弃物的池塘，那些数不清的已经废弃的矿区。在我们这片土地上本没有所谓的荒地，我们自己却人为制造了荒废之地"（2015：200－201）。

不难看出，温顿认为澳大利亚白人应该摆脱殖民掠夺的思维，因为被屠杀的将不仅仅是鲸鱼，被残害的也不仅仅是土地和土著，最后澳大利亚白人必将自食恶果。关于如何培养固有价值的发展理念，温顿提出："我们不能也无须搜寻就是为了获取。我们全新的目光应该是要去理解进而获得向内的知识，而不是做一个标记①。我们应该为自己所见的一切而热烈庆祝，去保护和滋养我们所见的一切。"（2015：203－204）对殖民者来说搜寻就是为了猎取，而温顿提出当代澳大利亚人不必要也不能再走殖民掠夺的老路了，而是应该好好欣赏澳大利亚大陆上原本存在的一切，去保护这一切，滋养这一切。殖民者为了利润成为无恶不作的破坏者，温顿认为澳大利亚白人应该要以做欣赏者、保护者和滋养者为己任，从而发现这片大陆上人与物的固有价值，实现经济发展的去殖民化。

温顿透过《骑手们》暗示了澳大利亚白人的文化去殖民化远未实现。早在 20 世纪 30 年代，墨尔本大学英文教授考林（G. M. Cowling）在《时代报》（Age）上发表的文章中就傲慢地指出："真正意义上的优秀的澳大利亚小说实在太少……澳大利亚生活没有传统可言，太含混，因此也不大可能诞生一流的小说。"（Barnes，1969：210）比尔·阿什克洛夫特指出，"直到 20 世纪 60 年代中叶，在澳大利亚的大学里才出现了一个澳大利亚文学方向的教授席位"（2010：2），他还提醒说，"直到 1978 年澳大利亚文学研究会第一次学术会议在莫纳什大学举行"

---

① 原文中温顿用的是 catalogue 一词，根据上下文语境，这句话对应的是这篇文章之前提到的殖民者的做法，每到一个新的地方，就要像画地图一样标注出这个地方，然后就算结束了。这个被标注的地方将等待被掠夺和占有，也就是说对殖民者来说，发现就是为了掠夺。所以温顿在此强调搜寻不需要为了获取。

（2010：1）。可见，在澳大利亚，英国文学文化在很长一段时间内都处于绝对的主导地位，澳大利亚文学文化则完全处于附属地位甚至被边缘化。以教育体制为代表的对宗主国英国文化和欧洲文化的教授、传播无形中强化了殖民者文化的统治地位，澳大利亚文化则被定位为次等文化，甚至直到 20 世纪 90 年代这种情况依然存在。温顿在自传中愤慨地讲述了《云街》的出版经历，他说："尽管 20 世纪 80 年代澳大利亚的文化已经非常繁荣，但是在更广阔的世界面前自己显得像个乡巴佬的殖民焦虑并没有完全消失。"（2015：138）用温顿自己的话说，在创作《云街》这部小说的时候，他"已经专业从事写作整整十年，并且也在纽约、伦敦、悉尼、墨尔本出版过作品"（2015：138）。这句话表明温顿在写作技艺方面已然驾轻就熟。正因为写作技艺的成熟，温顿坦言："在《云街》中我故意尽可能地使用澳大利亚本地语言，甚至小说中绝大部分的人物对话都尽可能方言化。对我来说，这个很有意思。"（2015：138－139）应该说《云街》较大地承载了温顿最初的创作梦想：在澳大利亚的南部海域书写自己熟悉的人、事和方言。然而正因为温顿注重澳大利亚本土意识的表达，《云街》在刚问世时遭到了很多评论家的嘲讽。温顿回忆说："对于小地方人和他们的方言大都市的轻蔑毫不掩饰地流露出来。"（2015：139）甚至有的评论家认为温顿书写《云街》这样的凡人琐事无异于荒废才华，"尽管这部小说获得了极大的成功，可能恰恰是这个小说的极大成功，许多评论家为此忧心忡忡，因为他们害怕以后在比我们'更好的人'①面前会丢脸"（Winton，2015：139）。

　　不难看出，从考林教授所代表的 20 世纪 30 年代到作家温顿亲历的 20 世纪 90 年代，澳大利亚的文化氛围并没有发生质的改变。澳大利亚的文化、语言、故事依旧被定位为次等，文学文化上言必称伦敦、纽约的现象依然非常突出。

　　《骑手们》与《云街》的创作时间只相隔三年，《云街》在澳大利亚评论界所引起的分歧性观点让温顿感慨颇深，可以说温顿在《骑手们》

---

　　①　原文用的是 our betters，从上下文语境不难看出 our betters 指的就是在英国的读者面前、纽约的读者面前等。

这部小说中集中思考的就是文化去殖民化未实现这一问题。珍妮弗对欧洲文化非理性的依附、斯卡利对爱尔兰文化的接受以及比莉的文化纠结均表明澳大利亚文化未能深深扎根在澳大利亚白人心中，未能成为不可取代的文化认同之根本。

土著的遭遇最能反映政治殖民体制在澳大利亚社会的隐性存在。从经济层面来说，土著一直遭受白人的剥削，在政治层面土著则一直处于白人的管控之下。殖民主义一直将土著建构为堕落的野蛮人，然而温顿认为澳大利亚白人应该以全新的观念对待土著，这对白人和土著来说是一个双赢的明智选择。温顿长期深入土著社区，和土著有了较多的沟通、交流，从与土著的友谊中学习到如何对待这片土地的珍贵经验与智慧。汉娜·雷切尔·贝尔（Hannah Rachel Bell）在《说故事的人》（*Storymen*）一书中记录了温顿对澳大利亚著名土著社会活动家邦嘉尔·穆瓦嘉莱①(Bungal Mowaljialai) 的仰慕："收到你的来信非常高兴，尤其是与大卫·穆瓦嘉莱有了一定联系。我深感遗憾在他生前未能与之谋面。《哑汝，哑汝》（*Yorro Yorro* ）是这个国家最令人欣喜的思想作品，大卫所从事的项目，如果我可以将大卫看待世界的观点称之为一个项目的话，对我来说就是希望的源泉。在描绘一个精神的未来方面，我想不到有比他更重要的人了，那是一个一体的、融合的未来景象。"（2009：6）

温顿在小说《土乐》中借土著阿科斯尔（Axle）为鲁（鲁大致告诉了他自己的行程路线）预先准备的独木舟暗示了土著在澳大利亚大陆所掌握的独特的生存智慧，这个独木舟后来在鲁的荒野生存中起到了至关重要的作用。对土著来说，他们热切希望能够将这些关于土地、荒野

---

① 邦嘉尔·穆瓦嘉莱又名大卫·穆瓦嘉莱（David Mowaljialai, 1925—1997），是澳大利亚著名的土著活动家，他是金伯利地区土著部落娜迦英（Ngarinyin）的长老（lawman）。穆瓦嘉莱一生最重要的贡献就是缩小澳大利亚白人和土著之间的距离，使得白人社会更加了解土著族群。穆瓦嘉莱还是社会正义的倡导者、土地权力活动家、雄辩的演说家、教育家（开办丛林大学，教授澳大利亚荒野、动植物和土地的相关知识）和优秀的故事讲述者。温顿对穆瓦嘉莱的思想非常认同，为他本人为澳大利亚所做的贡献深深感动。温顿非常遗憾在穆瓦嘉莱生前没能与他有一面之缘，穆瓦嘉莱去世后温顿主动联系相关人员承担了穆瓦嘉莱最小的儿子的教育和生活费用，为其提供自己力所能及的帮助。此后，温顿开始接触穆瓦嘉莱部落里的土著，穆瓦嘉莱的族人查普曼（Chapman）则与温顿有了较多的联系，温顿与他们一起寻访土著故地，见证了土著对土地发自内心的热爱与深厚的感情。

与动植物甚至宇宙观的知识分享给白人，就如同穆瓦嘉莱所说的土著给白人准备的"礼物"（gift）。穆瓦嘉莱表示："我们为你们感到不幸，因为你们没有把握这个国家文化的旨意。我们拥有一件礼物并想将它给予你们。在给你们这份礼物的过程中我们频繁受阻。我们遭到政治和政客们阻止。我们遭到媒体、法律的阻止。我们想要做的就是冲破这些阻挠将这份礼物送给你们。这份礼物就是思考的方式。文化[①]对这个国家、对土著族群、对生态系统和土地来说，如同血液一般重要。"[②]（Mowaljialai，1995）尽管土著如此敞开胸怀要送出珍贵的祖先遗留下来的智慧，但是作为主流白人的作家温顿却敏锐地发现："让我觉得悲哀的是这些知识和以此为基础演变的世界观并没有能够获得进入大众意识的渠道。"（2015：229）澳大利亚白人对于澳大利亚大陆上最懂得这片土地的土著智慧仍旧不够重视，这就导致了白人与土著之间的鸿沟依然难以跨越。温顿提出澳大利亚白人"应该从土著的男女长老们身上学习的最简单、最深刻的一课应该是他们对待土地的态度，与土地形成有形的、家人一般的关系"（2015：229）。由此温顿进一步提出白人对待土著的态度："我们应该从身体层面去感知他们，认同他们，就像亲人一般相互需要。当然这么说有政治意味，但同时也是情感和道德层面上能够使得数百万生命得以更加丰富的举动。这也是富有前瞻眼光的穆瓦嘉莱的思想。"（2015：229－230）

对澳大利亚白人来说，是继续沿袭殖民祖先的思维将土著视为低等的野蛮人，还是开放眼光、接纳土著并视其为亲人，这两种选择有天壤之别。如果选择殖民主义思维，受害的不仅仅是土著，也包括白人自身。就像温顿所指出的那样，白人将在这片大陆上永远找不到归属感，永远对这片大陆存在无数盲点。显然，与土著携手共存才是明智之举，要做到这一点澳大利亚白人需要即刻抛弃狭隘、陈旧、保守的殖民主义思维。澳大利亚白人对待土著的殖民主义思维需要破除，对待移民尤其

---

① 此处穆瓦嘉莱所指的文化显然不是殖民者的西方文化，而是澳洲土著看待世界、生活方式的综合，即澳洲本土的土著文化。

② 引自 David Bunggal Mowaljialai，"An adress to the white people of Australia"，ABC Radio：*The Law Report*，1995.

是非西欧移民的态度同样需要扭转，否则澳大利亚的政治殖民体制将会成为澳大利亚社会前进与发展的沉重枷锁。

《呼吸》着重考察了澳大利亚人的心理状态与殖民历史之间的关系。小说中大量的心理独白以及自白体叙述都巧妙地表明了温顿娴熟的写作技艺。小说人物对极限、快速度、超越平常的非理性追求表明其心理处于严重失衡的状态。温顿借描摹澳大利亚白人的心理失衡暗示了澳大利亚白人还存在显著的心理自卑特征。在澳大利亚文学史上有不少作家通过作品对殖民心理进行了挖掘，如迈克尔·怀尔丁（Michael Wilding）写于 1975 年的短篇小说《一个感觉迟钝的人》（*The Man of Slow Feeling*）①。怀尔丁在小说中刻画了因殖民主义造成的澳大利亚人心理上的过度滞后症（delayed sensation）或者说感觉缺失症。主人公"他"经历了一起事故之后失去了嗅觉、味觉、触觉等重要的感觉能力，但是视觉和语言表达能力还在。怀尔丁塑造的"他"能看得见，却对周围的一切事物失去了感觉："他闻不出玛丽娅拿进他小小的私人病房的花卉的香味。当她把花瓣拿给他触摸，他毫无触觉感受。所有的食物对他来说都味同嚼蜡。她不断地买来葡萄，他也只是能看见这些葡萄罢了。他对葡萄没有任何味觉和触觉感受。如果他闭上眼睛回到黑暗世界中，他根本不知道自己吃的是什么。"（1985：99）"他"失去了对现实的感觉，但"他"过去的记忆还在，他记得葡萄的味道、食物的味道、性的感受。面对"他"的感觉麻木，妻子玛丽娅竭尽所能地帮助他找回感觉系统，"玛丽娅现在同他做爱比以往任何时候都更加热情、主动……玛利娅花费大力气精进厨艺，尽管他吃不出味道，或许她期待帮他把感觉系统从坟墓中拉出来"（1985：102）。不久后，"他"在家附近的小商店买东西的时候突然感受到性爱带来的如潮水般的刺激感，"他"发现这种感觉是在房事结束之后的三个小时才出现的。"他满怀激动地跑回家，吃过饭，他极度兴奋地告诉玛丽娅这场事故并没有完全夺走他的感觉，只是使感觉系统迟钝和延迟了三个小时。"（1985：103）然而事实并不如此，"他"的感觉系统显然并没有按照他所说的规律只是滞后三个小

---

① 短篇小说《一个感觉迟钝的人》1985 年被收入迈克尔·怀尔丁同名短篇小说集出版。

时到来，更多的时候吃饭、做爱、跌打损伤的感觉根本从未出现过。"他"一次次期待感觉来临，一次次落空，"他"甚至不惜用刀割自己的手指期待疼痛感的来临。然而除了看到鲜血，"他"什么也没有得到。"他"为此感到极度沮丧和焦虑，"他"活在期待感觉到来的恐惧之中，最终因无法忍受现实经历与感觉脱节带来的痛苦而自杀。

蒂姆·温顿通过《浅滩》《骑手们》《土乐》《呼吸》这四部不同时期创作的小说分别讨论了澳大利亚社会的经济、文化、政治和心理去殖民化问题，认为在这四个方面澳大利亚社会均未能实现真正意义上的去殖民化，殖民主义思维严重制约着澳大利亚社会的进一步发展。借用短篇小说《蓄水土层》（*Aquifer*）中叙述者的话来表达温顿对澳大利亚殖民与去殖民化问题的观点再合适不过："过去的事情并不在我们身后，而在我们身上。事情还远未结束。"（Winton，2006：53）温顿认为殖民历史并没有成为过去，当代澳大利亚人还在很多方面沿袭着殖民主义思维，去殖民化事业还远未结束。在当代澳大利亚，密切关注和书写有关殖民话题的作家，特别是有重要影响力的作家并不在少数，如彼得·凯里、大卫·马洛夫，他们的作品均或多或少地涉及对殖民历史的反思。

参考文献

一、英文文献

Ahmad, Aijaz. "Literary Theory and 'Third World Literature.'" *Theory: Classes, Nations, Literatures*. Verso, 1992.

Alarcos, Pilar Baines. "She Lures, She Guides, She Quits: Female Characters in Tim Winton's The Riders." *Journal of English Studies*, 2010(8).

Arizti, Barbara. "The Crisis of Masculinity in Tim Winton's *The Riders.*" *Commonwealth Essays and Studies*, 2002(2).

Ashcroft, Bil, et al. *The Empire Writes Back: Theory and Practice in Post—Colonial Literatures*. London & New York: Routledge, 1989.

——.*Post-Colonial Studies: The Key Concepts*. London & New York: Routledge, 2007.

——. "Is Australian Literature Post-Colonial?" *Modern Australian Criticism and Theory*. Eds. David Carter and Wang Guanglin. Qing Dao: China Ocean University Press, 2010.

——."Water."*Tim Winton: Critical Essays*. Eds. Lyn McCredden and Nathanael O'Reilly. Crawley: University of Western Australia Press, 2014.

Barrowclough, Nikki. "For All of Us." *Sydney Morning Herald*, October 12, 1996.

Barnes, John, eds. *The Writer in Australia*: 1856—1964, Melbourne:

OCP, 1969.

Bell, Hannah Rachel. *Storymen*. Melbourne: Cambridge University Press, 2009. .

Bell, Duncan S. A. "Mythscapes: Memory, Mythology, and National Identity." *British Journal of Sociology*, 2003(1).

Ben—Messahel, Salhia. "The Boomerang Effect of Time and History in Tim Winton's Fictionalized Austrlia." *Commonwealth Essays and Studies*, 1998(1).

Bennett, Bruce. "Nostalgia for community: Tim Winton's essays and stories." *Titlling at Matilda: Literature, Aborigines, Women and the Church in Comtemporary Australia*. Ed. Dennis Haskel. South Fremental: Fremental Arts Centre, 1994.

Benterrak, Krim, et al. "Reading the Country." *Uncertain Beginnings: Debates in Australian Studies*. Eds. Gillian Whitlock and Gail Reekie. St Lucia: University of Queensland Press, 1993.

Birns, Nicholas. "A Not Completely Pointless Beauty: *Breath*, Exceptionality and Neoliberalism." *Tim Winton: Critical Essays*. Eds. Lyn McCredden and Nathanael O'Reilly. Crawley: University of Western Australia Press, 2014.

Buell, Lawrence. *Environmental Imagination: Thoreau, Nature-writing, and the Formation of American Culture*. Cambridge: Havard University Press, 1995.

Carter, David & Wang Guanglin. Eds. *Modern Australian Criticism and Theory*. Qingdao: China Ocean University Press, 2010.

Crouch David. "National Hauntings: The Architechture of Australian Ghost Stories." *JASAL*, 2007.

Coetzee, J. M. *Stranger Shores: Essays* 1986—1999. New York: Penguin, 2001.

——. *Youth*. London: Vintage, 2003.

Cox, Lloyd and O'Connor, Brendon. "Australia, the US, and the

Vietnam and Iraq Wars: Hound Dog, not Lapdog." *Australian Journal of Political Science*, 2012(2).

Crane, Kylie. "The Beat of the Land: Place and Music in Tim Winton's *Dirt Music.*" *Zeitschrift Fur Anglistic and Amerikanistik*, 2006(1).

Davis Jack & Bob Hodge. Eds. *Aboriginal Writing Today*. Canberra: Australian Institute of Aboriginal Studies, 1985.

Dalziell, Tanya. "Writing Childhood in Tim Winton's Fiction." *Tim Winton: Critical Essays*. Eds. Lyn McCredden and Nathanael O'Reilly. Crawley: University of Western Australia Press, 2014.

Dixon, Robert. "Tim Winton, Cloudstreet and the Field of Australian Literature." *Westerly*, 2005(5).

Dixon, Miriam. *The Imaginary Australian: Anglo-Celts and Identity, 1788 to the present*. Sydney: University of New South Wales, 1999.

Docker, John. *Australian Cultural Elites*. Sydney: Angus and Robertson Pty Ltd, 1974.

Dolin, Tim. "Reading History and Literary History: Australian Perspectives." *Modern Australian Criticism and Theory*. Eds. David Carter and Wang Guanglin. Qing Dao: China Ocean University Press, 2010.

Duara, Prasenjit. *Decolonization: Perspectives from Now and Then*. London & New York: Routledge, 2004.

Dunbabin, Thomas. *Australian Encyclopaedia*, 2nd 8.56.1998.

Ellison, Jennifer. *Rooms of Their Own*. Ringwood: Penguin Books Australia Ltd, 1986.

Fanon, Frantz. *Black Shin, White Masks*. London: Pluto Press, 2008.

———. *The Wretched of the Earth*. Trans, Constance Farrington. London: Penguin, 2001.

Frankenberg, Ruth. *White Women, Race Matters: The Social Construction of Whiteness*. Minneapolis: University of Minnesota Press, 1993.

Freud, Sigmund. *Civilization and Its Discontents*. Aylesbury: Chrysoma Associates, 2000.

Foucault, Michael. *The History of Sexuality*, trans. R. Hurley. New York: Vintage Books, 1990.

Garner, Helen. "Eight Scenes from a Friendship." *Tim Winton: A Celebration*. Ed. Hilary McPhee. Canberra: Pan Macmillan, 1999.

Helff, Sissy. "Transcultural Winton." *Tim Winton: Critical Essays*. Eds. Lyn McCredden and Nathanael O'Reilly. Crawley: University of Western Australia Press, 2014.

Gelder Ken & J. M. Jacobs. *Uncanny Australia: Sacredness and Identity in a Postcolonial Nation*. Melbourne: Melbourne University Press, 1998.

Gelder Ken & Paul Salzman. *After the Celebration: Australian Fiction 1989—2007*. Melbourne: Melbourne University Press, 2009.

Gibson Ross. "The Flood of Associations." *Memory Studies*, 2013(3).

Goldsworthy, Kerryn. "Short Fiction." *The Penguin New Literary History of Australia*. Ed. Laurie Hergenhan. Ringwood, Vic: Penguin, 1988.

Hadgraft, Cecil. "Introduction." *The Australian Short Story Before Lawson*. Melbourne: Oxford University Press, 1986.

Henningsgand, Per. "The Editing and Publishing of Tim Winton in the United States." *Tim Winton: Critical Essays*. Eds. Lyn McCredden and Nathanael O'Reilly. Crawley: University of Western Australia Press, 2014.

Hodge, Bob & Vijay Mishra. *Dark Side of the Dream*. North Sydney: Allen and Unwin, 1991.

Hopkins, Lekkie. "Writing from the Margins: Representations of Gender and Class in Winton." *Reading Tim Winton*. Eds. Richard Rossiter and Lyn Jacobs. Sydney: Angus & Robertson, 1993.

Huggan, Graham. "Cultural Memory in Postcolonial Fiction: The Uses and Abuses of Ned Kelly."*Australian Literary Studies*, 2002(3).

Johnston, Anna and Alan Lawson. "Settler Post-Colonialism and Australian Literary Culture." *Modern Australian Criticism and Theory*. Eds. David Carter and Wang Guanglin. QingDao: China Ocean University Press, 2010.

Kelly, Peter. "*Breath* and the Truths of Youth at-risk: Allegory and the Social Scientific Imagination."*Journal of Youth Studies*, 2011(4).

Kinross-Smith, Graeme. "Judith Wright." *Australia's Writers*. West Melbourne: Nelson, 1980.

Kleinert, Sylvia and Neale Margo. Eds. *The Oxford Companion to Abriginal Art and Culture*. Melbourne: Oxford University Press, 2000.

Knox, Malcolm. "In the Giant Green Cathedral." *Monthly*, 2008(34).

Janmohammed, Abdul. *Manichean Aesthetics: The Politics of Literature in Colonial Africa*. Amherst, MA: University of Mass, 1983.

Ley, Jame. "Cultural Isolation."*The Age* June, 2002(1).

Lines, William J. *False Economy*. Fremantle: Fremantle Arts Centre Press, 1998.

Loomba, Ania. *Colonialism and Postcolonialism*. London: Routledge, 1998.

Marx, Karl. *Surveys from Exile: Political Writings*. Vol 2, trans. Ben Fowkes and Paul Jackson. Harmondsworth: Penguin, 1973.

Maver, Igor. "Tim Winton's European Novel *the Riders*." *Contemporary Australian Literature between Europe and Australia*, 1999.

McCredden, Lyn. *Luminous Moments: The Contemporary Sacred*. ATF Ltd, 2010.

——. "Intolerable Significance: Tim Winton's Eyrie." *Tim Winton: Critical Essays*. Eds. Lyn McCredden and Nathanael O'Reilly. Crawley: University of Western Australia Press, 2014.

McGirr, Michael. *Tim Winton: the Writer and His Work*. South Yarra:

Macmillan Education Australia Pty, Ltd, 1999.

Meredith, David. "Full Circle?Contemporary Views on Transportation." *Convict Workers: Reinterpreting Australia's Past*. Cambridge: Press of Cambridge University, 1988.

Morrison, Fiona. "Bursting with Voice and Doubleness: Vernacular Presence and Visions of Inclusiveness in Tim Winton's Cloudstreet." *Tim Winton: Critical Essays*. Eds. Lyn McCredden and Nathanael O'Reilly. Crawley: University of Western Australia Press, 2014.

Wowaljarlai, David Banggal. "An Address to the White People of Australia." ABC Radio: The Law Report, 1995.

Naipaul, V. S. *The Mimic Men*. London: Andre Deutsch, 1967.

Nelson, Emmaunel S. "Literature against History: An Approach to Australian Aboriginal Writing." *World Literature Today*, 1997(1).

Nicholas, Stephen. *Convict Workers: Reinterpreting Australia's Past*. Cambridge: Press of Cambridge University, 1988.

Phillips, A. A. *The Australian Tradition: Studies in a Colonial Culture*. Melbourne: F. W. Cheshire, 1959.

O'Reilly, Nathanael. "From Father to Son: Fatherhood and Father-Son Relationship in *Scission*." *Tim Winton: Critical Essays*. Eds. Lyn McCredden and Nathanael O'Reilly. Crawley: University of Western Australia Press, 2014.

Ommundsen, Wenche. "Work in Progress: Multicultural Writing in Australia." *Modern Australian Criticism and Theory*. Eds. David Carter and Wang Guanglin. Qingdao: China Ocean University Press, 2010.

Portia, Robinson. "The Women of Botany Bay." *Uncertain Beginnings*. Eds. Gillian Whitlock and Gail Reekie. St Lucia: University of Queensland, 1993.

Rachel, Carsen. *The Edge of the Sea*. Boston: Houghton Mifflin, 1983.

Roach, Archie. "This Story's Right, this Story's True." *Aboriginal*

Women's Narratives: Reclaiming Identities. Ed. Nadja Zierott. New Brunswick and London: Transaction Publishers, 2005.

Rooney, Brigid. "From the Sublime to the Uncanny in Tim Winton's *Breath.*" *Tim Winton: Critical Essays*. Eds. Lyn McCredden and Nathanael O'Reilly. Crawley: University of Western Australia Press, 2014.

Rooney, Brigid. *Literary Activist: Writer-intellectuals and Australian Public Life*. Queensland: University of Queensland Press, 2009.

Rothermund, Dietmar. *The Routledge Companion to Decolonization*. London and New York: Routledge, 2006.

Sartre, Jean Paul. *Portrait of Anti-semite*. Erik de Mauny, trans. New York: Schochen Books, 1948.

——. *Anti-Semite and Jew*. New York: Schocken Books, 1976.

——. *Colonialism and Neocolonialism*. Oxon: Routledge, 2006.

Schürholz, Hannah. "Over the Cliff and into the Water: Love, Death and Confession in Tim Winton's Fiction." *Tim Winton: Critical Essays*. Eds. Lyn McCredden and Nathanael O'Reilly. Crawley: University of Western Australia Press, 2014.

Sunday Age Book Focus: Dirt Music. *The Sunday Age* (*newspaper issue*) Section: Agenda, 2001, 2 December.

Stephensen, P. R. *The Foundations of Culture in Australia: An Essay towards National Self Respect*. Sydney: Allen & Unwin Australia Pty Ltd, 1986.

Taylor, Bron. "Surfing into Spirituality and a new, aquatic nature religion." *Journal of the American Academy of Religion*, 2010 (4).

Taylor, Andrew. "Tim Winton's The Riders: A Construction of Difference." *Westerly*. Spring (1998).

Turner, John P. "Tim Winton's *Shallows* and the end of whaling in Australia." *Westerly*, 1993(1).

Ward, Russel Braddock. *The History of Australia: the Twentieth Century,*

1901—1975. London: Heinemann Educational Books, 1978.

Whitlock, Gillian & Gail Reekie, eds. *Uncertain Beginnings*. St Lucia: Queensland Univercity Press, 1993.

Windschuttle, Keith. "Vilifying Australia: The Perverse Ideology of Our Adversary Culture." *Quadrant*, 2005(9).

Winton, Tim. *Dirt Music*. Sydney: Picador, 2001.

——. *Breath*. London: Picador, 2008.

——. *The Riders*. New York: Scribner, 2003.

——. *Eyrie*. London: Picador, 2014.

——. *Land's Edge*. Sydney: Picador, 1993.

——. *The Turning*. New York: Scribner, 2006.

——. *Island Home: A Landscape Memoir*. Sydney: Penguin Australia Pty Ltd, 2015.

——. *The Shepherd's Hut*. New York: Farrar, Straus and Giroux, 2018.

——. *The Boy Behind the Curtain*. London: Picador, 2018.

Wolfe, Patrick. *Settler Colonialism and the Transformation of Anthropology*. New York: Cassell, 1999.

Wright, Judith. "Landscape and Dreaming." *Australia: The Daedalus Symbolism*. Ed. Stephen R. Graubard. North Ryde: Angus & Robertson, 1985.

——. *The Coral Battleground*. Melbourne: Thomas Nelson Australia Limited, 1977.

——. ed. *A Book of Australian Verse*. Melbourne: OCP, 1956.

——. *The Cry for the Dead*. Melbourne: OCP, 1981.

Zapata, Sarah. "Rethinking masculinity: changing men and the decline of patriarchy in Tim Winton's short stories." *ATENEA*, vol. XXXVIII, 1999, no. 2.

Zierott, Nadja. *Aboriginal Women's Narratives: Reclaiming Identities*. New Brunswick and London: Transaction Publishers, 2005.

二、中文文献

阿德勒，阿尔弗雷德. 自卑与超越［M］. 李青霞译. 沈阳：沈阳出版
社，2012.

阿罕默德·阿吉兹. 在理论内部［M］. 易晖译. 北京：北京大学出版
社，2014.

阿什克洛夫特，比尔；格瑞斯，格里菲斯；海伦，蒂芬. 逆写帝国
［M］. 任一鸣译. 北京：北京大学出版社，2014.

阿特伍德，玛格丽特. 生存：加拿大文学主题指南［M］. 秦明利译.
北京：中国文联出版公司，1991.

博尔顿，杰弗里. 破坏与破坏者：澳大利亚环境史［M］. 杨长云译.
北京：中国环境科学出版社，2012.

布迪厄，皮埃尔. 艺术的法则——文学场的生成与结构［M］. 刘晖译.
北京：中央编译出版社，2011.

多克·约翰. 后现代与大众文化［M］. 王敬慧译. 北京：北京大学出
版社，2011.

弗洛伊德，西格蒙德. 梦的解析［M］. 殷世钞译. 南昌：江西人民出
版社，2014.

福柯，米歇尔. 规训与惩罚［M］. 刘北成等译. 北京：生活·读书·
新知三联书店，2012.

郭韧梅. 澳大利亚的挑战：缩小澳大利亚土著人健康差距［J］. 群文天
地，2009（9）.

何怀宏. 生态伦理：精神资源与哲学基础［M］. 保定：河北大学出版
社，2002.

黄源深，彭青龙. 澳大利亚文学简史［M］. 上海：上海外语教育出版
社，2006.

贾丁斯，戴斯. 环境伦理学［M］. 林官明等译. 北京：北京大学出版
社，2002.

库切，J. M. 慢人［M］. 邹海仑译. 杭州：浙江文艺出版社，2013.

利奥波德，奥尔多. 沙乡年鉴 [M]. 郭丹妮译. 长春：北方妇女儿童出版社，2010.

利维斯·F.R. 伟大的传统 [M]. 袁伟译. 北京：生活·读书·新知三联书店，2009.

刘云秋. 蒂姆·温顿访谈录 [J]. 外国文学，2013（3）.

陆建德. 击中痛处 [M]. 上海：上海书店出版社，2013.

罗斯，艾瑞克. 澳大利亚华人史：1888—1995 [M]. 张威译. 广州：中山大学出版社，2009.

麦金泰尔，斯图亚特. 澳大利亚史 [M]. 潘兴明译. 上海：东方出版中心，2009.

米利特，凯特. 性政治 [M]. 宋文伟译. 南京：江苏人民出版社，2000.

萨特，让-保罗. 萨特文学论文集 [M]. 合肥：安徽文艺出版社，1998.

萨义德，爱德华，W. 东方学 [M]. 王宇根译. 北京：生活·读书·新知三联书店，2007.

沈永兴. 澳大利亚 [M]. 北京：社会科学出版社，2010.

石发林. 澳大利亚土著人研究 [M]. 成都：四川大学出版社，2009.

王建会. 种族操演性——族裔文学批评范式研究 [J]. 国外文学，2014（3）.

王腊宝. 澳大利亚的左翼文学批评 [J]. 苏州大学学报，2013（6）.

王腊宝. 澳大利亚文学批评史 [M]. 北京：中国社会科学出版社，2016.

王诺. 欧美生态批评 [M]. 上海：学林出版社，2008.

王兆璟，陈婷婷. 澳大利亚土著人教育优惠政策：进程、动因及价值取向 [J]. 当代教育与文化，2010（6）.

薇思瓦纳珊，高瑞. 权利、政治与文化——萨义德访谈录 [M]. 单德兴译. 北京：生活·读书·新知三联书店，2007.

温顿，蒂姆. 浅滩 [M]. 黄源深译. 上海：上海译文出版社，2010.

沃克，大卫. 澳大利亚与亚洲：1850—1939 [M]. 张勇先译. 北京：中国人民大学出版社，2009.

休斯，罗伯特. 致命的海滩：澳大利亚流犯流放史：1787—1868 [M]. 欧阳昱译. 南京：南京大学出版社，2014.